Hugo Wislicenus

LOKI

Das Nibelungenlied

Hugo Wislicenus

LOKI
Das Nibelungenlied

ISBN/EAN: 9783741124242

Hergestellt in Europa, USA, Kanada, Australien, Japan

Cover: Foto ©Andreas Hilbeck / pixelio.de

Manufactured and distributed by brebook publishing software
(www.brebook.com)

Hugo Wislicenus

LOKI

LOKI

DAS NIBELUNGENLIED

DAS DIONYSOSTHEATER IN ATHEN.

DREI HINTERLASSENE ABHANDLUNGEN

VON

Dr. HUGO WISLICENUS,

verunglückt am Tödi in der Schweiz am 8. August 1866.

BEVORWORTET

VON

PROFESSOR Dr. CARL BARTSCH

IN ROSTOCK

UND DEM HERAUSGEBER

GUSTAV ADOLF WISLICENUS

IN ZÜRICH.

ZÜRICH
SCHABELITZ'SCHE BUCHHANDLUNG (CÄSAR SCHMIDT).

1867.

Vorwort.

Ein trauriges Schicksal hat den Verfasser der hier vereinigt erscheinenden Abhandlungen am Beginne seiner wissenschaftlichen Laufbahn dahingerafft. Auf einer Alpenreise im August d. J. fand er, im dreissigsten Lebensjahre stehend, sein frühes Ende, als sich ihm eben eine ihn befriedigende Thätigkeit eröffnete und er nach kleineren Anfängen zu grösseren Arbeiten sich angeschickt hatte. Vor den nachfolgenden Abhandlungen war bereits eine andre, über „Sonne und Tag in der germanischen Mythologie" (1862) erschienen, die, von der Kritik wohlwollend aufgenommen, des jugendlichen Verfassers Befähigung für mythologische Untersuchungen bethätigt. Da sie fast gar nicht in den Buchhandel gekommen, so schien eine Wiederausgabe hierneben gerechtfertigt. Dem gleichen Gebiete gehört auch die erste der hier folgenden Abhandlungen, über Loki, an, ein Vortrag, mit welchem sich Wislicenus an der Züricher Hochschule für das germanische Fach habilitirte. Die zweite und umfänglichste (?), die erweiterte Bearbeitung eines in Zürich vor gemischtem Publikum gehaltenen „akademischen Vortrages", halte ich für seine bedeutendste. Sie fasst die Nibelungenfrage von einer noch wenig behandelten Seite, indem sie den Nachweis für die Einheit des Gedichtes aus seiner künstlerischen Anlage zu führen sucht. Auch wer nicht mit allem darin Vorgetragenen übereinstimmt, wird doch die lebhafte Empfänglichkeit für das Schöne, die von feinem

ästhetischem Verständniss zeugenden Bemerkungen über das
Wesen der Poesie und insonderheit der epischen Poesie, anerkennen müssen, und es darf daher dieser neue Beitrag zu der reichen
Literatur unsers Nibelungenliedes auf die Theilnahme der Mit-
forschenden rechnen. Wislicenus war mit einem grössern Werke
über das Nibelungenlied beschäftigt, auf welches er in einer
Anmerkung zu seiner Abhandlung auch verweist und zu welchem
umfängliche Vorarbeiten vorhanden. Vielleicht ist es mir vergönnt, an einem andern Orte über dieselben zu berichten.

Auf der vorjährigen Philologenversammlung in Heidelberg
lernte ich Wislicenus kennen, und an einem Abend, wo der
Zufall uns zu Tischnachbarn machte, bildeten die Forschungen
über das Nibelungenlied den Hauptgegenstand unserer Unterhaltung. Ich freute mich des frischen, für die Wissenschaft rein
begeisterten Jünglings, und jenes Gespräch wird mir eine liebe
Erinnerung bleiben. Gern habe ich daher dem Wunsche des
Herrn Verlegers entsprochen und den literarischen Nachlass eines
Jüngers der deutschen Philologie eingeleitet, der zu schönen
Hoffnungen berechtigte, und den ein furchtbares Verhängniss zu
frühe den Seinigen und der Wissenschaft raubte.

Rostock, 18. Oktober 1866.

Karl Bartsch.

Vorwort des Herausgebers.

Es sei dem Vater gestattet, auch seinerseits den hinterlassenen Arbeiten des Sohnes, dessen unglückliches Ende im Spätsommer vorigen Jahres seiner Zeit die öffentlichen Blätter gemeldet haben, einige Worte vorauszuschicken.

Unser lieber Sohn Hugo, das zweite in der Reihe unserer acht Kinder, im dreissigsten Lebensjahre stehend, verliess, um sich von langer anstrengender Arbeit, mit der er auch seine Schulferien ausgefüllt hatte (er hatte neben seiner Wirksamkeit als Privatdocent an Universität und Polytechnikum eine sehr umfangreiche stellvertretende Lehrthätigkeit an hiesiger Kantonsschule und am Lehrerseminar im nahen Küsnacht übernommen), durch einen Ausflug von wenigen Tagen zu erholen und für die bald wiederbeginnende Lehrthätigkeit zu stärken, am 7. August v. J. in voller Kraft und frohen Herzens das elterliche Haus. Da er trotz des Wiederbeginns seines Unterrichts selbst nach Verlauf einer vollen Woche nicht zurückkam, und unser schon mehrtägiges Warten sich allmählig zur höchsten Besorgniss gesteigert hatte, machten Vater, Brüder und Verwandte in verschiedenen Abtheilungen nach einander sich auf, seine Spuren zu verfolgen. Diese fanden sich bald im obern Linththale, oberhalb Glarus, und verloren sich wieder am Fusse des Tödiberges. Im Wirthshause „zum Tödi", Gemeinde Linththal, oberhalb des Stachelbergerbades und unterhalb der Pantenbrücke, dem äussersten wirklichen Hause des genannten Thales, fand sich seine eigenhändige Einzeichnung im Fremdenbuche, und der Wirth, Herr Peter Zweifel, gab die Auskunft, dass der ihm noch wohl erinnerliche Reisende, nachdem er die Nacht vom 7. auf den 8. August bei ihm zugebracht, am Morgen dieses Tages ohne Führer nach der obern Sandalp aufgebrochen sei, um vielleicht über den Sandfirn und durch das Ruseinthal nach Disentis hinüber zu gehen. Auf der obern Sandalp aber berichtete dann der Senn, dass der Reisende an demselben Tage Nachmittags, von jenem Firn zurückkehrend, nachdem er bei ihm Milch genossen und nach der Hütte des Alpenclubs auf dem Grünhorn gefragt, die Steile der sogenannten Röthi hinaufgestiegen, und dann, nachdem etwa eine Stunde später ein furchtbares Unwetter mit Blitz und Donner, Regen und Schnee, Sturm und dichtem Nebel ausgebrochen, von ihm und seinen Leuten nicht weiter gesehen worden sei. Wiederholte, durch mehrere Tage fortgesetzte Nachsuchungen, in Begleitung von zuletzt vier kundigen Führern, durch die ganze Felsen- und Eiswüste zwischen der obern Sandalp und dem Grünhorn bis in die einsame Clubhütte, blieben vergeblich, weil frischgefallener Schnee die Gletscherspalten und einen grossen Theil der Umgegend verdeckte; nur, ohne Zweifel von ihm herrührende Fussspuren fanden sich an zwei Stellen im weichen Erdboden, verschwanden aber auf dem Gestein sofort wieder. Da Nachforschungen im Reuss- und Vorderrheinthale, sowie Bekanntmachungen in den öffentlichen Blättern ebenfalls ohne allen Erfolg blieben, musste der Untergang unsers lieben Sohnes in der bezeichneten Gegend am Tödi unzweifelhaft erscheinen, seine Auffindung aber erst von wärmerer Witterung, welche den Schnee wieder mehr wegnähme, erhofft werden, zu welchem Zwecke Aufträge hinterlassen und ein Preis in den Blättern der Gegend ausgesetzt wurde. Endlich am 25. August fanden die Führer Thut, Vater und Sohn und Jost Zweifel, den Körper unsers geliebten Hugo, noch halb von Schnee bedeckt, auf der Riese (einem steilen Abhang von allmälig herabstürzendem Felsgetrümmer), welche sich vor dem Grünhorn von der Felswand des Tödi nach dem grossen Biferlengletscher hinabzieht, 8000 Fuss über Meer, starr gefroren und darum, obwohl er siebzehn Tage dort gelegen, noch wohl erhalten, aber durch den Fall im Gesicht entstellt und an Kopf, Händen und Beinen mannichfach verletzt.

Aus allen Umständen, den angeführten Aussagen und dem Befunde bei der Auffindung und bei einem spätern, von Vater und Brüdern ausgeführten Besuche der Unglücksstätte, ist Folgendes zu entnehmen: Unser lieber Hugo stieg auf die Röthi, noch unentschlossen, ob er bis zu der genannten Clubhütte, behufs Besteigung des Tödi in der Einöde erbaut, gehen und vielleicht dort übernachten, oder ob er für die Nacht in die Sennhütte zurückkehren sollte. Das Wetter oder die Lust an der furchtbaren einsamen Wildniss trieb ihn vorwärts. Er musste die Hütte noch gesehen haben, denn er fand sich auf dem richtigen Wege zu ihr und nur etwa zwei Steinwürfe von ihr entfernt. Er scheint über den vorliegenden kleinern Gletscher gegangen zu sein, in dessen Spalten wir ihn vermuthet hatten: die Steigeisen an seinen Füssen sprachen dafür. Wahrscheinlich trieb ihn die Furchtbarkeit des Wetters zur Eile an, so dass er selbst diesen entschieden gefährlichen Weg nicht scheute. Ein um den Hals geschlungenes Taschentuch und der angelegte Ueberzieher zeigen, wie sehr er genöthigt war, sich gegen Nässe und Kälte zu verwahren. Auf der genannten Riese kam er dann entweder durch den Sturm oder durch weichendes, wahrscheinlich von nassem Schnee glattes Gestein, oder durch eine Lawine, die indess nach den nachher gefundenen, auf ihm liegenden Resten nicht gross gewesen sein kann, zu Fall, und stürzte kopfüber, auf dem losen Gestein keinen Halt findend, hinab, bis er sich überschlug, und, wie man ihn fand, mit den Füssen nach unten liegen blieb. Er war entweder sofort todt oder mindestens bleibend besinnungslos, in welchem letztern Falle die Kälte der hereinbrechenden Nacht vollends seinem Leben ein Ende machte. Die nach oben zerstreut liegenden, aus der offen gefundenen Reisetasche beim Sturze gefallenen Gegenstände, an Wäsche, Büchern und Papieren, welche die Fallbahn sicher erkennen liessen, zeugen dafür, dass er etwa hundert Fuss herabgestürzt, dann aber regungslos liegen geblieben ist, was bei noch vorhandenem Bewusstsein nicht geschehen wäre, da er kein Glied gebrochen hatte. Wir haben also wenigstens den bittern Trost,

dass sein Tod kein schwerer war. Sein Alpenstock wurde erst
später bedeutend tiefer gefunden, auch noch einige andere Gegenstände halb von Gestein bedeckt auf der Fallbahn; Hut und
Fernrohr wurden nicht aufgefunden.

Unser Hugo war von ungemeiner Körperstärke, in Alpen-
wanderungen nicht unerfahren, kühn, aber auch vorsichtig und
besonnen. Dennoch rafften ihn die wilden Naturmächte der einsamen Alpenwelt, als er sich allein in ihr Gebiet wagte, in
einem unglücklichen Augenblick unversehens dahin; — eine
Warnung für jeden Wanderer, auf Alpenreisen den betretenen
Weg nie ohne Führer zu verlassen! Wie das nordisch-germa-
nische Alterthum, so zog ihn auch die wilde Grossartigkeit der
Alpenwelt mächtig an. Aus der Studierstube von der Edda und
dem Nibelungenliede hinweg war er mit frohem Herzen in die
frische und freie Luft der hohen Alpenwelt geeilt, nach dem Berg
hin, dessen mit ewigem Schnee bedeckten Gipfel er zwischen
den andern von seinem Arbeitstische aus fortwährend vor Augen
hatte, und musste nun an den Abhängen der steilen Wand, die
wir von da aus mit kummervoller Seele betrachten, schnell und
unerwartet in der Blüthe der Jahre, an der Pforte des Lohnes
für sein treues und kräftiges Streben, sein Leben enden, Er,
der beste Mensch und treueste Sohn, das Lebensglück seiner
Eltern brechen.

Bei der schmerzlichen Arbeit der Durchsicht der hinterlassenen Papiere meines lieben Sohnes fand sich eine reichliche
Anzahl von theils fertigen, theils begonnenen, theils nur Vorarbeiten enthaltenden Manuscripten, von denen die grössere
Hälfte dem Gebiete der Wissenschaft angehört, die andre grosse
und kleine Dichtungen verschiedener Art enthält. Was von den
wissenschaftlichen Arbeiten reif zum Drucke und von ihm selbst
zum Drucke bestimmt war, habe ich demselben zu übergeben
für eine Pflicht der Liebe gehalten, deren Erfüllung mir Bedürfniss war, und, wie ich denke, auch durch den Werth des Gegebenen gerechtfertigt sein soll. Ueber die beiden ersten der
hier folgenden Aufsätze, sowie über „Sonne und Tag in der
germanischen Mythologie", hat Herr Professor Bartsch sich in

seinem Vorwort bereits mit einer Theilnahme und Anerkennung ausgesprochen, für welche ich ihm hiermit herzlichen Dank sage. Die letztgenannte erscheint zugleich hiermit in einer neuen Ausgabe, da sie fast gar nicht in den Buchhandel gekommen ist. Die Arbeit über „Loki" wollte mein Sohn, nach einer vorgefundenen Uebersicht seiner nächst beabsichtigten Arbeiten, mit Anmerkungen versehen in Gemeinschaft mit der folgenden herausgeben, wie es nun hier durch mich geschieht. Die Anmerkungen fanden sich jedoch nicht vor. Nur bei der über „das Nibelungenlied als Kunstwerk" war dies vollständig der Fall. Es war seine letzte Arbeit; er zeigte sie mir wenige Tage vor seinem Tode. Die dritte der hier zusammengefassten Arbeiten, „das Dionysostheater in Athen", ist das Ergebniss eines Aufenthaltes in dieser Stadt im Frühling 1864, bei der Rückkehr von Konstantinopel. Eine schon vor Jahren vollendete Uebersetzung der gesammten Edda sollte ebenfalls mit „Anmerkungen erklärenden und kritischen Inhalts" herausgegeben, zuvor aber noch einmal „auf das Sorgfältigste revidirt" werden. Die Revision ist nur einem Theile nach wirklich ausgeführt, und die Ausarbeitung der Anmerkungen noch gar nicht begonnen; das Werk muss also leider Manuscript bleiben. Der umfangreichen Vorarbeiten zu einem grössern Werke über das Nibelungenlied hat schon Herr Professor Bartsch gedacht.

Schon das, was somit dem Drucke hat übergeben werden können, wird Zeugniss ablegen für die wissenschaftliche Befähigung und den entsprechenden Eifer des Abgeschiedenen, wie für die Hoffnungen, die sich in dieser Beziehung an sein ferneres Leben knüpften. Noch verstärkt aber wird das Zeugniss für sein vielseitiges, reges und inniges Geistesleben durch die weit zahl- und umfangreichern Manuscripte, · welche ungedruckt bleiben müssen. Einen hohen Grad von Anerkennung fand derselbe auch in Bezug auf seine Lehrthätigkeit an der hiesigen Kantonsschule und dem Lehrerseminar in dem benachbarten Küssnacht in den Zeugnissen von deren Vorständen, vor und nach seinem Tode abgegeben. Von der letztern Anstalt aus wurde ihm durch ein mir sehr theures Dokument bezeugt, „dass unter allen neun Lhrern, mit welchen der Verstorbene an der Anstalt gelehrt

habe, und unter allen hundert und achtundzwanzig Schülern,
deren Lehrer er gewesen, auch nicht Einer sei, bei dem er sich
nicht durch sein edles und wissenschaftlich gehaltvolles Wesen
die grösste Hochachtung, und durch seine warme Liebe und
Hingabe die aufrichtigste Gegenliebe erworben hätte." Ebenso
empfing er früher von der erstern Anstalt her das Lob: „Er
zeichnet sich nicht nur durch gründliche Kenntniss seines Unter-
richtsstoffes und grosse Pünktlichkeit und Pflichttreue, sondern
auch durch ein glückliches Lehrtalent aus, durch welches es ihm
gelungen ist, sich sehr bald die Aufmerksamkeit und das rege
Interesse der Schüler zu sichern und alle Schwierigkeiten der
Disciplin in bester Weise zu überwinden."

Mein lieber Hugo war ein ganz der Sache ergebener, die Wissenschaft um ihrer selbst willen treibender, persönlich anspruchs-
loser, ja zurücktretender und oft allzu bescheidener, stiller,
treuer, reiner, dabei gelegentlich höchst fröhlicher, mit den besten
Anlagen ausgerüsteter Mensch. Sein Fleiss und seine Arbeits-
kraft waren ganz ungewöhnlich, und nur im Verein mit einer
grossen körperlichen Stärke und Ausdauer möglich. Und wie er
überall bei seinen Bestrebungen die edelsten Gesichtspunkte vor
Augen hatte, so waren seine Arbeiten im Gebiete des Alterthums
deutscher Nation von einer mächtigen Liebe zu dieser getragen.
Bei all seinem stillen Wesen war er muthig und furchtlos. Als
bei dem letzten Hervortreten der schleswig-holsteinischen Ange-
legenheiten hier ein Kreis von Jünglingen und Männern zum
helfenden Zuzug zusammentrat, trat er sogleich in denselben ein
und übte sich eifrigst in den Waffen. Er würde bei längerm
Leben treu zu der Zukunft unsers Volkes gestanden haben.

Wir aber, seine Eltern und Geschwister, haben in ihm den
treuesten Sohn und Bruder verloren. Der Jugend macht sich
das Leben geltend; wir Eltern aber fühlen im Schmerze um ihn
einen Wurm am Herzen nagen, der nicht stirbt, so lange wir
leben.

Ein Stein bezeichnet sein Grab auf dem Friedhofe der Gemeinde Linthhal, wo wir ihn bestattet haben; eine Denktafel in
der Nähe des Tödiwirthshauses und der Pantenbrücke wird den
Wandrer an ihn erinnern; die Stelle seines Todes aber haben

die Finder und dann wir selbst durch einen Steinhaufen bezeichnet; die Familie Zweifel im Tödiwirthshause, dem letzten Hause,
in dem er lebend und todt verweilte, ehrt sein Andenken wie
das eines verstorbenen Bruders, und auch die Gemeinde wird
ihn — dafür bürgt ihre Theilnahme bei dem Begräbnisse —
nicht vergessen. Freunde und Wohlwollende, welche ihr Weg
etwa an diese Stätten führt, mögen seiner und unsrer dort in
Liebe gedenken.

Zürich, Gemeinde Fluntern, März 1867.

G. A. Wislicenus.

Loki

und

seine Stellung in der germanischen Mythologie.

Wo alle zuverlässigen Quellen der beglaubigten Geschichte der
Völker schweigen, da reden ihre Thaten und entrollen in grossen,
allgemeinen Zügen ein Bild ihres Lebens. Die Steindenkmäler,
durch welche sich die Aegypter, die Pelasger, die Etrusker verewigt
haben, geben uns eine deutlichere Vorstellung von der frühesten Cultur
dieser Völker, als die fragmentarischen, sagenhaften Berichte späterer
Zeitalter. Den Grad der geistigen Regsamkeit der Nationen und
die Art, wie sie ihr Verhältniss zur Aussenwelt in lebendiger Vorstellung auffassen, zeigen die Sprachen, und sie haben uns einen
Einblick in die grossen Völkerbewegungen einer Urzeit erschlossen,
bis zu welcher selbst nicht die dunkelste Erinnerung zurück dringt.
Und wie majestätische Bergspitzen, die in hellem Lichte strahlen,
während die Tiefen unter ihnen in Nacht begraben sind, so ragen
über die dunkle Vorzeit der geistig belebten Völker ihre höchsten
Geistesschöpfungen empor und werfen einen ahnungsvollen Dämmer-
schein auf ihr frühestes Culturleben, das aus der Verhüllung in
grossen Umrissen hervortritt.

Keine Ueberlieferung führt in fernere Zeiten zurück, als die
Mythologie. Was die Menschen in dem Zeitalter des Natur-
daseins, d. h. ihrer sinnlichen Bedingtheit, über das Höchste empfunden
und gedacht haben, ist in ihr niedergelegt. Sie ist daher ein Spiegel

1

des höchsten geistigen Lebens der Völker und ein Massstab für ihre Bildung und ihre Entwicklungsfähigkeit. Sie ist Erkenntniss, in welcher die Phantasie die entscheidende Macht ist, die das Gemüth, die Quelle aller Religion, an ihre Gebilde fesselt und das Urtheil bestimmt. In unendlichen Abstufungen, von der rohesten, niedrigsten Symbolik bis zum freien Mythus und bis zu dessen Auflösung in den abstrakten Gedanken, und in unendlicher Mannigfaltigkeit der Auffassung tritt die Mythologie bei den verschiedenen Völkern auf. Die meisten sind auf der Stufe der Symbolik stehen geblieben, und von denen, die darüber hinausgegangen sind, haben nur sehr wenige ihre Anschauungen zu einer vollkommenen Mythologie ausgebildet. Das sind diejenigen, die in ruhiger, harmonischer Entwicklung sich selbst so weit von der Aussenwelt befreit haben, dass sie auch ihre Götter der Welt frei gegenüberstellen konnten. An die höchste Ausbildung der Mythologie schliesst sich daher zugleich ihre beginnende Auflösung.

Wenn eine Mythologie alle Stufen des menschlichen Bewusstseins durchlaufen hat und irgend vollständig überliefert ist, so ist sie keineswegs ein geschlossenes, folgerichtig nach einem bestimmten Plane gegliedertes Ganzes und kann nur gewaltsam in ein solches gebracht werden. So lange die Mythen im Volksglauben lebendig sind, befinden sie sich in fortwährender Bewegung, Umformung und Entwicklung, und neben den späteren Gestaltungen werden auch die frühern stets theilweise mit überliefert, da der menschliche Geist nur schwer das, was er einmal mit dem Gemüth ergriffen hatte, wieder aufgiebt und seine Neigungen ändert. Nicht eher wird er daher eine mythische Vorstellung aufgeben, als bis sie dem vorgeschrittenen Bewusstsein direkt widerspricht. Die Aufgabe der Forschung muss es daher sein, die Mythologie in lebendiger Entwicklung aufzufassen und den Gang derselben von ihrem Ursprunge bis zu der ausgeprägten Gestalt zu verfolgen, in welcher sie in den Quellen aufbewahrt ist. In keiner Mythologie sind die Stufen dieser Entwicklung reicher erhalten, als in der germanischen. Es ist darum jedoch nicht minder schwer, sie klar zu durchschauen. Denn in der Mythologie ist mit der Aufbewahrung früherer Ansichten stets das Streben verbunden, sie mit dem spätern Bewusstsein zu vereinigen. Dadurch wird manches anders gewendet, vieles zur

Ergänzung und Erklärung hinzugebracht, vieles als unwichtig vergessen oder nur zufällig in andern Beziehungen aufbewahrt, und
darum erhält so vieles ein ganz anderes Aussehen, als es hatte, dass
meist nur durch nicht streng zu beweisende Vermuthungen auf das
Frühere geschlossen werden kann. Die hohe Wichtigkeit der mythologischen Forschungen für die Erkenntniss der früheren Cultur-
zustände der Völker und des gesammten Lebens der Menschheit
kann nicht verfehlen, trotz ihrer Unsicherheit das lebendigste Interesse für sie hervorzurufen. Die aufgestellten Vermuthungen der
Gewissheit möglichst zu nähern, indem man alle andern Erscheinungen des Geisteslebens dabei berücksichtigt und aus der Geistesart
des Volkes zurückgreifend in organischer Entwicklung die Mythologie
gleichsam noch einmal in den Volksgeist hineinschafft, das ist das
Ziel der mythologischen Wissenschaft.

In diesem Sinne möchte ich eine Untersuchung aus der germanischen Mythologie vorführen, in welcher ich mich bestrebte, die
ausgesprochenen Gedanken auf einen bestimmten Fall anzuwenden.

Es herrschen noch wunderliche Meinungen über die germanische
Mythologie. Die einen halten sie für einen trüben Ausfluss der
indischen, die andern gar für eine unreife Missbildung des Christen-
thums, und, sollte man einer sehr verbreiteten Ansicht Glauben
schenken, so wäre sie nichts, als eine willkürliche Häufung roher,
wüster Bilder voll ungeheuerlicher Uebertreibungen und massloser
Phantastereien, wie sie wohl ein müssiger Kopf leicht erfindet.
Solche Vorstellungen von ihr sind bei mangelnder Sachkenntniss
freilich sehr natürlich. Wenn man nur einen ganz flüchtigen, ober-
flächlichen Blick auf sie wirft, so übersieht man leicht über dem,
was allerdings zunächst die Aufmerksamkeit am meisten auf sich
zieht, und was keiner Mythologie fehlt, dasjenige, was ihr eigent-
liches Wesen bildet. Wohl fehlt ihren Gestalten die ideale Schönheit,
die heitere Majestät, die erhabene Ruhe und massvolle Selbst-
genügsamkeit der griechischen Götter, doch sie hat anderes, was
dafür entschädigt. Ja, man könnte selbst von anderem Standpunkte
aus die germanische Mythologie über die griechische stellen, wenn
dieses Urtheil nicht ebenso einseitig wäre, wie das entgegengesetzte.
Beide Mythologieen sind von gleichem Werthe, weil jede eine bedeutende Phase der geistigen Entwicklung der Menschheit zum

vollendeten Ausdruck bringt. Uns Deutschen aber sollte insbesondere die germanische Mythologie als eigenstes Nationaleigenthum und ältestes Zeugniss germanischen Geisteslebens ganz vorzüglich werth sein, um so mehr, da sie auch am meisten verwandte Anklänge in uns finden muss.

Dass sie trotzdem im Verhältniss zur griechischen noch so wenig allgemein bekannt und geschätzt ist, liegt daran, dass ihre Quellen bisher noch sehr wenig zugänglich gemacht sind, dass daher eine mehr als oberflächliche Kenntniss von ihr nur durch mühsame Studien erworben werden kann, und dass ihr inneres Verständniss noch auf sehr schwachen Füssen steht. Die germanische Mythologie aber bedarf, um geniessbar zu sein, des innern Verständnisses weit mehr als die griechische, die durch ihre künstlerische Vollendung viel leichter auch ohne dasselbe gefällt. Dass diese ästhetische Vollkommenheit aber nicht über ihren absoluten Werth entscheidet, weil eine Mythologie nicht einseitig nur von ästhetischen Principien aus zu beurtheilen ist, eben so wenig, wie das Leben der Völker einseitig in der Kunst aufgeht, wird Niemand bestreiten.

Und doch ist auch die germanische Mythologie nicht arm an hohen, eigenthümlichen Schönheiten, freilich nicht in der Weise des klassischen, einfach Schönen der griechischen Götter, doch vielleicht darum nicht minder hoch zu schätzen, wie auch das Erhabene, —

„welches den Menschen erhebt, wenn es den Menschen zermalmt," —

trotzdem, dass das Schöne in ihm auf einem Umwege, durch einen Missklang hindurch hervorgebracht wird, darum in ästhetischer Beziehung nicht minder hoch steht, als das einfach Schöne. Und der Charakter der germanischen Mythologie ist der des Tragisch-Erhabenen.

Um sich das zu erklären, muss man auf die Geistesart der Germanen überhaupt zurückgehen. Zum ersten und einzigen Mal in der Geschichte der Menschheit geben die Germanen das Bild einer Nation, welche seit ihrem ersten Auftreten in den Mittelpunkt der Culturentwicklung getreten ist und sich durch alle Zeiten hindurch darin behauptet hat, indem sie auch aus scheinbar erdrückendem Elend, aus tiefster Erniedrigung stets sich wieder aufgerafft und höher erhoben hat, und auch jetzt wieder an der Schwelle einer neuen, machtvolleren Entwicklung steht. Die eigenthümliche Zähigkeit und Spannkraft des Geistes der Germanen ist eine Folge ihres Individualismus, der allerdings in manchem ausartet und zur Zersplitterung wird, der sich aber mit dem Streben nach grösserer Einigung sehr wohl verbinden lässt. Es ist eine bekannte Thatsache, dass nirgends so wie bei den Germanen die Individualität der Völker, Stämme und einzelnen Menschen ausgebildet ist, so dass sie einander oft in bis zu rauber Schroffheit gesteigertem Gegensatze gegenüberstehen, und dass doch diese Gegensätze trotz aller Kämpfe, Siege und Niederlagen — ich meine nicht nur mit den Waffen in der Hand — nie ausgerottet worden sind, sondern einander im Ganzen stets ungefähr das Gleichgewicht gehalten haben. Wie sich dieselben in allen Kämpfen stets individueller ausbilden und schroffer zuspitzen, so gehen sie alle, wenn man ihren letzten Grund aufsucht, auf die innern Kämpfe der einzelnen Menschen zurück, die durch den Zwiespalt im Gemüth hervorgerufen werden, welcher aus dem Gegensatze zwischen Welt und Mensch, Natur und Geist, Sinnlichkeit und Ideenleben entspringt, und welches die oberste Bedingung alles höhern Strebens und damit die Triebfeder alles geistigen Fortschrittes ist. In dem Ringen nach Lösung dieses Zwiespalts und Herstellung des Gleichgewichts, das als die höchste und wahrhafte Glückseligkeit das Ziel der Menschheit von je gewesen ist und immerdar sein wird, erstarkt die Kraft, und um so mehr, je tiefer es in das Gemüth aufgenommen ist. Diejenigen Menschen, die durch ihn am tiefsten berührt worden sind und ihn am mächtigsten in sich bewegt haben, ohne von ihm erdrückt zu werden, verehren wir als die grössten Heroen der Menschheit, und die Völker, welche ihn in machtvollster Erregung aller Kräfte zu überwinden gestrebt haben, sind jederzeit die Vorkämpfer in dem Wettkampfe der geschichtlichen Entwicklung gewesen.

Es zeigt sich nun, dass die Germanen diesen Zwiespalt von jeher am tiefsten in sich aufgenommen haben, und das könnte man in allen Stufen ihrer geistigen Entwicklung nachweisen. Nur daran will ich erinnern, dass selbst derjenige unserer grossen Dichter, in welchem am reinsten die heitere Klarheit des hellenischen Geistes wiedergeboren wurde, in seiner tiefsinnigsten Tragödie sein Inneres aus sich herausstellte in dem Manne, in dessen Brust zwei Seelen

wohnen, die eine zugewandt der Sinnlichkeit, die andere hohen
Idealen, beide berechtigt, doch beide in einseitiger Verfolgung zu
Schuld und Unglück führend. Die Tragödie ist ein Fragment
geblieben trotz ihrer spätern Vollendung, und so ist sie auch in
dieser Beziehung der lebendige Ausdruck für das unablässige Ringen
und Streben des germanischen Geistes: Faust hat die volle Versöhnung zwischen den beiden Polen des Seelenlebens nicht gefunden
und wird sie nie finden. Denn konnte er jemals zu dem Augenblicke
sagen:

> „verweile doch, du bist so schön!" —

so hätte er ausgelebt und ginge zu Grunde oder versänke in
Stumpfheit.

Und von demselben Zwiespalte ist auch die germanische Mythologie auf das Tiefste durchdrungen. Denn was ihr ihren tragischen
Charakter gibt, das ist im Gegensatze zu der klassischen Ruhe der
griechischen Göttergestalten der Bruch, die tiefe Spaltung, die in
ihr bis in das innerste Götterleben eingreift. Denn wie Faust, so
sind auch die germanischen Götter an den Gesellen geschmiedet,
den sie nicht entbehren können und der sie vor sich selbst erniedrigt.
Das ist Loki, „der Verläster der Asen, der Unheilstifter und die
Schande aller Götter und Menschen", wie er in der jüngern Edda
genannt wird.

Doch in Loki selbst tritt dieser Gegensatz abermals hervor:
sein Wesen hat eine höchst eigenthümliche Doppelseitigkeit. Denn
er ist nicht nur das böse Princip in der Natur und im Leben, nicht
nur der Urheber des Verderbens der Welt, sondern eben so sehr
auch oder noch mehr ein Wohlthäter, dem die Götter oft die Rettung
aus den grössten Gefahren verdanken, und der den bedeutendsten
Antheil an den wichtigsten Gestaltungen des Weltlebens hat. Darum
ist er ebensowohl gut als böse, ebensowohl Schöpfer als Verderber,
und ebensowohl ein Gott, als ein böser Dämon. Diese beiden
Gegensätze weiss der dichtende Volksgeist in lebendiger Weise mit
einander zu verschmelzen. Er führt sie auf eine Charakterumwandlung Loki's zurück, die seinen Sinn zum Bösen gewendet hat.
Hiermit ist der Anstoss zu einer allmähligen Entwicklung gegeben.
Der grosse Gott, der innige Gefährte der höchsten Asen, wird

durch einen äusseren Anlass zum Bösen entzündet, und seine böse
Natur greift immer mehr um sich, wird immer dämonischer, bringt
ihn immer mehr in Gegensatz zu den Göttern, bis sie zu gegen-
seitiger Vernichtung führt. Lebendig ist diese Steigerung im Bösen
in den Mythen durchgeführt. Anfangs bringt er die Götter nur in
Verlegenheiten und Gefahren, die er auf ihr Drängen mit seiner
List und Gewandtheit wieder abwendet, dann aber fügt er ihnen
bleibenden Schaden zu, wird frech und schamlos, und zugleich
erzeugt er die Ungeheuer, welche am thätigsten beim Weltuntergange
sind, bis er endlich die Asen des Schönsten und Besten unter ihnen
beraubt und dadurch ihren Untergang vorbereitet. Nun ist das
Maas seiner Frevelthaten erfüllt, er wird gefesselt und muss unter
grausamen Qualen eine lange Gefangenschaft erdulden, aber unschädlich wird er dadurch nicht, langsam wachsen die von ihm
gezeugten Ungeheuer heran, und kommen wird die Zeit, wo sie sich
befreien. Dann wird auch Loki seine Fesseln zerreissen, und ein
furchtbarer Kampf wird sich entspinnen, der mit allgemeinem
Untergange endet.

So, theilnehmend an der Schöpfung, an der Erhaltung und an
der Vernichtung der Welt, ist Loki derjenige der germanischen
Götter, der in machtvollster Weise alle Seiten des Weltlebens
umfasst. Er ist die eigentliche bewegende, alles andere durchdrin-
gende Macht in der germanischen Weltanschauung, auf ihn bezieht
sich alles, in ihm findet die grosse Welttragödie ihren Mittelpunkt,
und durch ihn wird die ungeheure Katastrophe herbeigeführt, die
dereinst der Welt und den Göttern ein Ende machen soll. Darum
ist die nähere Erforschung seines Wesens für die gesammte germanische Mythologie und ihre richtige Auffassung von entscheidender
Bedeutung.

Als das Nächstliegende tritt in Loki hervor seine innige Gemeinschaft mit den Göttern. Darin sind alle Quellen einig. Ja,
in einigen wird er selbst als Ase bezeichnet, so vor allem in der
ehrwürdigen Völuspá, und in einigen Aufzählungen der jüngeren
Edda, die ihm sonst wenig Ehre widerfahren lässt. An einer Stelle
derselben wird er, nicht eben der Rechenkunst des Verfassers zur
Ehre, unter zwölf Asen als der dreizehnte aufgezählt, wie es überhaupt den Aufzeichnern der Mythen schwer wird, aus der in natür-

licher Entwicklung entstandenen Asengemeinschaft das künstliche Zwölfgöttersystem zu bilden, das durchaus erst von sehr spätem Ursprunge sein kann.

Diese enge Vereinigung Loki's mit den Asen ist jedenfalls sehr zu beachten und ein Gegengewicht gegen seine Abstammung von den Riesen, die als nothwendige Motivirung des Bösen in seiner Natur später erfunden wurde. Denn das ist bei näherer Prüfung gar nicht zu bezweifeln. Sein Vater, der Riese Farbauti, d. h. „Schiffstreiber", seine Mutter Laufey oder Nal, „Laubinsel" oder „Nadel, Nagel", und seine Brüder Byleistr und Helblindi, der „Wohnungsverwüster" und der „tödtlich Blendende" sind blosse Namen ohne bestimmte Anschauungen, wahrscheinlich erdichtet, um das Wesen Loki's näher zu bezeichnen, denn sie werden in anderm Zusammenhange nicht genannt, — mit Ausnahme des letzten, Helblindi, der sonst noch als Beiname Ôðinn's erscheint, und in seinem Wesen tief begründet ist, da er als der „tödtlich Blendende" seinen Speer Gungnir über die entgegenstehende Schlachtreihe schleudert und dadurch die Feinde erblinden macht und dem Tode preisgibt. Und so weist auch dieser Name wieder auf die enge Gemeinschaft Loki's mit den Asen hin, wenn man nicht annehmen will, dass nur durch blinden Zufall sein Bruder jenen Beinamen Ôðinn's erhalten habe. Diese Verbindung mit Ôðinn tritt noch klarer aus andern mythischen Ueberlieferungen hervor. Der Brüdertrilogie Loki, Byleistr, Helblindi steht im höchsten Asenleben die Brüdertrilogie Ôðinn, Vili, Vê entgegen, welche die Welt und die Menschen schaffen. In der älteren Erzählung von der Schöpfung der Menschen aber, welche die Völuspâ giebt stehn an der Stelle von Ôðinn, Vili und Vê die drei „mächtigen und huldvollen Asen" Ôðinn, Hoenir und Loki, die auch in andern Mythen mehrmals vereinigt die Welt durchwandern. Daraus ist zu schliessen, dass diese drei ursprünglich überall der Dreiheit Ôðinn, Vili und Vê entsprachen und ursprünglich für Brüder gehalten wurden. Als das Böse in Loki's Charakter immer mehr hervortrat und er zum Vater der scheusslichsten Ungeheuer geworden war, konnte er bei tieferer Ueberlegung nicht mehr als Bruder Ôðinn's betrachtet werden, darum musste die alte überlieferte Götterdreiheit in die durch Reflexion gebildete Ôðinn, Vili und Vê,

d. h. „Ôðinn", „Wille" und „Weise" oder „Heiligthum", umgeschaffen und Loki zum 'Sohne eines Riesen gemacht werden. Wie sehr man aber unsicher schwankte, zeigt sich auch darin, dass Loki einmal „Vaterbruder Ôðinn's" genannt wird. Die Völuspâ giebt die alten Anschauungen als Ausfluss des unmittelbaren Volksbewusstseins wieder, das in der Reflexion noch nicht so weit gekommen war, um den alten Mythus umzustossen; darum erscheint hier Loki als der Unhold, der die Ungethüme hervorgebracht hat und unter der Erde gefesselt liegt, und doch auch noch als Ase, als Bruder Ôðinn's und Mitschöpfer der Menschen; die jüngere Edda dagegen hat Loki durch seine Herkunft aus der Asenwelt ganz ausgestossen, und bildet daher in der Neigung zur Abstraktion an Stelle der überlieferten eine künstliche Götterdreiheit.

Trotzdem aber war die alte Brüderschaft Loki's mit Ôðinn nicht ganz abzuweisen, sie war in der Ueberlieferung auf das Tiefste begründet, die ehemalige Gemeinschaft Beider war eine Thatsache, die nicht geleugnet werden konnte, da sie durch lebendigen Mythus gestützt war. Hier war es also die Aufgabe, das Ueberlieferte durch eine neue Erklärung anders zu wenden. Die brüderliche Verbindung Loki's mit Ôðinn musste bleiben, und doch war Loki zum Riesen geworden. Und da hatte man keine Wahl, wie man beides mit einander vereinigen sollte, es gab dazu nur einen Weg, die Blutbrüderschaft. „Wenn zwei untereinander Brüderschaft schlossen, schnitten sie einen Streif Rasen auf, so dass er mit beiden Enden am Grunde hängen blieb und in der Mitte ein Spiess untergestellt wurde, der den Rasen hob; dann traten sie unter den Rasen und jeder stach oder schnitt sich in die Fusssohle oder flache Hand: ihr ausfliessendes, zusammenlaufendes Blut mischte sich mit der Erde; dann fielen sie auf's Knie und riefen die Götter an, dass sie einer des andern Tod, gleich Brüdern, rächen wollten." — Diese nordische Sitte gab sofort die Erklärung, und nun hiess es: in uralter Zeit hatten Ôðinn und Loki ihr Blut gemischt, indem sie es auf dem Boden zusammenrinnen liessen, und sich dabei unverbrüchliche Treue geschworen. Damit waren sie in die heiligste, unauflöslichste Verbrüderung getreten.

Darum ruft nun Loki, als die Götter ihn nicht bei Oegir's Trinkgelag zulassen wollten, Ôðinn zu:

„Gedenkst du dessen, Ôðinn!
wie wir be de in den Urtagen
mischten das Blut zusammen?
Bier trinken,
gelobtest du, würdest du nicht,
wenn es nicht uns beiden gebracht würde."

Das Eddalied, aus welchem ich diese Strophe mitgetheilt habe, ist
überhaupt von höchster Bedeutung, weil kaum in irgend einer
andern Ueberlieferung die hohe Göttlichkeit Loki's so klar hervortritt, wie hier. Er hat die Diener des Gastgebers Oegir erschlagen
und ist vor dem auflodernden Zorne der versammelten Götter ge-
wichen. Als er aber wieder unter sie tritt und Sitz und Antheil
an ihrem Trinkgelage fordert, da erscheinen die andern, als sie
verstummen und ihm nicht Platz machen wollen, wie im Unrecht
gegen ihn und als ob sie ihm ungebührlich sein gutes Recht ver-
sagten.

„Durstig komme ich — sagt er —
zu dieser Halle
auf langem Wege,
Die Asen zu bitten,
dass mir einer gebe
lieblichen Trunk des Meths.

Warum schweiget ihr
so, verstockte Götter!
dass ihr nicht reden möget?
Sitz und Stelle
gebt mir beim Gelage,
oder weiset mich von hinnen."

Sein Verlangen wird von Bragi zurückgewiesen, doch als er
Ôðinn an ihre Blutbrüderschaft erinnert hat, muss ihm auf dessen
Befehl der Ase Viðarr seinen Platz einräumen und ihm Meth ein-
schenken,

„Damit nicht uns Loki anrede
mit Lästerreden
in Oegir's Halle."

Als Loki getrunken hat, bietet er allen Asen und Asinnen
Heil, ausser allein Bragi, und nun nimmt dieser seine Beleidigung

zurück und bietet ihm hohe Busse. Selbst als er darauf die Asen
und Asinnen mit den schmählichsten Reden überhäuft und sich
sogar auf das Schamloseste seiner Unthaten rühmt, die sämmtlich
schon geschehen sind, nehmen sie das alles ruhig hin, ohne ihn
fortzutreiben, bis

„alle Felsen beben“

und von der Fahrt Thôr heim kommt, der ihn durch viermaliges
Drohen mit seinem Hammer, nachdem auch er von ihm auf das
Schmachvollste verböhnt worden ist, endlich zum Schweigen bringt.
Er geht hinaus mit den Worten:

„Ich sprach vor den Asen,
ich sprach vor der Asen Söhnen,
wozu mich der Muth anreizte;
aber vor dir allein
werde ich hinaus gehen,
weil ich weiss, dass du zuschlägst.

Bier brautest du, Oegir!
aber du wirst nie
fortan Gelage bereiten:
all' deine Habe,
Die hier innen ist,
Die Flamme spiele über sie!“

Die letzten Worte sind eine Anspielung auf den bevorstehenden
Weltbrand.

Und so erscheint Loki stets als Genosse der Asen, er nimmt
Theil an ihren Trinkgelagen und Gastmälern, und hat Sitz und
Stimme bei ihren Rathsversammlungen, wo er durch seine Klugheit
nicht selten die wichtigsten Entscheidungen herbeiführt. Dieser
bedeutende Antheil am Asenleben bleibt ihm in allen Ueberlieferungen ungeschmälert, wenn auch sonst noch so sehr seine üblen
Eigenschaften hervorgehoben werden. Und hier zeigt er sich in
seiner ganzen Bedeutung und leistet den Asen oft die grössten
Dienste, obgleich meist seine Wohlthaten etwas zweifelhaft erscheinen, da er entweder selbst die Verlegenheiten und Gefahren herbeigeführt hat, von denen er die Asen befreit, oder irgend ein Unheil
darauf folgt.

Ganz als wohlthätiger Helfer erscheint er aber in Hamars-
heimt, der „Hammersheimbolung“, jenem Eddaliede, das durch

heitere Klarheit der Darstellung unter allen am meisten klassisches
Gepräge hat. Ihm theilt Thôr als seinem nächsten Vertrauten
zuerst den Verlust seines Hammers mit:

> Höre du nun, Loki,
> Was ich jetzt sage,
> was man nicht weiss
> auf Erden irgendwo,
> noch hoch im Himmel:
> Der As' ist beraubt des Hammers!' —

und er kundschaftet ihn auch aus, bringt aber auch die schwere
Bedingung seiner Zurückerhaltung mit, Freyja dem Riesenfürsten
Thrymr zur Frau zu geben. Höchst ergötzlich ist die nun folgende
Schilderung, wie der alte starke Riesenfeind Thôr, dem es unwürdig
und weibisch dünkt, listig als Freyja verkleidet sich bei Thrymr
einzuschleichen, endlich durch Loki, der ihm vorstellt, bald würden
die Riesen Asgarð bewohnen, wenn er seinen Hammer nicht heim-
hole, bewogen, sich den Brautschleier und zierlichen Kopfputz,
Weibergewänder und den grossen Brisingschmuck, nicht zu vergessen die klirrenden Schlüssel der Hausfrau, anlegen lässt, und
mit Loki, der ihn treulich als Kammermädchen begleitet, mit seinem
Bocksgespann in Getöse und Feuerflammen nach Jötunheim fährt,
wo ihn der nichts ahnende Thrymr glänzend empfängt. Aber dem
zärtlichen Liebhaber wird seine schöne Braut bald unheimlich, da
er ihren mächtigen Appetit sieht, mit dem sie einen Ochsen, acht
Lachse und alle Süssigkeiten, die für die Frauen bestimmt sind,
auf einmal verzehrt und dazu drei Eimer Meths trinkt:

> „Da sagte das Thrymr,
> der Thursen Herr:
> „„Wo sahst du Bräute
> grimmiger beissen?
> nie sah ich Bräute
> mächtiger zubeissen,
> noch eine Maid
> mehr Meth trinken."" ...
> Sass die überaus kluge
> Magd vor ihm,
> die das Wort erfand
> Wider des Riesen Rede:
> „„Nichts ass Freyja

> acht Nächte lang,
> so war sie heftig verlangend
> nach Jötunheim.""

Und als Thrymr, gerührt von so zärtlicher Sehnsucht, in feuriger Liebesgluth nach einem Kusse verlangend sich bückt und den Schleier lüftet, aber erschrocken durch den ganzen Saal zurückfährt, —

> „Wie sind wild
> die Blicke Freyja's!
> mich dünkt, aus den Augen
> brenne Feuer!"

— da ist es wieder die überaus kluge Magd, die das Wort erfindet wider des Riesen Rede:

> „Gar nicht schlief Freyja
> acht Nächte lang,
> so war sie heftig verlangend
> nach Jötunheim."

Und Thrymr gebietet, Thôr's Hammer herbeizuholen und ihn in der Jungfrau Schooss zu legen, damit durch ihn der Ehebund feierlich geweiht werde:

> „Lachte Hlôrriði
> das Herz in der Brust,
> als der Hartmuthige
> den Hammer erkannte;
> Thrymr schlug er zuerst,
> der Thursen Herrn,
> und zerschmetterte ganz
> das Geschlecht des Jötuns."

Als mächtiger Gott steht er da in seiner eigenen Gestalt, als er mit Loki's Hülfe seine Waffe wieder erlangt hat, und erschlägt alle Riesen um sich her:

> „So kam Ôðinn's Sohn
> wieder zum Hammer." —

Wie hier, so ist Loki fast stets der Begleiter Thôr's auf seinen gefahrvollen Wanderungen zur Bekämpfung der Riesen.

Nicht nur als hülfreicher Gefährte aber, sondern als einer der höchsten Götter selbst erscheint er in den Wanderungen der Göttertrias Ôðinn, Loki und Hoenir, mit denen vereinigt er manches Abenthouer besteht.

Eine Sage erzählt, wie drei Asen aus der Heimath ausfahren, Oðinn, Loki und Hoenir, über Berge uud öde Wälder, wo es übel mit der Speise stand. Als sie aber in ein Thal herunter kamen, sahen sie eine Ochsenheerde, da nahmen sie einen Ochsen und gingen daran, ihn zu sieden. In der Eiche über ihnen aber sass ein grosser Adler, der verbinderte das Sieden des Ochsen, bis die Asen ihm Antheil au der Mahlzeit versprachen. Durch die Gier des Adlers erbittert, der die besten Stücke vorweg nimmt, stösst Loki nach ihm mit einer Stange, wird aber von ihm festgehalten und durch die Luft mitgeführt, bis er den Schwur leistet, er wolle Iðunn mit ihren Aepfeln aus Asgarð bringen, und so ward er frei und gelangte zu seinen Gefährten, — „und wird diessmal nicht mehr von deren Fahrt erzählt, bis sie heimkamen." — Zur verabredeten Zeit aber lockt Loki Iðunn aus Asgarð in einen Wald, und der Riese Thiassi kommt in Adlersgestalt und fliegt mit ihr seiner Behausung zu, sehr zum Nachtheile der Asen, die schnell alt und grau werden, bis Loki in Falkengestalt Iðunn wieder zurückbringt und den Riesen nach Asgarð lockt, so dass ihn die Asen erschlagen können.

Auf einer andern Fahrt, die die drei unternahmen, um die ganze Welt zu sehen, kommen sie zu einem Wasserfalle, bei welchem eine Otter sitzt, die einen gefangenen Lachs verspeist. Loki wirft sie mit einem Stein todt, und die Asen freuen sich über den guten Fang. Als sie aber Nachtquartier bei dem Bauern Hreiðmar nehmen und ihm ihre Beute zeigen, werden sie von diesem mit Hülfe seiner Söhne Fafnir und Reginn gebunden, weil sie seinen Sohn Otr getödtet haben, und sollen zur Busse so viel Gold herbeischaffen, dass der Otterpelz damit gefüllt und aufrechtstehend ganz bedeckt ist. Loki wird ausgesandt, das Gold herbeizuschaffen, und er zwingt den Zwerg Andvari, es ihm zusammen mit dem unheilvollen Ringe zu geben, der jedem, der ihn besitzt, den Tod bringen soll, und nachmals die Ursache des Unterganges der Nibelungen wird. So löst er die Asen aus der Gefangenschaft.

Ist er in diesen Erzählungen nur im vertrauten Verein mit

Ôðinn und Hoenir gedacht, so vollführt er nach andern mit ihnen auch die grössten Thaten. Die Völuspâ erzählt:

„Einst kamen drei
aus der Schaar,
mächtige und huldvolle
Asen zum Hause,
fanden am Lande
wenig vermögend
Ask und Embla
ohne Bestimmung.
Athem hatten sie nicht,
Geist hatten sie nicht,
Weder Blut noch Gebärden,
noch gute Farbe:
Athem gab Ôðinn,
Geist gab Hoenir,
Blut gab Lodurr
und gute Farbe.

Nach der jüngern Edda verleiht Ôðinn Athem und Leben, Vili Klugheit und Bewegung, Vê Antlitz, Sprache, Gehör und Gesicht. — Loki's Antheil an der Menschenschöpfung ist hieraus nicht klar zu erkennen: die Gaben Vili's entsprechen am meisten seiner Klugheit und Rührigkeit, doch ist das alles sehr schwankend, und wahrscheinlich hat sowohl die Völuspâ wie die jüngere Edda wenig Gewicht darauf gelegt, die drei Götter durch ihre Gaben streng auseinander zu halten und zu kennzeichnen.

Wichtiger ist, dass Loki, wenn er an die Stelle von Vili oder Vê zu setzen ist, auch Antheil an der Schöpfung der Welt haben muss. Ôðinn, Vili und Vê tödten das älteste lebende Wesen, den Urriesen Ŷmir, der böse und wild wie sein ganzes Geschlecht ist, und während alle Reifriesen, seine Nachkommen, bis auf einen, in seinem Blut ertrinken, bilden sie aus ihm die Welt: aus dem Blute das Meer, aus dem Fleisch die Erde, die Berge aus den Knochen, aus den Zähnen die Steine, aus dem Schädel den Himmel, aus den Augenbrauen Miðgarð, die Wohnung des Menschen, und sein Gehirn werfen sie als Wolken in die Luft. Aus Feuerfunken bilden sie Sonne, Mond und Sterne, um die Welt zu erleuchten, und ordnen ihren Gang am Himmel, um die Jahre zu zählen.

Ueber ihre Herkunft weiss die jüngere Edda auch sehr genaue

Auskunft zu geben. Die Kuh Auðhumla, die „einsam dunkelnde", von deren Milch sich der Urriese Ŷmir nährt, beleckte die salzigen Eisblöcke, und am ersten Tage kam aus der Stirne Menschenhaar hervor, am andern Tage ein Menschenhaupt, am dritten war es ein ganzer Mensch. Der hiess Buri, „der Zeugende", und war schön, gross und mächtig. Sein Sohn war Bör, „der Erzeugte", er nam Bestla, die Tochter eines Riesen, zur Frau, und ihre Söhne waren Óðinn, Vili und Vê, die Himmel und Erde regieren. — Diese Genealogie gibt sich als eine nicht in lebendigem Mythus begründete Reflexion zu erkennen. Nur das ist bemerkenswerth, dass selbst nach dieser Darstellung Óðinn und seine Brüder zur Hälfte von den Riesen herstammen, und das könnte ein unwillkürliches Bekenntniss der nahen Verwandtschaft Loki's mit Óðinn aus spätester Zeit sein, wenn nicht etwa einfach folgerichtig der Verfasser auf die Riesentochter kam, weil noch keine andern Wesen ausser den Riesen auf der Welt waren. — Eben so folgerichtig ist es, wenn an einer andern Stelle auf die verfängliche Frage, wo denn Allvater, der älteste und oberste der Götter — eine in der vollen Auflösung der Mythologie gebildete Abstraktion —, gewesen sei, ehe er die Welt erschaffen habe, geantwortet wird: „da war er bei den Reifriesen."

Es ist nach diesem allen mehr als wahrscheinlich, dass Loki ursprünglich als einer der höchsten Götter, der Schöpfer und Regierer der Welt, angesehen wurde. Es ist sehr wohl zu erklären, dass ein Gott im Volksbewusstsein allmählig zu einem bösen Dämon wurde. Auch der Teufel galt ja für einen gefallenen Engel, und Abriman war ein von Ormuzd abgefallenes Lichtwesen. Hatte die germanische Mythologie eine Gottheit, deren Wohlthaten einen etwas zweifelhaften Charakter hatten, — wie ja überhaupt in der Natur Entstehen und Vergehen, Leben und Tod eng mit einander verbunden sind, wie nichts sich aufbaut, ohne dass andres zerstört wird, und wie in aller Bewegung und Entwicklung die Vernichtung und im Guten das Böse mit gesetzt ist, — so konnte es gar nicht anders kommen, als dass dieses Wesen mehr und mehr den guten Gottheiten entgegengesetzt wurde, in dem Masse, wie in dem Menschen das Bewusstsein der die Welt und das Leben durchdringenden Gegensätze wuchs. Wie dagegen eine verderbliche Macht, mit der

die Götter in fortwährendem Vernichtungskampfe standen, sich
allmählig unbemerkt in die Götterwelt eingeschlichen und sich
darin so festgesetzt haben sollte, dass sie wie einer von den Göttern
selbst erschien, das ist nicht zu begreifen.

Die Umwandlung des wohlthätigen Gottes zum boshaften Verderber konnte man sich natürlich nicht ohne besondern Anlass denken.
Ein Eddalied erzählt, wie Loki einst das halbverbrannte Herz eines
bösen Weibes fand und es verzehrte: dadurch sei er zum Bösen
entzündet worden, und

> „davon ist auf die Welt
> alles Unheil gekommen."

Also durch ein W e i b ist alles Verderben und alles Böse auf
die Welt gekommen: eine Vorstellung, bei welcher man neben vielem
Andern an Eva's Apfelbiss und an Pandora erinnert wird. — „Denn
von ihr", klagt Hesiod, „ist das verderbliche Geschlecht, und die
Stämme der Weiber wohnen seitdem, ein grosser Schaden, unter
den sterblichen Männern, nicht theilnehmend an der verderblichen
Arbeit, sondern am Ueberfluss. Wie die Bienen in den Stöcken
Drohnen ernähren, die böse Dinge verrichten; sie selbst mühen
sich den ganzen Tag und legen weisses Wachs ein, doch jene bleiben in den bedeckten Stücken und sammeln Anderer Arbeit in
ihren Leib ein. So hat Zeus zum Uebel den Männern die Weiber
gesetzt, die leidige Dinge verrichten. Und ein anderes Uebel ist,
wenn einer die Ehe und die kläglichen Dinge der Weiber flieht
und nicht heirathen will, aber dem traurigen Alter sich nahet, der
lebt des Alterspflegers ermangelnd, wenn auch nicht der Lebsucht,
und wenn er stirbt, so theilen Seitenverwandte die Habe. Wem
hingegen Glück der Ehe zu Theil wird, dem wettstreitet von jeher
Böses mit Gutem; wer aber ein verderbliches Geschöpf trifft, der
lebt tragend in der Brust unausweichlichen Kummer in Herz und
Gemüth, und unheilbar ist das Uebel." — Die Trägheit der böoti-
schen Weiber mochte den Dichter zunächst zu diesem Stossseufzer
begeistern, doch der eigentliche Grund dieser und aller Sagen über
den Ursprung des Bösen durch die Weiber liegt tiefer: es ist das
dunkle Bewusstsein, dass der Mann durch das Weib in noch tiefere
Konflikte gestürzt wird, als er für sich allein zu tragen hätte.
Darum musste auch Loki, der Vertreter der sinnlichen Bewegung, den

2

Anstoss zum sinnlich Bösen von einem Weibe erhalten haben, was auch desshalb sehr nahe lag, weil die Bosheit, wo sie im weiblichen Geschlechte auftritt, oft unheimlicher, dämonischer erscheint, als bei den Männern. Schön deutet das halbverbrannte Herz auf die Bosheit, die das eigne Herz mit brennenden Schmerzen foltert und sich in ihrer eignen Gluth verzehrt. Bemerkenswerth und gewiss ein tiefer liegender nationaler Charakterzug ist, dass der Germane nicht das ganze Geschlecht brandmarkt, wie der Grieche, sondern sich damit begnügt, ein Weib zur Urheberin des Bösen zu machen. — Eine solche Vorstellung konnte natürlich erst gebildet werden, als man nach einer Motivirung von Loki's böser Natur suchte, also musste die Ausbildung seines dämonischen Charakters vorhergehen. Wir daher können uns mit dieser Erklärung von Loki's Bosheit nicht begnügen, sondern müssen den Grund derselben in seinem innern Wesen als Gott suchen und aus seiner Deutung entwickeln.

Die Mythendeutung ist ein bedenkliches Unternehmen, das Angesichts der frühern Leistungen wenig Erfolg verheisst. Wie hat man sich um ihretwillen abgemüht, wie unendlich viel Scharfsinn ist schon auf sie verwandt worden, wie unzählige Deutungen hat man schon versucht, und doch ist das eigentliche Wesen der mythischen Gestalten noch sehr unklar, und wir haben noch sehr wenig Einsicht in den innern Entstehungsprocess der Mythologie. Nachdem man sich mit historischen, platt natürlichen, astronomischen und allegorischen Deutungsversuchen aller Art gequält hatte, sind wir jetzt so weit gekommen, die Grundlage der mythischen Vorstellungen in den Erscheinungen der Natur zu suchen, aber auch hier sind die Schwierigkeiten nicht geringer, denn ausser wenigen glücklichen Versuchen, eigentliche konkrete Naturbilder und Vorgänge zu Grunde zu legen, ist man meist wieder auf die Naturallegorie verfallen. Endlich jetzt ist eine Richtung der Mythendeutung eingetreten, die immer mehr Boden gewinnt und mit ausserordentlichem Scharfsinn durchgeführt wird. Es ist die vergleichend-mythologische, die sich auf die Ansicht gründet, dass in der indischen Mythologie, wie sie in den Veda's vorliegt, sich die religiösen Vorstellungen des arischen Urvolkes ihrem Wesen nach erhalten haben, und dass dieselbe daher jeder Untersuchung der Mythologieen anderer Völker arischen Stammes zu Grunde zu legen ist, also auch der germanischen.

Doch man ist hierin zu weit gegangen. Es ist wahr, dass in der indischen Mythologie zusammen mit der persischen die alterthümlichste Gestalt der arischen Urmythologie vorliegt, darum aber keineswegs diese selbst, da die Weltanschauungen der asiatischen Stämme sich ebensowohl verändern mussten, wie die übrigen, schon in dem langen Zusammenleben der Inder und Iranier, und noch weit mehr, als die indischen Arier von den alten einfachen Verhältnissen hinweg in das üppige Gangesland versetzt wurden, wo in überreicher Fülle neue Eindrücke auf sie einstürmten, die auf Gemüth und Phantasie überwältigend, fast betäubend wirken und natürlich vor allem in der Mythologie zum Ausdrucke kommen mussten, so dass dieselbe dadurch eine ganz andere Gestalt gewann. Nicht alle Mythologieen der Völker arischen Stammes sind aus der indischen, sondern mit der indischen zusammen aus einem Keime entsprossen, der uns nicht mehr zugänglich ist, auf die wir nur durch Vergleichung aller arischen Mythologieen mit einander dürftig zurückschliessen können. Einseitig und willkürlich ist es daher, die indischen Gewittergottheiten in den germanischen Göttern wiederfinden zu wollen, und jeden Berg, Fels, Stein, Baum, Brunnen, jedes Thier als Wolke, jede Göttin als Göttin des himmlischen Wolkengewässers, jeden Gott als Herrscher, jeden Riesen oder bösen Dämon als Räuber der himmlischen Wolkengewässer zu erklären, — weil es so in den Veden zu finden ist. Man muss nie vergessen, dass die Mythologie jedes Volkes seine eigenste Schöpfung ist, in der es seinen Geist niederlegt, und dass die Urzusammenhänge mit andern Mythologieen daher nie so weit gehen können, dass sich die eine aus der andern vollständig erklären liesse. Nur aus der Geistesart eines Volkes selbst, aus dem Boden, auf dem es steht, und aus der Natur, in der es lebt, ist seine Mythologie ihrem Wesen nach zu erklären, und so verkehrt es wäre, die absolute Autochthonie jeder Mythologie zu behaupten, ebenso widersinnig ist es, die germanische Mythologie als ganz aus der indischen hervorgegangen zu betrachten, gerade so widersinnig, wie wenn man die Behauptung aufstellen wollte, die Germanen stammten von den Indiern ab.

Darum ist jede Deutung verfehlt, welche, wie es schon oft genug geschehen ist, unsern Loki ganz auf einen indischen Gott zurückführen will. Ganz besonders ist die Identität Loki's mit dem indi-

schen Feuergott **A g n i** behauptet worden, ja man hat auf Grund
derselben für Loki einen dem sanskritischen Agni entsprechenden
germanischen Namen erfunden, der sein ältester Name sein soll.
Es würde leicht sein, ebenso Gründe für die Identität mit irgend
einem andern indischen Gotte, wie z. B. mit **V â y a** dem Windgotte,
zu finden. Da ich aber die feste Ueberzeugung habe, dass Loki,
wenn gleich auch aus früheren gemeinsamen Grundlagen, doch in
seiner Gestalt als besonderer Gott mit eigenem Namen und Wesen
ganz auf germanischem Boden erwachsen ist, wie ich auch überzeugt bin, dass der indische Agni erst nach der Auswanderung der
europäischen Stämme aus der Urheimath bei den Zurückgebliebenen
entstanden ist, um so mehr, da sich in ihm schon die erste Spur
jener Neigung zur Abstraktion zeigt, welche später in immer weiterer Steigerung zu den Göttern **S o m a** und **B r a h m a** führte, so
ziehe ich es vor, bei der Untersuchung von Loki's Wesen auf ger-
manisch-nordischem Boden zu bleiben.

Die Bedeutung des Namens Loki ist etwas unklar. Gegen die
Zurückführung auf **a t l û k a**, „schliessen, endigen", lässt sich
äusserlich sprachlich nichts einwenden; Loki als das personificirte
Ende, der Endiger aller Dinge, ist aber eine ganz bodenlose Ab-
straktion, die erst zur Zeit der äussersten Auflösung der germanischen
Mythologie hätte gebildet werden können, und so müsste dieser
Name aus spätester Zeit stammen. — Mehr hat für sich die Ab-
leitung von **L o g i** „das Feuer, die Flamme, die Lohe". In der
merkwürdigen, gewiss durch spätere Fabeleien vielfach entstellten
Erzählung von Thôr's Abenteuern bei Ûtgarðaloki besteht Loki
einen Wettkampf im Essen mit **L o g i**, „dem Wildfeuer", einem
Diener des Riesen, aber sehr schlecht, da er nur das Fleisch von
den Knochen verzehrt, während Logi das Fleisch mitsammt den
Knochen und dem Troge verschlingt. In ganz dürrer allegorischer
Personifikation erscheint in der nordischen Sage noch ein **L o g i**
als Sohn von **F o r n i o t r**, dem „alten Riesen", mit der Frau „Glúth"
und den beiden Töchtern „glühende" und „glimmende Asche".
Alles das hat für Loki sehr wenig Bedeutung. Denn dass dieses
ein „„in Laut und Begriff fortgeschobener Logi" wäre, kann ich
nicht annehmen, da der Riese Logi, wie ich meine, erst weit später
als er entstanden ist. Den Wettkampf Beider mag Jemand erdichtet

haben, der einmal sehen wollte, wie Logi und Loki, deren Namen-
ähnlichkeit ihm auffiel, sich wohl neben einander ausnehmen möchten,
ungefähr wie zur Zeit der Auflösung der Heldensage willkürlich
Kämpfe zwischen den grössten Helden der einzelnen Sagenkreise
gedichtet wurden, wie z. B. im Rosengarten. Da hier Loki so ver-
wunderlich schlecht besteht, so muss man doch zu dem Ergebniss
gekommen sein, er könne sich in der Gefrässigkeit mit dem Feuer
nicht messen. — Vielleicht ist aber die Namendeutung Loki's einfacher, als man denkt. Loki stimmt mit Ausnahme der Endung
genau mit lokinn, dem part. praet. von at lûka. Sollte der Name
nun nicht passive Bedeutung haben? „Der Geschlossene, der Gefesselte" wäre doch eine sehr passende Bezeichnung für den an-
gefesselten bösen Loki. Ist diese Erklärung richtig, dann ist der
Name spätern Ursprungs und trägt die Naturbedeutung nicht in
sich. — Ein Beiname von ihm, Loptr, „Luft", giebt sich danach
um so klarer. Loki könnte danach der Herrscher über Wind und
Wetter sein, oder der in der Luft wirkende. — Sein dritter Name
Loðurr wird etwas zweifelhaft als das „lodernde Feuer" gedeutet,
worin man auch den mächtigen Windzug versinnlicht finden könnte,
der die Flammen emportreibt.

Der Bericht über seine Herkunft kann dazu dienen, seine Beziehung auf den Wind wahrscheinlicher zu machen. Sein Vater
„Schifftreiber", das heisst wohl „Wind", seine Mutter „Laubinsel",
was eine Bezeichnung für den Wald sein kann, oder „Nagel", mit
welchem Namen auch Schiffe, die mit glänzenden Nägeln verziert
waren, bezeichnet wurden, und sein Bruder „Wohnungsverwüster",
können alle ersonnen sein, um sein Wesen als Windgott näher zu
bezeichnen: „Der Wind, der den nächtlich dunkeln Wald durch-
heult, wäre der bildliche Ausdruck für Loki's Ursprung", wie es
treffend ausgesprochen worden ist, oder, kann man hinzusetzen:
„Der Wind, der sich heulend in den Segeln fängt und das Schiff
vorwärts treibt". Unter den poetischen Bezeichnungen des Windes
in der jüngeren Edda finden sich auch „Beschädiger oder Tödter
oder Hund oder Wolf des Baumes oder des Segels oder des Segel-
schiffes." — Ein so geborner Gott konnte wohl zum Vater alles
Uebels werden; also konnte man auch umgekehrt dem zum bösen
Dämon gewordenen Loki eine solche Abstammung geben.

Loki's Gattin heisst Sigyn, von ihr hat er zwei Söhne, Vali und Nari oder Narfi. Sigyn wird an verschiedenen Orten unter den Asinnen genannt und zeichnet sich bei der Fesselung Loki's durch ihre Treue aus, da sie ihn nicht verlässt und seine Qualen lindert, so viel sie vermag. Eben diese alles besiegende Liebe ist vielleicht auch in ihrem Namen ausgesprochen. — Von den Söhnen aus dieser Ehe hat sich in wenigen beiläufigen Worten ein Mythus erhalten, der auf hohes Alter deutet. Bei der Fesselung Loki's werden sie auch gefangen; den Vali verwandeln die Asen in einen Wolf, und er zerreisst seinen Bruder Narfi, mit dessen Därmen Loki darauf gebunden wird. — Vali ist sonst einer der Asen. Er rächt den Tod Baldr's, indem er den Höðr tödtet. Nörvi oder Narfi heisst ein Riese, der Vater der Nacht, der Dämon der mitternächtigen Himmelsgegend, von der alle Dunkelheit ausgeht. Sollen wir nun annehmen, dass hier blinder Zufall gewaltet habe, oder ist es nicht vielmehr weit wahrscheinlicher, dass ein innerer Zusammenhang zwischen diesen Namen besteht? Dann ergibt sich ein sehr einfacher und seine Bedeutung auf das klarste in sich tragender Mythus. Vali, der Ase, ein Gott des lichten Tageshimmels, zerreisst Narfi, den Urheber des nächtlichen Dunkels. Was liegt hier näher, als die Beziehung auf den Kampf des Tages mit der Nacht in der Morgendämmerung? Und wer denkt dabei nicht an das schöne Wächterlied Wolfram's von Eschenbach, welches beginnt:

> „Seine Klauen
> durch die Wolken sind geschlagen,
> er steigt auf mit grosser Kraft;
> ich seh' ihn grauen
> den Tag —,"

und an so viele andre Vergleiche des Tages mit einem Thiere, das die Nacht zum Weichen bringt oder verschlingt? Sehr nahe liegt es, das erste Tagesgrauen und die fahlen silbergrauen Wolken darin mit dem fahlen Silbergrau des Wolfes zu vergleichen. Das ist eine sehr einfache Erklärung, die, wenn sie richtig ist, von umfassendster Bedeutung für die gesammte germanische Mythologie sein muss. So ist hier in der Erzählung von Vali und Nari oder Narfi ein klarer, einfacher Naturmythus gewonnen, der ohne Zweifel aus ältester Zeit stammt. Er ist später verdunkelt worden, weil seine

Bedeutung zurücktrat, als die Gestalt Loki's nach der finstern Seite hin sich ausbildete, und er ist nur zufällig überliefert, als lebendiger Beitrag zu der Bestrafung Loki's. Folgerichtigerweise konnte man aber später den Asen Vali nicht mehr als Sohn Loki's betrachten, daher wird an einem andern Orte nur ein Sohn von ihm genannt, Nari oder Narfi, und noch später wurde in schwacher Erinnerung der Mythus so aufbewahrt: „Loki ward mit den Därmen seines Sohnes Nari gebunden, und sein Sohn Narfi ward zum Wolfe." — Dieselbe Stellung, wie in dem besprochenen Mythus, hat Vali als Ase, wo er den blinden Höðr tödtet, indem er als Gott des lichten Tageshimmels den blinden Gott des Tageshimmels ohne Sonne, d. h. zur Zeit der Wintersonnenwende, besiegt und tödtet. Wir könnten hier eine andre Fassung desselben Mythus vor uns haben, und zwar eine spätere. Doch will ich damit keineswegs Narfi und Höðr als identisch angesehen haben, nur als im Wesen mit einander verwandt. — Dass nun Loki zum Vater eines Gottes des Tageshimmels und zugleich des Urhebers der Nacht gemacht worden ist, ist in seiner doppelten Natur begründet und jedenfalls ein sehr alter Zug, obgleich vermuthlich Vali und Narfi selbst noch älter sind, weil die genealogische Verbindung mythischer Gestalten, wofern sie nicht eben um der Genealogie willen erdacht sind, stets aus späterer Zeit stammt, als diese selbst. — Ein Nachklang dieses Kampfes hat sich in dem Mythus erhalten, dass Loki und **Heimdall** einstmals in der Gestalt von Seehunden um den **Brîsingschmuck** kämpften, den Loki der **Freyja** geraubt und unter Klippen im Meere versteckt hatte. Heimdall, der hier Vali's Stelle vertritt, gewinnt ihn ihm ab, das heisst, er führt die Sonne wieder herauf, die Loki in das Meer versenkt hatte; als Gott des Tages kämpft er mit dem Dämon der Finsterniss, beide in der Gestalt grauer Seehunde. Erst als in Loki die finstere, verderbliche Seite seines Wesens vorwiegend geworden war, konnte er in diesem Sinne mit Heimdall in Kampf treten.

Aus dem Mythus von Loki's Söhnen aber ergiebt sich ein Schluss auf seine eigne Bedeutung. Konnte er als Vater des Tageshimmels und des Urhebers der Nacht betrachtet werden, so kann man in ihm kaum etwas andres gesehen haben, als einen grossen **Himmelsgott.** Aber nicht einen Gott des majestätisch in sich ruhenden

Himmels. Seine Beziehung auf den Wind und sein Charakter als
Urheber aller Bewegung und als der Beweglichste der Götter führt
darauf, ihn als Gott des bewegten Himmels, der sich im Winde
offenbart und alle wohlthätigen und verderblichen Veränderungen
am Himmel verursacht, aufzufassen. — Alles, was er thut, hat auf
Himmelserscheinungen Bezug. Er raubt die Sonne als den Brîsingschmuck vom Himmel und versenkt sie in's Meer, und er führt
sie als den Ring Andvaranaut wieder herauf. Er verursacht
den Verlust Iðunn's mit ihren Sonnenäpfeln, und er bringt sie
wieder. Durch seinen Rath kommen die Asen in Gefahr, Freyja
und dazu Sonne und Mond zu verlieren, und durch seine List
werden sie aus der Gefahr gerettet. Er schneidet Sif's Haare, die
treffend als die Sonnenstrahlen gedeutet worden sind, ab und ersetzt
sie durch goldne, und zugleich verschafft er den Göttern die grössten
Kleinode: den Speer Gungnir, das Schiff Skiðbladnir, Freyr's
goldborstigen Eber, den Goldring Draupnir und Thôr's
Hammer, die sämmtlich auf lichte Himmelserscheinungen zu deuten
sind. Mit seiner Hülfe holt Thôr seinen Hammer wieder von
den Riesen. Er löst die grossen Himmelsgötter aus der
Gefangenschaft. Er schafft mit ihnen zusammen Welt und Menschen. Er verursacht den Tod des lichten Himmelsgottes Baldr
und verhindert sein Wiederkommen. — Ich muss es mir hier
versagen, auf die Deutung aller dieser Mythen und auf die zahllosen andern Beziehungen, in denen er auftritt, näher einzugehen.
Nur darauf will ich im Vorbeigehen noch aufmerksam machen, dass
seine Bedeutung als Himmelsgott sich in Skandinavien bis auf den
heutigen Tag in manchen Redensarten erhalten hat. Zieht die
Sonne Wasser, so sagt der Isländer „Loki führt über die Aecker",
und der Däne „Loki trinkt Wasser"; wenn an heissen Tagen Dünste
auf der Erde schweben, so heisst es in Nordjütland: „Loki säet
heute Hafer", oder: „Loki treibt heute seine Geisse aus", und wenn
die Vögel in der Mauserzeit ihre Federn verlieren, so sagt man:
„sie gehen unter Loki's Egge"; „Loki's Brand" heisst auf Island
der Sirius, „Loki's Dunst" der Irrwisch, und beim Knistern des
Feuers sagt man in Norwegen: „Loki gibt seinen Kindern Schläge."

Durch dieses sein Wesen als grosser Himmelsgott ist Loki in
die nächste innere Verwandtschaft mit Ôðinn getreten, in

Folge deren eben sie zu Brüdern gemacht wurden. Und darum
ist ihre Berührung mit einander noch viel grösser, als ich bisher
erörtert habe, und liesse sich fast bis in's Einzelnste hinein nachweisen. Eine Anzahl Beinamen Ôðinn's bezeichnen auch ihn als
den Herrscher über Wind und Wetter. Durch seine Thaten wird
auch Loki sehr oft der Anstifter von Kämpfen. Auch Ôðinn's
Charakter erscheint mitunter in zweifelhaftem Lichte, sein Beiname
Bölverkr, „Unheilsstifter", entspricht ganz Loki's Bezeichnung als
bölva-smiðr, „Unheilschmid", und obgleich Ôðinn die Weisheit
und Klugheit im höheren Sinne vertritt, so verschmäht er doch
auch nicht, die verschmitzte List anzuwenden und zu ihr zu rathen.

> „Wenn du einen hast,
> dem du nicht wohl vertraust,
> und willst du von ihm doch Gutes erlangen,
> mit dem musst du schön reden,
> doch falsch denken,
> und Trug mit Lüge vergelten."

das ist einer seiner Rathschläge in dem Liede der Weisheit,
Hâvamâl, und ähnlich gibt es noch viele.

Je weiter man in der Zeit der Mythenbildung zurück geht, um
so mehr werden sich Ôðinn und Loki näher treten, ja ich meine
sogar, dass Beide ursprünglich Eins gewesen sind, das heisst,
dass Loki sich von demselben grossen Himmelsgotte durch Indivi-
dualisirung einer seiner Erscheinungsseiten abgelöst hat, von dem
Ôðinn in der germanischen Mythologie die späteste und reifste
Gestalt ist. Derartige Ablösungen und Individualisirungen einzelner
Erscheinungsseiten des grossen Himmelsgottes sind überhaupt nach
meiner Ansicht der Grund der Ausbildung des germanischen Viel-
göttersystems. Dass Thôr's Wesen nicht allein in Blitz und
Donner aufgeht, sondern dass er ein Himmelsgott ist, der sich
besonders im Gewitter äussert, liegt auf der Hand. Ebenso ist
Heimdall, der Wächter der Brücke Bifröst, nicht allein der
Regenbogen, sondern ein Himmelsgott, der sein Wesen in der
freundlichen Erscheinung des vom Regenbogen verklärten Himmels
findet. Týr ist ohne allen Zweifel der älteste Himmelsgott der
Germanen. Und so kann man bei allen Göttern die Beziehung
auf den Himmel nachweisen. Darum ist es nun auch natürlich, dass

in Folge dieser inneren Verwandtschaft noch viele äussere Berühr-
ungen der Götter unter einander geblieben sind, und dass namentlich Loki, der beweglichste der Asen, nicht nur mit Ôdinn, sondern
mit fast jedem von ihnen Uebereinstimmungen zeigt. Sein Unterschied
von ihnen ist der des beweglichen vom ruhenden Himmel, und
allmählig bildete sich daraus ein feindlicher Gegensatz.

Von einem Kampfe zwischen den Brüdern Ôdinn und Loki,
in Folge dessen Loki zu den Riesen verstossen worden wäre, wie
man ihn doch fast als für den mythenbildenden Volksgeist nothwendige Erklärung der Entzweiung beider voraussetzen sollte, hat
sich keine Ueberlieferung erhalten, und das ist auch natürlich, da
das spätere Bewusstsein Loki nicht mehr als Gott anerkennen konnte.
Doch es konnte wohl ein solcher Mythus vorhanden gewesen sein,
der sich aus geringen Bruchstücken wiederherstellen liesse. Heimdall's Kampf mit Loki könnte ein Nachklang davon sein.
Nach einer dunkeln Ueberlieferung hat Loki acht Winter unter
der Erde gelebt. Er könnte dahin von Ôdinn verbannt worden
sein. Saxo berichtet, dass einmal ein gewisser Mitothin, ein
andermal der Ase Uller Ôdinn's Stelle eingenommen haben, aber
von ihm besiegt und verbannt worden sind. Darin mögen sich
auch Spuren jenes Kampfes erhalten haben. Sehr häufig haben bei
der Auflösung der Mythen Helden, die in besonderer Gunst bei den
Göttern standen und von ihnen beschützt und mächtig gemacht
wurden, die Eigenschaften ihrer Schutzherren angenommen und
ihre Sage ist mit deren Thaten in etwas veränderter Form aus-
geschmückt worden. Darum ziehe ich auch die Sage von Geirröð
hier herbei, der in Folge eines Rathes von Ôdinn seinen Bruder
Agnarr mit den Worten: „Fahre du nun dahin, wo böse Geister
dich haben!" verstösst und sich selbst zum alleinigen König
macht, während Agnarr unter der Erde in Höhlen mit einer Riesin
Kinder zeugt. Eine eben solche Verwünschung stösst Ôdinn einmal gegen Thôr aus, dem er als der Ferge Harbarðr die Ueberfahrt über einen Meeresarm verweigert, an dessen gegenüberliegendem
Ufer Thôr auf der Rückkehr von einer Ostfahrt zu den Riesen
angekommen ist: „Fahre du nur dahin, wo dich ganz die Grimmen
haben!" und er scheint ihn damit zu den Riesen zu verstossen.

Hat nun wirklich einmal ein Mythus davon bestanden, dass

Loki von Óðinn in die Unterwelt und zu den Riesen verstossen
worden ist, so ist anzunehmen, dass er während dieser Verbannung
Vater der Ungeheuer geworden ist, die so verderblichen Einfluss
auf die Welt ausüben. Das Riesenweib Angrboða, „die Angst-
botin", mit der Loki sie gezeugt hat, giebt sich schon durch diesen
Namen als ein Produkt späterer Reflexion zu erkennen, und überhaupt ist in der Abstammung der Ungeheuer von Loki eine später
erdachte genealogische Verbindung zu vermuthen. Die Ungeheuer
selbst sind dagegen ohne Zweifel uralt, ja vielleicht älter, als die
Götter. Die furchtbaren Ausbrüche der Vulkane und alle Schauer
der unterirdischen Welt sind als von dem im Innern der Erde
gefesselten Wolfe Fenrir herrührend gedacht, und die zerstörenden
Erscheinungen des Meeres werden der auf dem Meeresgrunde liegenden Miðgarðsschlange zugeschrieben. Auch Hel ist eine
Tochter Loki's von Angrboða, denn die grauenvollen Vorstellungen,
die sich von der Todtengöttin und ihrem Reiche gebildet hatten,
kamen dem ausgebildeten dämonischen Charakter Loki's natürlich
entgegen. Vielleicht hat ursprünglich an Hel's Stelle als drittes
Ungeheuer der die Todten zerfleischende Adler gestanden, der in
der Völuspá dunkel erwähnt ist, und der mit dem Drachen
Níðhöggr, der die Leichen aussaugt, vielleicht übereinkommt.
Da die Vorstellungen von demselben später mit zur Ausmalung des
Todtenreiches verwendet wurden, so wäre es sehr natürlich, dass
für ihn Hel, die das Ganze beherrscht, gesetzt wurde.

Durch den Aufenthalt bei den Riesen hat Loki etwas von ihnen
angenommen, und nun tritt seine dämonische Wildheit mehr
und mehr hervor. Er ist jetzt in der That der Unheilstifter, die
Schande der Götter und Menschen. Er versäumt keine Gelegenheit,
den Göttern zu schaden, seine grösste Unthat aber ist, dass er
den Tod des lichten Baldr verschuldet, durch welchen den Göttern
zuerst ihr unvermeidlicher Untergang gewiss wird. Darum kann
er nicht mehr unter den Göttern geduldet werden, er schweift
geächtet in der Welt umher und wird gefangen und gefesselt.
Seine Fesselung erinnert so sehr an die Fenrirs, dass sie sehr
wahrscheinlich von ihr entlehnt ist. An sie knüpft sich ein rührendes Bild unverbrüchlicher Gattentreue. Sigyn, sein Weib,
ist ihm gefolgt und lindert seine Qualen, indem sie die Gifttropfen,

die von der über ihm aufgehängten Schlange in sein Antlitz träu-
feln, in einem Becken auffängt. Und wenn die Schale voll ist,
dann geht sie und giesst das Gift aus; unterdessen aber tropft ihm
das Gift ins Angesicht; dagegen sträubt er sich so heftig, dass die
ganze Erde schüttert, und das nennt man Erdbeben.

Das ist der gegenwärtige Zustand der Welt: Loki und die
Ungethüme sind gefesselt und unschädlich, und nur in ohnmäch-
tigen Zuckungen geben sie mitunter von ihrem Dasein Zeugniss.
Doch die Asen wissen sehr wohl, dass dieser Zustand der Ruhe
kein dauernder ist: sie sind ganz auf den hoffnungslosen Kampf
und Untergang gefasst, den sie voraussehen, und achten sorgfältig
auf alle Vorzeichen desselben. In der Natur zeigen sich die ersten
Spuren:

> „Niemals steht fest
> Erde noch Sonne,
> in der Luft mindert sich nie
> der Sturm des Verderbens."

Darauf dringt das Verderben auch in die moralische Welt:

> „Brüder werden sich schlagen
> und sich zu Mördern werden,
> Verwandte werden
> Verwandte vernichten:
> Die Erde dröhnt
> heftig erbebend,
> kein Mann wird
> des andern schonen." —

> „Hartes ist in der Welt,
> grosse Unzucht,
> Beilzeit, Waffenzeit,
> Schilde werden gespalten,
> Sturmzeit, Wolfszeit,
> ehe die Welt untergeht."

dann folgt ein Winter, der drei Jahre lang fortdauert, wo die Sonne
ihre Kraft verliert und alles im Frost erstarrt. Und nun kommt
Ragnarökr, die „Götterdämmerung."

Sonne und Mond werden von Wölfen verschlungen, die Sterne
fallen vom Himmel; die Erde erbebt in ihren Grundfesten, die
Bäume werden aus dem Boden gerissen, die Berge stürzen zusammen. Die ganze Welt tobt im wildesten Aufruhr. Die Un-

geheuer werden entfesselt. Der Fenriswolf fährt mit offnem Rachen
daher, sein Oberkiefer stösst an den Himmel, sein Unterkiefer an
die Erde, und sie würden noch weiter auseinandergehen, wenn
Raum dazu wäre; Feuer brennt ihm aus Augen und Nase. Die
Miðgarðsschlange kommt fürchterlich neben dem Wolfe daher, sie
bläst Gift aus, das Luft und Meer besprengt. Da wird Naglfar
das Todtenschiff flott, in ihm fahren alle Ungethüme daher, Loki
steuert. In dem Getöse klafft der Himmel auseinander und Mus-
pell's Söhne kommen feuerglänzend dahergeritten, Surtr voran,
und vor und hinter ihm lodernde Flammen; vor seinem Schwerte
scheint es glänzender als vor der Sonne. Alle zerstörenden Gewalten werden frei und fahren zum Kampfe über die Brücke
Bifröst, die unter ihnen zusammenbricht.

Die Asen sehen den Untergang herankommen:

> „Laut bläst Heimdall,
> das Horn ist erhoben,
> Óðinn redet
> mit Thimir's Haupte.“
> „Was ist mit den Asen?
> Was ist mit den Alfen?
> ganz Jötunheim rauscht,
> die Asen sind in der Rathsversammlung.“

Sie halten Rath über den bevorstehenden Kampf, und nun fahren
sie gewaffnet in die Schlacht, hinter ihnen die Schaaren der Ein-
herier aus Valhalla. Óðinn reitet voran, den Speer in der Hand,
in Goldhelm und glänzendem Panzer. Der Kampf beginnt. Alle
Asen fallen bis auf einen, doch nicht ohne die Mächte der Finsterniss zu vertilgen. Alles geht in Flammen auf, die Erde sinkt ins
Meer. — Doch der Untergang ist kein bleibender. Grün und schön
steigt die Erde wieder aus dem Meere, die Fluthen fallen, die
Asen kommen wieder, ein neues Menschengeschlecht wird die neue
Erde bewohnen, alles Uebel wird schwinden, die Aecker wachsen
unbesäet. Und die neue Welt erhält einen neuen Gott:

> „Da kommt der Mächtigere
> zum Göttergericht,
> der Starke von oben,
> der alles beherrscht:
> er hält Gericht
> und legt die Streitigkeiten bei,

setzt heilige Satzungen,
welche bleiben sollen."

Diese Schilderung des Weltunterganges, welche wohl das Erhabenste ist, was je in einer Mythologie geschaffen wurde, stammt aus der Zeit der vollendeten Reife der nordischen Mythologie. Aus kleinen Keimen entsprossen, ist der Mythus vom Ragnarökr emporgewachsen, er überschattet das ganze Leben der Welt und der Götter und bildet den Abschluss der grossen Welttragödie der germanischen Mythologie. — Aus der düsteren Gluth, in der oft die Sonne auf und untergeht, mochte man das erste schwache Vorbild des grossen Weltbrandes schöpfen. Aber der eigentliche Grund der Ausbildung des Mythus liegt tiefer. Er ist in dem Charakter der nordischen Natur zu finden, wie sie sich dem Menschen darstellt und auf sein Inneres wirkt. Karg spendet sie ihre Gaben, selten erscheint der Himmel heiter, der bei weitem grösste Theil des Jahres ist winterlich unfreundlich, und in der schönen Jahreszeit scheinen die wohlthätigen Naturmächte mit Anstrengung gegen die verderblichen zu kämpfen und im Laufe der Zeiten immer mehr zurückgedrängt zu werden, denn der Glaube an eine schönere Vergangenheit ist in solchen Verhältnissen natürlich. Durch viele Erscheinungen der nordischen Natur belebt, wurde diese Vorstellung allmählig in immer grössere Verhältnisse gehoben und zu dem mächtigen Ragnarökrmythus ausgebildet. — Selbst eine Ahnung von dem Untergange der Religion scheint in der Vorstellung von dem neuen unbekannten Gotte zu liegen.

„Da kommt ein andrer
noch mächtigerer,
Doch wage ich nicht,
Den zu nennen;
wenige sehen
weiter vorwärts,
als wo Ôðinn wird
dem Wolf begegnen." —

heisst es in einem andern Eddaliede. Dass darin jedoch eine Beziehung auf das Christenthum ausgedrückt wäre, wie Viole annehmen, ist sehr unwahrscheinlich, da dieser neue Gott so natürlich mit der neuen Welt zusammenhängt, dass er mit ihr fast nothwendig gegeben war: ein Gott, der, mächtiger als die früheren,

sie beherrscht und Glück und Frieden herstellt. Dass nun gar aus
der Kunde von dem welterobernden Christenthum erst der ganze
Mythus entstanden oder zu der weltumfassenden Bedeutung gekommen wäre, ist gar nicht denkbar.

Der Antheil Loki's am Weltuntergange ist danach auch erst
ein Erzeugniss der gereiften Weltanschauung. Wie es unendlich
oft geschieht, so haben sich hier zwei Mythen neben einander ent·
wickelt, und sind dann auf Grund ihrer inneren Verwandtschaft
mit einander verbunden worden. Aus denselben Keimen aber, wie
die Götterdämmerung, ist auch, nur in andrem Gebiete, Loki erwachsen. Es ist die Beobachtung, dass der grosse Himmelsgott
im Norden nicht so mächtig ist, wie in den südlicheren Ländern,
die dazu geführt hat, ihm den helfenden und schadenden Gefährten
an die Seite zu geben, der auch am Himmel sichtbar ist, nicht in
erhabener Ruhe thronend, sondern umherschweifend und alle Bewegung wohlthätiger und nachtheiliger Art hervorrufend und be-
fördernd.

Und nun, zum Schlusse eilend, werfe ich noch einen Blick auf
die Mythologien der urverwandten Völker, um von da
aus die volle Uebersicht über die Entstehung und Entwicklung
Loki's zu finden.

Durch die vergleichende Mythologie können wir auf manche
religiöse Reformation schliessen, die in unvordenklicher Zeit stattfand, indem an die Stelle der früheren Götter neue gesetzt wurden.
Wohl die älteste dieser Reformationen, in die dunkelste Urzeit
zurückführend, ist die, durch welche der grosse Himmelsgott
Οὐρανός, der indische Vâruna, entthront wurde und sich eine
Reihe neuer Göttergestalten bildete, welche alle aus einem Keime
aufwuchsen. — Von der Wurzel div, „leuchten, glänzen", heisst
im Sanskrit der helle Himmel dyaus, und die himmlischen Götter
der Inder dêvas, welches Wort sich bekanntlich auch bei den
Persern mit etwas veränderter Bedeutung findet. Dem entspricht
das griechische Θεός, das lateinische deus, nordisch tivar für
Gott, Götter. Da die ursprüngliche Bedeutung in diesen Sprachen
vergessen ist, so haben sie ohne Zweifel jene Wörter und Begriffe
aus der gemeinsamen Urheimath mitgebracht, und daher hiessen
schon vor der Trennung im arischen Urvolke die Götter dêvas.

Während sich im Sanskrit keine Spur davon findet, das Appellativum zum Eigennamen umzubilden, ist diese Umbildung im griechischen $\varDelta \varepsilon \acute{v} \varsigma$, $Z \varepsilon \acute{v} \varsigma$, im lateinischen Diovis, Jovis, Jupiter, und im germanisch-nordischen Tyr, Zio vollzogen. Daraus ist zu schliessen, dass sich der Name für einen bestimmten Gott unter den europäischen Stämmen erst nach ihrer Trennung von den asiatischen gebildet hat. Bei den Griechen ist Zeus, bei den Römern Jupiter der höchste Gott, bei den Germanen dagegen hat Tŷr eine untergeordnete Stellung, er ist ein Sohn Ôðinn's und tritt gegen manche andere Götter sehr zurück. Doch ist nicht zu zweifeln, dass er auch bei den Germanen ursprünglich der oberste Gott war, und das machen die Quellen selbst sehr wahrscheinlich. Eine ausserordentlich reiche Verbreitung seines Namens in Orts- und andern Namen Skandinaviens und Deutschlands ist nachgewiesen; er ist Kriegsgott, wie Ôðinn, er wird von den tapfern Kriegern angerufen; er ist der kühnste und tapferste der Asen; nach ihm nannten sich die nordischen Könige Tyr's Anverwandte, und in den Wochentagsnamen erscheint er mit Ôðinn und Thôr als der erste unter ihnen. Als der Wolf Fenrir noch klein war und ihn die Asen in Asgarð erzogen, hat Tŷr allein gewagt, ihm Speise zu bringen, und er bewirkt seine Fesselung, verliert aber dabei seine rechte Hand. Das heisst: der grosse Himmelsgott hat in der Urzeit die Macht der finstern Tiefe, die damals noch wohlthätig im Wechsel mit dem Licht auf die Erde wirkte, in seinem Dienste gehabt und ihr das Leben gefristet, doch als sie wächst, die Welt zu verschlingen droht und unter der Erde gefesselt werden muss, büsst er im Kampf mit ihr einen Theil seiner Macht ein. Was liegt hier näher, als der Gedanke an die Wanderung der Germanen aus den südlichen Ländern, wo der lichte Himmel mächtig über die unschädliche Finsterniss ist, nach dem Norden, wo er seine Macht zum Theil verliert? — Und nun konnte man geschlossen haben: dieser Tŷr, der die rechte Hand verloren hat, ist nicht mehr der allgewaltige Himmelsgott, und ein so gewaltiger Himmelsgott, wie er war, ist überhaupt nicht mehr; einer aber ist der grösste, und der offenbart sich am mächtigsten im Gewitter, wenn er mit dem Blitzhammer die Riesen niederschmettert: es ist Thôr, der Donnergott. Aber er ist nicht stark genug, um allein diese Thaten

zu vollführen, denn er ist durch Wolken, Nebel und Finsterniss
zu sehr im freien Handeln gehemmt: darum muss er einen Gefährten
haben, der ihm beisteht und kräftig und klug genug ist, die
Hindernisse, die auf der Fahrt bis zum Kampfe im Wege sind,
wegzuräumen, denn im Kampfe selbst, wenn er seinen Hammer
hat und zu den Riesen gelangt ist, d. h. wenn ein Gewitter am
Himmel steht, da ist Thôr der alte starke Gott, der in Getöse
und Feuerflammen daherfährt und alles zu Boden schlägt. Und da
mag ihm wohl Týr auch einmal beistehen. Aber auch zum Gefährten passt er wenig, denn er ist zu unmächtig gegen die Dämonen
der Finsterniss. Es muss ein Gott sein, der die Macht hat alle
Veränderungen in der Natur hervorzurufen, wohlthätige wie verderbliche, Licht und Finsterniss, er muss vor allem gewandt und klug
sein, denn mit offner Gewalt lässt sich nicht immer kämpfen: also
ein grosser Himmelsgott mit jugendlicher Gewandtheit. Und worin
sollte sich dieses deutlicher offenbaren, als in der stets beweglichen
Luft? Es ist Loptr, der mit seinem Hauch die Wolken zerstreut
und zusammenführt, der den Donnergott in die Kämpfe mit den
Riesen verwickelt, der die Sonne herauf und hinab führt, der den
lichten Tag erzeugt und tödtet, es ist Loðurr, der im lodernden,
prasselnden Feuer emporfährt. Er hat sich von dem Himmelsgotte
abgelöst und ist doch sein unzertrennlicher Gefährte, denn der
bewegte Himmel löst sich von dem ruhenden Himmel und bleibt
doch mit ihm vereinigt. — Doch der Gott, der nichts vermag, als
in Donner und Blitz loszuschlagen, hat ein zu beschränktes Gebiet
seiner Macht, und seinen Gefährten fehlt es wieder an der Kraft,
der nichts widerstehen kann. Wer aber soll den Menschen beistehen, wenn kein Gewitter am Himmel steht? Wen sollen sie in
ihren Schlachten anrufen, wer gibt ihnen Weisheit und dichterische
Begeisterung, wer beschützt alles höhere geistige Leben? Es muss
noch ein höherer Gott sein. Da zeigt er sich, wenn er seinen
Speer, den Sonnenstrahl, über die feindliche Schlachtreihe schleudert
und sie blendet, es ist Helblindi; doch in seiner ganzen Grösse
erscheint er, wenn er mit seinem klaren Auge von Oben hernieder-
blickt, aus dem unendliche Weisheit und Hoheit strahlt. Darum
ist er noch viel grösser in der Weisheit, und die erwirbt man sich
nicht, wenn man daheim sitzt, es ist Óðinn, der Weitumher-

gefahrene, Vielerfahrene. Loptr ist sein Bruder, mit wem sonst als mit ihm, dem Gewandten, Beweglichen, sollte er in der Urzeit umhergewandert sein und Welt und Menschen geschaffen haben? — Doch es scheint, dass Loptr's Wesen mit der Zeit immer zweideutiger wird. Die Veränderungen, die er hervorruft, sind seltner den Göttern und Menschen zum Nutzen, als zum Schaden: zwar muss er stets wieder das Unheil abwenden, aber er führt immer neue Gefahren herbei, das scheint seine Lust zu sein. Und es wird immer schlimmer in der Welt, die gute alte Zeit ist vorbei, langsam schleicht das Verderben heran. Die finstern Mächte wachsen. Das ist Loptr's Schuld, darum ist er ihr Vater, er muss eine Zeit lang von den Göttern verbannt und bei den Dämonen gewesen sein. Doch nein: wie könnte er überhaupt ein Gott und Ôðinn's Bruder sein? Er ist ein böser Dämon, den die Götter gebrauchen und der ihnen beistehen muss, aber er stammt von den bösen Riesen, er ist nur in den Urtagen zu den Asen gekommen und hat mit Ôðinn Blutbrüderschaft geschlossen, daher kommt seine vertraute Vereinigung mit ihm, und darum ist er stets bei den Asen wie ein Ase selbst. Aber er treibt es zu weit: er hat den Gott des lichten Sommertages getödtet und den des dämmernden Wintertages an seine Stelle gesetzt; zwar wird dieser bald wieder vom Gotte des hellen Frühlings erschlagen, doch die schöne Zeit der Herrschaft des reinen Lichtes ist dahin und kommt nicht wieder. Loptr, der Unheilstifter, die Schande der Götter und Menschen, muss gefesselt und bestraft werden. Nun ist es Loki, der Gefesselte, und das ist er noch und wird in Banden liegen bis zur Götterdämmerung, die der alten Welt ein Ende machen wird.

Die Weissagung ist erfüllt: die alten Götter sind gestürzt, aber mit ihnen nicht der germanische Volksgeist, der sie geschaffen hat. Lebenskräftig wird er wachsen und gedeihen, so lange er den Geist der Verneinung in sich hegt, denn

> „Des Menschen Thätigkeit kann allzuleicht erschlaffen,
> Er liebt sich bald die unbedingte Ruh'," —

wenn er nicht den Gesellen bei sich hat,

> „der reizt und wirkt und muss, als Teufel, schaffen."

Ich bin zu Ende. Ich habe, besonders in dem letzten Theile meines Vortrages, eine Reihe sehr unmassgeblicher Vermuthungen aufgestellt, die ich durchaus nicht selbst als unumstösslich angesehen wissen wollte, und die ich rücksichtslosester Kritik anheimgebe. Wo die Gewissheit fehlt, muss man sich mit ihnen behelfen, und ich konute nur durch sie meine Untersuchungen zum Abschlusse bringen. Auch auf Vollständigkeit kann mein Vortrag keinen Anspruch machen. Ich habe vieles nur andeuten können, vieles ganz übergeben müssen, und musste mich begnügen, nur die Hauptpunkte der Untersuchung näher zu erörtern, weil ausführliche Behandlung des Ganzen in einem kurzen Vortrag unmöglich war. Wenn es mir aber gelungen ist, zur Förderung der Wissenschaft und besonders zur Anregung neuer Forschungen etwas beizutragen, und Ihnen dabei zugleich ein Bild altgermanischen Geisteslebens vorzuführen, das auch für Nichtfachgenossen genug Anziehungskraft besitzt, um Sie in lebendigen Antheil an der Untersuchung zu ziehen, so dass Sie dieselbe gleichsam im Geiste mit durchlebten, dann ist mein Zweck erreicht.

Das Nibelungenlied

als

Kunstwerk.

Vorwort.

Der am vierten Januar dieses Jahres im Grossrathssaale zu Zürich in der Reihe akademischer Vorträge des letzten Winters von mir gehaltene Vortrag erscheint hier in sehr erweiterter Gestalt. Die Kürze der Zeit gestattete mir damals nicht so ausführlich zu sein, wie ich wohl gewünscht hätte, und ich musste daher manches sehr zusammendrängen und ohne die nöthige Begründung geben. Schon darum fühle ich eine Art von Verpflichtung gegen meine Zuhörer, das Ganze vollständig der Oeffentlichkeit zu übergeben. Dazu kommt noch, dass bei Mittheilung der Stellen, die ich zur Begründung meiner Ansichten brauchte, ein Uebelstand unvermeidlich war. Entweder musste das in der Uebersetzung geschehen, und damit hätte ich einen meiner Hauptzwecke, von der Schönheit des Originals einen Begriff zu geben, opfern müssen, da auch die beste Uebertragung dasselbe nicht entfernt ersetzen kann, oder ich musste sie im Urtext mittheilen auf die Gefahr hin, dass nicht alles für den in der mittelhochdeutschen Sprache nicht Bewanderten immer ganz verständlich sein würde. Ich wählte unbedenklich den letzteren Weg, da mir der damit verbundene Missstand als das kleinere Uebel erschien. Durfte ich ja doch hoffen, dass das meiste bei der grossen Verwandtschaft der mittelhochdeutschen Sprache mit der unsrigen und besonders mit dem allemannischen Dialekt dennoch verstanden werden würde. Natürlich aber waren bei alledem manche schwierigeren Ausdrücke nicht zu umgehen. Eine Erklärung derselben im Vortrage selbst zu geben, war nicht thunlich, schon weil dadurch die mir zugemessene Zeit noch mehr verkürzt worden wäre, dann aber, weil solche Erklärungen den Gang der Rede störend unterbrochen haben würden. Dieser unvermeidliche Mangel meines Vortrages aber musste es mir doppelt erwünscht machen, durch seine Herausgabe mit Erklärung der schwierigeren Ausdrücke Jedem einen klaren Einblick in meine Beweisführung zu ermöglichen.

Und so übergebe ich diese Arbeit der Oeffentlichkeit mit einem doppelten Wunsche: einmal, dass meine Fachgenossen das, was in ihr selbständige Forschnng ist, wohlwollend aufnehmen mögen, und dann, dass ich durch sie dem Nibelungenlied recht viele neue Freunde erwerben möge. Wenn mir die Anerkennung zu Theil würde, dass ich über manche nicht unerhebliche wissenschaftliche Fragen neues Licht verbreitet und zur Förderung der allgemeinen Kenntniss und Werthschätzung unseres herrlichen Nationalepos einen bescheidenen Beitrag geleistet habe, so wäre das das Höchste, was ich wünschen kann.

Fluntern bei Zürich, Ende Mai 1866.

Hugo Wislicenus.

Das Nibelungenlied.

Neben der Sprache ist es die Literatur, und vor allem die poetische Literatur, welche das geistige Band bildet, das die Glieder einer Nation fortdauernd fest umschlingt und ihnen, auch den äusserlich von ihr getrennten, ihre geistige Verwandtschaft immer wieder zum klaren Bewusstsein bringt. Darum hält der deutsche Schweizer mit Recht darauf, dass die Koryphäen der deutschen Dichtung auch ihm wie jedem Deutschen angehören, ebenso wie die deutschen Dichter der Schweiz in keiner Geschichte der deutschen Literatur fehlen dürfen. Wenn ich mir daher erlaube, Ihre Aufmerksamkeit heute auf eines der edelsten Werke deutschen Geistes zu lenken, so darf ich auf Ihrer aller warme Theilnahme rechnen, auch wenn es nicht aus jener ruhmreichen Vorzeit stammte, in welcher alle Glieder der Nation noch ungetrennt ein Volk bildeten.

Wie ein plötzlich eintretender Frühling, der überall nach langer winterlicher Erstarrung reiches, frisch treibendes Leben hervorruft, so muthet es uns an, wenn wir den bewundernswürdigen Aufschwung der deutschen Literatur zur Zeit der hohenstaufischen Kaiser betrachten. Nach jahrhundertelanger Vernachlässigung der Muttersprache, da die Bildung in den Händen der Geistlichen in der lateinischen Gelehrsamkeit des Mittelalters erstarrt war, werden auf einmal die Fesseln des Herkommens gebrochen, die deutsche Sprache wird wieder das Organ des deutschen Geistes und findet eine Ausbildung zu ausserordentlicher Vollkommenheit; an die Stelle der Geistlichkeit tritt unter frischer Betheiligung des ganzen Volkes ein andrer Stand, der der Edlen, als Träger des geistigen Lebens der Nation, in wenigen Jahrzehnten erstehen Hunderte von Dichtern, und in unvergänglichen Werken bethätigt sich die im Stillen herangereifte Schöpferkraft. An der Spitze dieser machtvollen Entwicklung steht das **Nibelungenlied**, ohne erkennbare Vorläufer (1), auf die gesammte spätere Dichtung vom entscheidensten Einfluss, zugleich in künst-

lorischer Vollendung das Höchste, was überhaupt in dem ganzen
Zeitraume geleistet worden ist.

Die sehr naheliegende Frage nach der Entstehung dieses
wunderbaren Werkes stösst auf eigenthümliche Schwierigkeiten.
Denn während es äusserlich durchaus als Ganzes, als Werk eines
Dichters erscheint, nennt sich kein solcher, und auch sonst ist
sein Name nicht urkundlich überliefert. So rieth man aufangs auf's
Gerathewohl hin und her: auf Heinrich von Ofterdingen, Walther
von der Vogelweide, Wolfram von Eschenbach und andre, aber
keine dieser Vermuthungen konnte sich auf zureichende Gründe
stützen und vor der besonnenen Kritik bestehen. Da trat Karl
Lachmann auf, der grosse Gelehrte und Kritiker, und erklärte
die ganze Frage für eine müssige: mit gründlichster Sachkenntniss
und ausserordentlichem Scharfsinn führte er die Ansicht durch, das
Nibelungenlied sei hervorgegangen aus einer Sammlung einzelner,
unabhängig von einander entstandener Volkslieder, die von einer
wenig geschickten Hand nothdürftig zusammengefügt und zu dem
uns vorliegenden Ganzen verbunden wurden, doch so, dass die
Zusammensetzung noch deutlich erkennbar sei und die einzelnen
Lieder noch sehr wohl von einander getrennt, ja in ihrer ursprünglichen Gestalt wiederhergestellt werden könnten. (2) Nichts ist für
den überlegenen Geist Lachmann's bezeichnender, als dass diese
Hypothese, welche alle früheren Meinungen geradezu auf den Kopf
stellte und sich gar sehr auf subjektive, unbewiesene Voraussetzungen stützte, während seines ganzen Lebens, fast vierzig Jahre
lang, in der deutschen Philologie eine fast unbedingte Herrschaft
behauptete. (3) Erst nach seinem Tode, im Anfange des letzten
Jahrzehnts, regte sich Widerspruch, der seitdem immer stärker
erhoben worden ist. (4) Immer noch aber besteht eine schroffe
Spaltung zwischen den Anhängern und den Gegnern Lachmann's,
und so hat diese Frage auf ihrem Gebiet eine ähnliche Bedeutung,
wie die Homerfrage für die klassische Philologie: in beiden wird
viel hin und her gestritten, und eine Versöhnung der Gegensätze
ist noch nicht erreicht. Es gibt aber jetzt auch eine grosse Zahl
von Forschern, die zu der Nibelungenfrage eine unabhängige Stellung eingenommen haben, und das Streben, unbeirrt von persön-
licher Autorität und Parteileidenschaft sie neu zu erörtern und ihrer

Beantwortung entgegenzuführen, macht sich immer mehr geltend. (5)
Im Allgemeinen ist Lachmanns Kritik durch manche scharfsinnige
und gründliche Untersuchung schon sehr wankend gemacht worden,
und die Ansicht, dass das Nibelungenlied das Werk eines Dichters sei, zu der auch ich mich bekenne, gewinnt immer mehr
Boden.

Es würde die für einen kurzen Vortrag gestatteten Grenzen
weit überschreiten, wollte ich auf alle die verwickelten Verhältnisse,
die bei erschöpfender Behandlung dieser Frage zur Erwägung kommen müssen, irgend näher eingehen. Nur von einem Gesichtspunkte aus, der aber, wie mich dünkt, für die Forschung von
grosser Bedeutung ist und bisher weniger Berücksichtigung gefunden
hat, als er wohl verdiente, möchte ich das Nibelungenlied hier in
Betracht ziehen. Die Frage, ob es das Werk eines Verfassers ist, wird
endgültig entschieden sein, wenn erwiesen werden kann, dass es
ein Kunstwerk, eine künstlerische Einheit ist, denn eine
solche vermag nur der ordnende Geist eines Dichters herzustellen.
Ich glaube, dieser Nachweis lässt sich auf das Ueberzeugendste
für jeden Vorurtheilslosen führen, und das sei mir gestattet, hier
in gedrängter Kürze zu versuchen.

Aber ich habe dabei auch noch ein anderes Ziel im Auge, das
mir fast noch mehr am Herzen liegt: ich möchte durch die folgende
Betrachtung einen Beitrag dazu geben, das Nibelungenlied, das
vielfach in seiner künstlerischen Bedeutung sehr herabgesetzt worden ist, zu der verdienten Anerkennung zu bringen, um so mehr,
da es bisher ausser bei den Fachgelehrten doch noch wenig gründlich gekannt ist und daher häufig falsch beurtheilt wird. Ich erinnere mich, vor einer Reihe von Jahren aus dem Munde eines
von mir hochgeachteten Gelehrten bei der Charakteristik der homerischen Gedichte es als einen ganz besondern Vorzug derselben
vor dem Nibelungenliede rühmen gehört zu haben, dass die homerischen Helden bei aller Tapferkeit und Todesverachtung auch der
Thränen sich nicht schämten, während die Recken des Nibelungenliedes sie als weibisch verachteten und ihre Ehre darein setzten,
nie zu weinen und nie weiche, menschliche Regungen zu zeigen:
was das nun für ein unnatürlich gesteigertes Ehrgefühl sei, wie
man sich wohl für solche Helden erwärmen könne! Ich traute kaum

meinen Ohren und glaubte bei so zuversichtlicher Behauptung des
Gegentheils von dem, was ich doch bestimmt zu wissen meinte,
mich auf mein Gedächtniss nicht verlassen zu können; ich schlug
daher zu Hause nach, um mich von dem wahren Sachverhalt zu
überzeugen. Da fand ich, dass Rüdiger von Bechlarn weint, als
er das Blutbad sicht, dass alle Burgunden, selbst der grimme
Hagen, mit ihm weinen, als er ihnen seine Freundschaft aufsagen
muss und sich dabei doch noch einmal als der treueste Freund er-
weist, dass Etzel und alle seine Mannen über Rüdigers Tod eine
so laute Wehklage anstimmen, dass es die Berner in der Ferne
hören, dass Dietrich von Bern über seiner Helden Tod so laut
weint, dass das Haus von seiner Stimme erschallt, — alles das
fand ich und noch viel mehr, und war ganz erstaunt über solche
Unkenntniss. Aehnliche vage Vorstellungen vom Nibelungenliede
und damit verbundene absprechende Urtheile sind wohl auch jetzt
noch sehr verbreitet. Wenn es überhaupt der Beachtung werth
gehalten, wenn zugestanden wird, dass es manche dichterische
Schönheiten enthalte, so gilt es doch meist als ein rohes, barbari-
sches Werk, das bei manchen Spuren von Talent doch im Ganzen
höchst unvollkommen sei, ein Produkt des äussersten Ungeschmackes.
Solche Urtheile gehen zum weitaus grössten Theile aus mangelnder
Kenntniss hervor. Dass aber das Nibelungenlied bisher noch so
wenig gekannt, ist nicht zu verwundern. Die Schuld liegt weniger in dem Mangel an Theilnahme, da ich im Gegentheile häufig
das lebhafteste Interesse dafür gefunden habe, sondern einfach
daran, dass es bisher an einer brauchbaren Ausgabe gefehlt hat.
Das erscheint nun als eine ganz widersinnige Behauptung, und ist
doch wirklich so. Denn allerdings haben wir keinen Mangel an
Ausgaben des Nibelungenliedes, aber eine Ausgabe, die auf der
Höhe der Wissenschaft stünde und damit alles vereinigte, was einem
der Sprache Unkundigen das Verständniss des Urtextes erleichtern
kann, besitzen wir noch nicht, und so lange sie fehlt, kann das
Nibelungenlied nicht allgemein bekannt und richtig gewürdigt werden. Alle Uebersetzungen reichen dazu nicht hin: denn der Urtext
kann durch keine, auch nicht die beste derselben vertreten werden,
die entweder, wenn die poetische Form streng wiedergegeben werden soll, zu viel vom Inhalte opfern muss, oder, wenn sie in

Prosa abgefasst wird, eben die Schönheiten der Form unberück-
sichtigt lassen muss. Von keinem Gedichte aber gilt es mehr, als
vom Nibelungenliede, dass Inhalt und Form nothwendig zusammen-
gehören, und nur die Vereinigung Beider den ganzen poetischen
Genuss gewährt. Daher kann Niemand sagen, dass er das Nibelungenlied kenne, der es nicht vollständig in der Ursprache gelesen
hat. Der umständliche Weg aber, durch die Glossare und Gram-
matiken hindurch zum Verständniss vorzudringen, passt nur für
solche, die unsere alte Sprache und Literatur zum Gegenstande
eingehenden wissenschaftlichen Studiums machen wollen. Wenn
derjenige, welcher dieses Studium nicht berufsmässig treibt, sondern
Erweiterung seiner Kenntniss und ästhetischen Genuss sucht, jedes
ihm unklare Wort mühsam nachschlagen und häufig lange darüber
nachsinnen soll, bis er die rechte Bedeutung findet, so kann es
nicht fehlen, dass diese sprachlichen Schwierigkeiten ihn bald er-
müden und abstossen, so dass er gar nicht das erreicht, was er
erstrebte. Daher eignet sich für solche Zwecke nur eine Ausgabe,
die nicht nöthigt, des Verständnisses halber häufig mühsam nach-
zusuchen, sondern die alle Schwierigkeiten unmittelbar unter dem
Texte erklärt. Eine solche aber fehlt noch. Mit ganz besonderer
Freude kann ich jedoch hinzufügen, dass diesem Mangel binnen
Kurzem abgeholfen sein wird. (8)

Noch ein Grund war es aber, der es verschuldet hat, dass bisher das Nibelungenlied noch so wenig anerkannt und mangelhaft
gekannt ist: er liegt in der gelehrten Forschung selbst. Es lag in
dem Wesen und der ganzen Richtung der Lachmann'schen Kritik,
dass sie weit mehr darauf ausgehen musste, mit zersetzender Schärfe
möglichst viele Mängel im Nibelungenliede aufzufinden, als anzu-
erkennen, was in ihm schön und gross ist: und in der That zeigt
Lachmann in seinen Untersuchungen weit mehr kritischen Scharfsinn,
als Sinn für poetische Schönheiten. Unter diesem einseitigen Standpunkte hat denn natürlich die ästhetische Beurtheilung bei ihm sehr
gelitten. Die Ergebnisse seiner Untersuchungen aber sind Gemein-
gut des deutschen Volkes geworden durch G e r v i n u s, der in seiner
„Geschichte der deutschen Dichtung" ein Werk von bleibendem
Werthe geschaffen hat, der aber, da er überhaupt weit mehr
historisch-stofflichen, als ästhetischen Sinn hat, und da sein Urtheil

daher weit selbständiger in der historischen, als in der ästhetischen
Kritik ist, auch in der ästhetischen Beurtheilung des Nibelungenliedes sich allzusehr von Lachmann leiten lässt, und nichts als
„vaterländischen Dünkel" darin findet, es in Bezug auf seinen
poetischen Werth neben die homerischen Dichtungen zu stellen. (7)
Zu diesem absprechenden Urtheil trete ich aus redlicher Ueberzeugung in den entschiedensten Gegensatz. Wenn ich behaupte,
dass das griechische und das deutsche Epos in ihrer Art gleich
vollkommene Vertreter des Geistes beider Nationen sind, so hoffe
ich, die folgende Untersuchung soll zeigen, ob diese Meinung auf
einem Vorurtheile ruht oder sich auf begründete Thatsachen zu
stützen vermag. Wenigstens glaube ich nicht, durch die Liebe
zum Gegenstande meines Studiums zur Ueberschätzung desselben
verleitet worden zu sein, da ich keineswegs das Nibelungenlied für
ein in jeder Beziehung vollkommenes Kunstwerk halte; ich meine
aber, dass die in ihm vorkommenden kleinen Mängel, die ich
sehr wohl kenne, vielfach in masslosester Weise übertrieben
worden sind, und dass die ausserordentlichsten Vorzüge für sie ent-
schädigen.

Während die Grösse des Gegenstandes, die geschlossene Composition und die meisterhafte Charakteristik fast ungetheilte Anerkennung und Bewunderung gefunden haben, ist dagegen die äussere
Form des Nibelungenlieds vielfach angefochten worden. Man findet
sie allzubescheiden, dürftig, kalt, eintönig, ermüdend, man findet
die Reime ärmlich und die Sprache trocken und klanglos, man
vermisst überhaupt Reife des Seelen- und geistigen Lebens. (8)
Alle diese Vorwürfe, wenn sie auf nur einzelne Stellen bezogen
werden, sind in gewissem Masse begründet: auf das Ganze ohne
Unterschied angewendet aber enthalten sie eine schreiende Unge-
rechtigkeit. Schwerlich wird Jemand, der vorurtheilslos und mit
Sorgfalt das Nibelungenlied liest, die Schönheit der Sprache, die
bei der knappsten Einfachheit doch einen unerschöpflichen Reichthum entfaltet, und die vortreffliche Behandlung der poetischen
Form verkennen. — Es kann hier nicht meine Aufgabe sein, das
erschöpfend nachzuweisen und Sie in die vielfach verschlungenen
Wege der Spezialforschung einzuführen: vielleicht aber gestatten
Sie mir gern, Ihnen von einigen Gesichtspunkten aus an Beispielen

zu zeigen, dass es der äusseren Form des Nibelungenliedes durchaus nicht an Schönheit fehlt.

Die Nibelungenstrophe ist ohne Zweifel das grossartigste Versmass der mittelhochdeutschen Poesie. Die langen Verse in ihrer ungekünstelten Einfachheit gestatten die freieste Bewegung, die stumpfen reimenden Schlüsse geben den Versen Festigkeit, die klingenden Cäsuren Weichheit und Mannichfaltigkeit, die grosse Freiheit in der Zahl der Senkungen macht den lebendigsten, verschiedenartigsten Ausdruck möglich, und der um eine Hebung verlängerte letzte Halbvers gibt der Strophe klaren, festen Abschluss und hat in dem volleren Ausklingen etwas Musikalisch - Lyrisches, tief Stimmungsvolles. (9) Grossartige epische Ruhe und Einfachheit, Fähigkeit zum mannichfaltigsten lyrischen Ausdruck, das sind die Vorzüge dieser majestätischen Strophe, die in der Hand des Meisters Kraft und Milde, plastische Schönheit, gehaltvollste Kürze und reichstes inneres Gemüthsleben zu entfalten vermag, wie kaum eine andere. (10) Sie gewinnt dadurch noch eine ganz besondere Bedeutung, dass sie ausser im Nibelungenliede fast nie in der mittelhochdeutschen Dichtung angewendet worden ist und daher eigenste Schöpfung des Dichters zu sein scheint, während sie ihre Macht bewährt hat in ihrer Einwirkung auf die gesammte spätere Dichtung der Deutschen, da eine kaum übersehbare Fülle von meist künstlicheren Strophenformen der mittelhochdeutschen Epiker und Lyriker aus ihr entwickelt worden ist, und selbst noch in der jetzigen Dichtung zwei der einfachsten und der deutschen Sprache angemessensten, weil die freieste Bewegung gestattenden und des mannichfaltigsten Ausdrucks fähigen Versmasse aus ihr abgeleitet sind: ich meine die epische Strophe von vier Versen zu sechs, Hebungen mit klingender Cäsur und stumpfem Schluss, wie sie besonders Uhland in des Sängers Fluch und andern Balladen angewendet hat, und die einer Hälfte von ihr entsprechende, mehr lyrische Strophe von vier Halbversen, die (gewöhnlich mit gekreuzten, abwechselnd klingenden und stumpfen Reimen) in sehr vielen einfachen Liedern, wie im König in Thule und der Loreley, Anwendung gefunden hat. Wie vortrefflich aber der Dichter des Nibelungenliedes diese seine Strophe zu behandeln versteht, wie sie meist als angemessenstes Kleid des Inhalts und dieser als nothwendiger Körper für die Form erscheint, das liesse sich an einer Fülle von Beispielen zeigen. Ich kann mich hier natürlich nur auf wenige beschränken. Um ihre Anmuth und Weichheit zur Anschauung zu bringen, wähle ich die Stelle, die des Dichters tiefes Gefühl für die Musik zeigt, in der schönen Scene der Nachtwache Volkers und Hagens, wo die unheimlich bange Situation, während die ellenden geste *) von Feinden umlauert sind, durch ein Bild von wunderbarem Zauber verklärt wird. · Volker ist mit Hagen vor die Thür des Saales getreten, in dem die Burgunden zur Ruhe gegangen sind. Da lehnt er seinen Schild an die Wand, holt seine Geige herbei, und:

1772 Under die tür des Hûses   saz er ûf den stein.   1834
     küener videlære   wart noch nie dehein.
     dô im der seiten dœnen   sô süezlich erklanc:
     die stolzen ellenden   seitens Volkêre danc.

1773 Dô klungen sine seiten   daz al daz hûs erdôz.   1835
     sîn ellen zuo der fuoge,   diu wâren beidiu grôz.
     süezer unde senfter   gigen er began.
     do entswebete er an den betten   vil manigen sorgenden man.

1774 Dô si entslâfen wâren   und er daz ervant,   1836
     dô nam der degen widere   den schilt an die hant. (11)
                                        u. s. w.

Wie schliesst sich hier auch in der kräftigeren Stelle zum Schluss die rhythmische Bewegung dem Inhalt in ausdrucksvollster Weise an! — Und in den Schilderungen, wie in der des Festes, bei welchem Siegfried Kriemhilden zum erstenmal sieht:

---

*) ellende (ahd. elilenti, abzuleiten von einem vorauszusetzenden goth. aljalandi „ausser dem Lande") „fern der Heimath, fremd, in der Fremde," wovon die Bedeutung „armselig, unglücklich, elend" abgeleitet ist, die auch schon im Nibelungenliede vorkommt.

1772, 2 dehein irgend einer. — 3 süezlich lieblich. seiten Saiten. — 4 seitens (seiten des) sagten dafür.

1773, 1 erdôz præt. von erdüzen laut ertönen. — 2 ellen Kraft und Tapferkeit. — zuo bezeichnet hier einfach das Hinzukommen. — fuoge Schicklichkeit, Geschicklichkeit, Kunst. — 4 entsweben einschläfern. —

1774, 1 ervinden gewahr werden.

305 Fröude unde wünne   und michelen schal   306
   sach man tegiliche   vor Guntheres sal,
   dar ûze und ouch dar inne   von manigem küenen man.

oder in der Schilderung des Lärms der Jagd:

883 Si hôrten allenthalben   ludem unde dôz.   941
   von liuten und von hunden   der schal was sô grôz,
   daz in dâ von antwurte   der berc und ouch der tan.

oder in der Turnierschilderung:

1819 Dô was ir kurzewile   sô michel unde grôz,   1882
   daz durch die covertiure   der blanke sweiz dô vlôz
   von den guoten rossen   diu die helde riten.

oder endlich in der des Kampfes:

207 Dô was michel dringen   und grôzer swerte klanc,   208
   dâ ir ingesinde   zuo ein ander dranc.

und in zahllosen andern Stellen: welch' frisch bewegtes Leben ist
da auch im Tonfall! — Und von wie wunderbarer Wirkung ist
die Ausfüllung der Senkung zwischen den beiden letzten Hebungen
des ersten Halbverses in den Worten:

953 wesse ich wer iz het getân,   ich riete im immer sînen tôt!   1012

Wie schliesst sich das den in einem Augenblick Kriemhilds Gemüth
durchstürmenden Empfindungen des leidenschaftlichsten Schmerzes
und der plötzlich aufsteigenden Rachsucht so ausdrucksvoll und
ungezwungen an, dass wir meinen, den fliegenden Puls fieberhafter
Aufregung darin zu vernehmen. — Wie aber auch der ganze
Schauder eines entsetzlichen Ereignisses sich auf den unruhigen,
stossenden Rhythmus überträgt, indem die Sprache stockt, wie wenn
der Schreck die Zunge gelähmt hätte, und dann die Worte mit der
ausbrechenden Empfindung überströmen, das möge noch die Stelle
zeigen, wo die Botschaft von Siegfrieds Mord in der Nacht seinem

---

805, 1 michel gross. — 3 dar ûze draussen. — dar inne drinnen.
883, 1 ludem Lärm. — dôz Getöse. — 8 antwurte (für antwurtete)
   wiederhallte.
953, 4 wesse wüsste. — râten worauf sinnen, bereiten.

4

Vater überbracht wird. Der Bote kommt zu dem schlaflosen König Siegmund und ruft ihm zu:

<pre>
958 Wachet, herre Sigmunt!   mich hat nach in gân   1017
    Kriemhilt min frouwe.   der ist ein leit getân,
    daz ir vor allen leiden   an ir herze gât.
    des sult ir klagen helfen: wan ez iuch sêre bestât.
</pre>

Durch die allereinfachsten Mittel wird in solchen und ähnlichen Stellen unvergleichliche Lebendigkeit und die mächtigste Wirkung erreicht. Schon hier zeigt sich uns der wahrhaft grosse Dichter.

Der poetischen Form steht aber immer zur Seite der **sprachliche Ausdruck**, sie durchdringend und vergeistigend, beide heben und ergänzen sich gegenseitig. Lieber aber opfert der Dichter nach Art der wahren Dichter einmal die regelrechte Form, als dass er auf den bezeichnendsten, treffendsten Ausdruck verzichtete. Auch gegen den Sprachgebrauch erlaubt er sich mitunter Freiheiten, die aber immer ungezwungen, einfach und von guter Wirkung sind. Immer schliesst sich der Ausdruck ungesucht dem Inhalte an und gibt ihn in angemessenster Form wieder, so dass man meist fühlt, das Gesagte kann gar nicht besser ausgesprochen werden. Sehr häufig ist er von eigenthümlicher Schönheit, oft vollendet klassisch. Der Dichter versteht es wie selten ein anderer, in wenigen Worten viel zu sagen. Und in aller oft fast an Armuth streifenden Einfachheit, welcher unerschöpfliche Reichthum der äusseren Mittel! Von der reinen **Klangnachahmung** aus, die sich häufig ungezwungen von selbst ergibt, wie in den wenigen Worten von dem Hin- und Wiedertönen der Hörner im Walde bei der Jagd:

<pre>
(886, a) dô wart nâch den gesellen   gefrâget blâsende vil.
</pre>

oder in der Versinnlichung des Pfeifens der Schwerter durch die Luft in dem „swinden swertes slac" und „swaeren swertes swanc" u. s. w. liesse sich durch alle Mittel der Belebung und Stimmung hindurch an einer reichen Mannichfaltigkeit von Beispielen die ungesuchte Schönheit der Sprache des Nibelungenliedes nachweisen, ja es würde nicht schwer sein, an ihm die Gesetze und Mittel des poetischen Schaffens überhaupt lebendig zu erläutern. Welcher anspruchslose

---

958, 4 wan da, weil. bestât angeht.

Reichthum findet sich in dem Gebrauch der Redefiguren! Nur
dass der Dichter alles Gewaltsame, alles was den natürlichen Ausdruck unterbricht und stört, durchaus vermeidet. ' Um nur eins zu
erwähnen, so verfällt er nie aus dem ruhigen epischen Erzählungs-
ton in die Gegenwart: er theilt diese charakteristische Eigenthüm-
lichkeit mit Homer und dem Dichter von Hermann und Dorothea.
Dagegen wird die Erzählung ungesucht dramatisch belebt durch die
häufige Einführung Redender, wobei der Dichter es aber sehr selten, und nur wenn die ersten Worte schon zeigen, wer spricht,
versäumt, den Redner mit „dô sprach" einzuführen. So ist überall
dafür gesorgt, dass eine Grundlage gesunder Naturwahrheit erhalten
bleibt, die alles Künstliche fern hält. (12) Wie vortrefflich aber
diese Reden stets in lebendige Beziehung und oft in ästhetischen
Kontrast zur Handlung treten, möge nur das eine Beispiel zeigen,
wie Siegfried nach dem Sachsenkriege Kriemhilden zum ersten
Male sieht und Beide sich freundlich begrüssen:

297 Der künic von Tenemarke   sprach dô sâ zestunt: 298
 des vil hôhen gruozes lît vil maniger wunt,
 des ich dâ wol enpfinde von Sîfrides hant.
 got lâze in nimmer mêre ze Tenemarke in daz lant!

— Nur ganz ausnahmsweise tritt der Dichter selbst in eigner Person
hervor mit „ich sage in" oder „ich erkan in niht bescheiden",*) oder in Rückdeutungen wie „als ich gesaget hân," ebenfalls stets in der aller ungezwungensten Weise. Mit einer humoristischen Wendung fügt er bei der Beschreibung von Siegfrieds Jagd-
ausrüstung, nachdem er Waffen und Kleider in einer Reihe von
Strophen durchgemustert hat, noch mit

897 Sît ich in diu mære   gar bescheiden sol   955

die Beschreibung von Köcher und Pfeilen an, indem er dadurch
sehr glücklich die Trockenheit der Aufzählung vermeidet.
  Dasselbe gilt von den Mitteln der Veranschaulichung. Die ein-

---

297, 1 sâ gleich darauf, alsbald — zestunt zur selben Stunde.
 *) bescheiden Bescheid geben, auseinandersetzen.
897, 1 sît seit, da, weil. — gar ganz.

fachste Form derselben, das Epitheton, ist am häufigsten angewendet, und der Dichter zeigt hierin, in der Entwicklung des Subjekts durch schmückende Beiwörter, eine bewundernswürdige Mannichfaltigkeit, immer verbunden mit überzeugendster Wahrheit. Freilich müssen wir uns jetzt aus der Gewohnheit, die Sprache zu übersteigern und mit Ausdrücken wie „ungeheuer, furchtbar, entsetzlich" allzuwenig sparsam umzugehen, zurückversetzen in die Zeit, in welcher ihr noch ganz ihre natürliche Kraft inwohnte, um die Schönheit von Ausdrücken wie „scharfe Schwerter, fliessendes Blut, weite Wunden, harte Schläge, weinende Augen" u. s. w. ganz zu empfinden. Von ungemeiner Kraft und Einfachheit ist der Ausdruck daz „lancraeche wîp" *) von Kriemhild zur Bezeichnung ihrer lang andauernden Rachsucht. Auch die der epischen Poesie wohl angemessenen stehenden Formeln finden sich nicht selten: „der küene „Dancwart, der grimme Hagen, der künic Gunther, der „hêrre Gêrnôt Gîselher daz kint" und andre. Selbst Häufung der Beiwörter findet sich mitunter, wo es dem Sinn entspricht: wie z. B. das Erstaunen über den ungeheuern Stein, den Brunhild wirft, ausgedrückt wird mit den Worten:

425 man truoc ir zuo dem ringe   einen swæren stein,   449
    grôz und ungefüege,   michel unde wel.

oder in der Scene der Nachtwache, als die Hunnen Volker furchtbar gerüstet vor der Saalthür wachehaltend erkennen und sprechen:

1779 Der treit ûf sînem houbte   einen helmen glanz,   1841
     lûter unde herte,   starc unde ganz:
     ouch lôhent im die ringe   sam daz viuwer tuot.

Dieselbe Mannichfaltigkeit und Schönheit des Ausdrucks findet sich, wie davon schon die „lohenden Ringe" des vorigen Beispiels eine Probe geben, in den Zeitwörtern und in der Satzentwicklung: da

----

*) lancraeche (von langer Rache) langrachsüchtig, unversöhnlich, nachtragend.

425, 1 rinc runder Platz, kreisförmige Menschenmenge. — 2 wel rund (vergl. „Welle").

1779, 1 glans glänzend. — 2 lûter lauter, hell. — herte hart. — 3 sam so wie.

werden Helme verhauen, Schilde verschnitten, da hallen die scharfen Waffen laut den Helden an der Hand, da springt das Feuer vom Stahle, als ob es der Wind wehte, da stieben die feuerrothen Funken aus den Helmen wie von Bränden gross, da wird in dem Streite manches Helmes Schein mit Blut gelöscht, da holen die Helden aus den Helmen den heiss fliessenden Bach, — und so findet sich namentlich in den Kampfschilderungen, aber auch sonst überall, eine unerschöpfliche Mannigfaltigkeit hochpoetischer Bezeichnungen von schlagender Wahrheit.

Die letzten Beispiele geben schon in das Bildliche über. Wie der Dichter alle weniger unmittelbaren Ausdrücke selten anwendet, so ist er auch hierin sparsam. Doch scheut er sich nicht, seine Helden auch mit Thieren zu vergleichen: so laufen Gunther und Hagen wie zwei wilde Panther durch den Klee mit Siegfried um die Wette, Dankwart geht fechtend vor seinen Feinden

1888   alsam ein eberswin   1946
    ze walde tuot vor hunden,

und Wolfhart stürzt „alsam ein lewe wilde" auf die Burgunden los. Die schlagende Kraft dieser Gleichnisse springt sofort in die Augen. Die kühnsten Bilder sind die von Kriembilds Erscheinung:

280 Nu gie diu minnecliche,   alsô der morgenrôt   281
    tuot ûs trüeben wolken,

und:

282 Sam der liehte mâne   vor den sternen stât,   283
    der schîn sô lûterliche   ab den wolken gât,
    dem stuont si nu geliche vor maniger frouwen guot.

und der Vergleich des tugendreichen Wirthes Rüdiger mit dem Mai:

1579   ain hërze tugende birt,   1689
    alsam der süeze meie   daz gras mit bluomen tuot.

Wie sind aber diese Bilder von Schönheit der Anschauung und Tiefe der Empfindung durchdrungen!

282, 1 mâne Mond. — 2 der gen. plur. deren. — lûterliche lauter, klar, rein. — 3 geliche gleich.
1579, 1 birt (von bern) trägt, bringt hervor.

Die kühnere, gewaltsamere Form der Vergleichung, die Metapher oder Vertauschung, welche den verglichenen Gegenstand verschweigt und das Bild als ihm identisch setzt, ist auch selten, aber wo sie angewendet wird, immer schlagend und schön. So gibt Dankwart dem Blödelin, dem Kriembild ein Weib versprochen hat, wenn er gegen die Burgunden kämpfen wolle, das zur Morgengabe, dass er ihm das Haupt abschlägt. So schenkt Hagen, als er den Kampf eröffnet hat und blutende Wunden schlägt, den allerschlimmsten Trank. So wird am Morgen nach dem Brande den Burgunden mit hartem Kampfe der Morgengruss geboten. — In diesen Bildern wird der Phantasie noch nicht viel zugemuthet, da der Vergleichungspunkt sehr nahe liegt. Aber es gibt andre, in denen sich die poetische Sprache zu ausserordentlicher Kraft und Schönheit erhebt. Obwohl durch Kriembilds Traum vorbereitet, ist doch Siegfrieds Vergleichung mit dem Falken in den Worten:

19 Der was der selbe valke   den si in ir troume sach   19

überraschend und schlagend zugleich, und ebenso von überzeugender Kraft und grossartiger Einfachheit das Bild von Siegfrieds Ermordung auf der Jagd:

943 Dô biten si der nahte   und fuoren über Rin.   1002
von helden kunde nimmer   wirs gejaget sin.
ein tier daz si dâ sluogen,   daz weinten edeliu wip.
jâ muosen sin engalten   vil guote wîgande sît. (13)

Als Dankwart, da er allein den Schaaren der Hunnen Stand halten muss, sich einen Boten wünscht, um ihn zu seinem Bruder Hagen zu schicken, sprechen die Hunnen:

1879   der bote muost du sin,   1942
sô wir dich tragen tôten   für den bruoder din.

Das kühnste und schönste Bild knüpft sich an Volker, den kühnen Spielmann, dessen Schwert mit dem Fiedelbogen, dessen Kämpfen mit dem Geigenspiel verglichen wird, was in immer neuen schla-

---

943, 1 biten (von bîten) warteten. — 2 wirs (vergl. engl. worse) übler, schlimmer. — 3 weinen, mhd. auch trans. beweinen. — 4 wigant Krieger, Held. — sît seitdem, später.

genden Wendungen wiederholt wird: wie sein Fiedelbogen ihm laut
an seiner Hand erklingt, durch den harten Stahl schneidet und den
Helmen die lichten Zierrathe aufbricht, wie der Held ungefüge
fiedelnd durch den Palast geht, und in Etzels Klage:

1939 Sîne leiche lûtent übele,   sîne züge sint rôt,   2002
jâ vellent sîne dœne   manigen helt tôt.

Bis zur erhabensten Furchtbarkeit aber erhebt sich die Bildersprache
in der Stelle, wo Hagen den Kampf gegen Hunnen als Todtenfeier
Siegfrieds, und das fliessende Blut als den Minnetrank zu seinem
Gedächtniss verkündet:

1897 Ich hân vernomen lange   von Kriemhilde sagen,   1960
daz si ir herzeleide   wolde niht vertragen.
nu trinken wir die minne   und gelten des küniges wîn
der junge vogt der Hiunen,   der muoz der aller êrste sîn.

Mit diesen Worten schlägt er dem unschuldigen Knaben Ortlieb
das Haupt ab, das blutig in Kriemhilds Schooss springt, und macht
damit jede Versöhnung unmöglich. Wie hier die fürchterliche That
durch ein unendlich herrliches Bild verklärt wird, das ist gewiss
hochpoetisch: es ist eine Poesie von wilder Grösse, die einen erhabenen Schauder ewiger Schönheit erweckt, die das Blut in den
Adern erstarren macht und doch entzückt und hoch erhebt.

Die gegebenen Beispiele sind nahezu die einzigen ausgeführteren
Bilder, die im Nibelungenliede vorkommen. Aber in dieser Spar-
samkeit, welcher Reichthum, in diesem weisen Masshalten, welche
Fülle von Schönheit! — Es ist mit den poetischen Verschönerungs-
mitteln überhaupt, wie mit dem Gewürz: mässig angewendet, wo
sie hingehören, heben und beleben sie das poetische Ganze; sobald
sie aber vorschmecken, sich vordrängen, sobald der Geist sich durch
sie hindurcharbeiten muss und durch sie im Auffassen des Ganzen
gestört wird, werden sie fade und beeinträchtigen den ästhetischen
Genuss. Diese sehr beherzigenswerthe Wahrheit, gegen die so
häufig verstossen wird, erweckt hohe Bewunderung für den Nibe-

---

1939, 1 leich Lied, Melodie.
1897, 2 vertragen ertragen. — 3 gelten bezahlen, zurückerstatten. —
4 vogt, voget (aus lat. vocatus) Schirmherr, Fürst.

lungendichter: selten ein anderer kommt ihm in diesem Masshalten
gleich.

Je mehr wir aber gewöhnlich die Kraft und Frische des Ausdrucks bewundern, um so mehr muss es auffallen,· dass auch nicht
selten ungeschickte Wendungen, sowie inhaltlose Wiederholungen
und Lückenbüsser vorkommen. Ich rechne nicht hierher die zuweilen vorkommenden ungenauen Reime, die in der Zeit der Entstehung des Nibelungenliedes allgemein gebräuchlich waren und
daher, weil die spätere Poesie darin weit strenger war, eins der
wichtigsten Mittel für die Bestimmung seines Alters bilden; auch
nicht die sonstigen Freiheiten im sprachlichen Ausdruck; ich finde
auch nicht allzuviel Anstoss an Strophen wie gleich die bekannte
erste:

1 Uns ist in alten mæren	wunders vil geseit	1
von helden lobebæren,	von grôzer kuonheit,	
von fröuden, hôchgezîten,	von weinen und von klagen,	
von küener recken strîten	muget ir nu wunder bœren sagen.	

welche trotz Lachmanns scharfem Tadel des Dichters durchaus nicht
unwürdig ist, da sie abgesehen davon, dass wir sie schon vielleicht
nicht mehr in ursprünglicher Fassung vor uns haben, mit Ausnahme
einiger nicht störenden Wiederholungen und der unbeholfenen, etwas
unklaren Construction, in welcher die Beziehung der Ablative auf
den Anfang vergessen war, als das Ende geschrieben wurde, in
Inhalt und Ausdruck ganz vorzüglich ist und in würdigster Weise
das Ganze einleitet. Wohl aber meine ich die zum Ueberdruss
häufige Wiederholung des Reimes „wîp, lîp,“ die oft der Reimnoth
ihren Ursprung verdankt, da dem Verfasser absolut kein anderer
Reim auf eins der beiden Worte einfiel, und die viele leere Versfüllungen mit sich brachte, und andre ähnliche Dinge, die, verglichen mit der sonstigen Meisterschaft des Dichters, den Eindruck
machen, als könnten sie nicht von ihm herrühren. Und das ist
auch in der That nicht unmöglich. Es darf als erwiesen gelten,
dass das Nibelungenlied, dessen Entstehung ungefähr in die Mitte
des zwölften Jahrhonderts zu setzen ist, gegen Ende desselben eine
Umarbeitung erfahren hat, die uns allein handschriftlich überliefert
ist, während der reine Originaltext verloren gegangen ist. (14)
Damals war durch Heinrich von Veldeke, der um 1190 seine

Aeneide vollendete, eine durchgreifende Umgestaltung in der Form
der mittelhochdeutschen Poesie eingeführt, die für alle spätern Dichtungen regelmässigen Versbau und strenge Reinheit der Reime
zum Gesetz machte. Wie sehr viele andre Dichtungen, so wurde
nun auch das Nibelungenlied umgearbeitet, um es mit den neuen
metrischen Gesetzen in Uebereinstimmung zu bringen. Natürlich
wurde gewöhnlich bei solchen formellen Aenderungen nicht mit
voller Consequenz verfahren, und so ist es gekommen, dass noch
eine Anzahl der früheren Freiheiten stehen gelassen wurde; eine
weit grössere Zahl derselben aber wurde ohne Zweifel getilgt und
durch reine Reime ersetzt. Dass hierdurch irgend einmal der Text
verschönert worden wäre, ist gar nicht denkbar, da schon die formelle Tendenz der Umarbeitung eine durchaus unkünstlerische ist:
vielmehr wird man vielleicht alle jene Unbeholfenheiten und nichts-
sagenden Versfüllungen dem Bearbeiter zuschreiben dürfen, und in
der That lässt sich zuweilen an solchen Stellen durch einen freieren
Reim der Text bedeutend verbessern. (15) Doch dürfen wir natürlich nicht hoffen, auf diesem Wege den ursprünglichen Text vollständig wiederherzustellen, auch ist uns noch so viel von ihm geblieben, dass er durch jene Unebenheiten wenig verliert: das aber
ergiebt sich nun, dass solche formellen Mängel keine Beweise gegen
die Einheit der Dichtung und die Vortrefflichkeit des Dichters sein
können.

Eine lehrreiche Erläuterung für dieses Verhältniss von Original
und Bearbeitung giebt eine andere Bearbeitung, die uns auch in
einer Gruppe von Handschriften überliefert ist, und zwar vielleicht
in den ältesten, wenigstens in den am sorgfältigsten geschriebenen
und am reichsten ausgestatteten, weil für vornehme höfische Kreise
bestimmten, deren Hauptvertreter die sogenannte Hohenems - Laas-
bergische Handschrift ist, die sich jetzt in Donaueschingen befindet.
In dieser Bearbeitung ist nicht nur an der Form, sondern noch
weit mehr am Inhalte nach höfischen Gesichtspunkten verändert,
wodurch zwar manche unbeholfene Ausdrucksweisen und Rauhheiten,
manche Unebenheiten, Ungenauigkeiten und sonstige kleine Mängel
beseitigt, dafür aber mit kläglichem Mangel an Talent und künst-
lerischem Takte eine zahllose Menge von inhaltslosen Phrasen,
leeren Plattheiten und andren Dingen hineingebracht sind, die häufig

die grössten poetischen Schönheiten vernichten. Selbst bis zu ent-
gegengesetzter Auffassung von Charakteren hat der Bearbeiter ge-
ändert und dadurch den grossen Gang der Dichtung gründlich
zerstört. (16) So sehr aber hat sich der Bearbeiter der älteren
Textgestalt jedenfalls bei weitem nicht am Original vergangen,
denn während er die Form vielfach änderte, hat er doch im Allgemeinen den Inhalt treu bewahrt, und wenn überhaupt, so doch
gewiss verhältnissmässig selten sich Zusätze und Weglassungen
erlaubt, obgleich natürlich der Verlust des Urtextes, der jedenfalls
reiner aus einem Gusse künstlerisch gestaltet war, sehr zu beklagen ist.

Auch die Darstellung ist nicht überall von gleicher Vollkommenheit. Hier mag wieder die Ueberarbeitung manches ver-
dorben, zugedichtet und weggelassen haben: wenn aber besonders
bei der Schilderung der Hoffestlichkeiten die Erzählung zuweilen
etwas Einförmiges, Weitläufiges, Ermüdendes hat, (17) so mögen
wir hierin immerhin einen Mangel im Talente des Dichters erblicken,
der wenig Sinn für das kalte Hofleben hatte, sondern auf das
Grosse und Stimmungsvolle, auf den mächtig vorwärtstreibenden
Gang der Begebenheiten und auf die Tiefe der Empfindung ganz
besonders organisirt war, und daher in der raschen, episch bewegten
Erzählung und in der Entwicklung der Stimmungen weit mehr in
seinem Elemente ist, als wenn er nur leeren äusseren Glanz zu
schildern hat. Dass aber diese Schilderungen auch oft in vortreff-
lichster Weise durch tiefe Empfindung und bewegte Handlung belebt
sind, das kann uns Siegfrieds erste Begegnung mit Kriemhild beim
Siegesfest nach dem Sachsenkriege, und Brunhilds Empfang in
Worms durch Kriemhild beweisen. Ueberhaupt ist die Darstellung
mit wenigen Ausnahmen stets klar, gehaltvoll, einfach, sie zeichnet
sich durch die grösste Frische und Unmittelbarkeit aus und schliesst
sich immer auf das Vollkommenste dem Inhalte an, so dass sie
mit Nothwendigkeit aus ihm hervorgewachsen zu sein scheint, indem
sie rasch fortschreitet mit dem raschen Gange der Begebenheiten,
und mit ruhiger Klarheit verweilt, wo die Erzählung einen Ruhe-
punkt hat: sie zeigt, mit einem Worte, die vollkommenste Objektivität. Durch das ganz anspruchlose, naive Verhalten zu
seinem Werke erreicht der Dichter ungesucht die mächtigste Wirkung. Indem er durchaus ohne die mindeste künstliche Berech-

nung verfährt, indem ihm immer Inhalt und Form in Eins zusammen
fliessen, indem alle verschönernden Darstellungsmittel von ihm nur
nach Massgabe des Inhalts verwendet werden, indem so die Darstellung wie nothwendig aus dem Inneren hervorbricht und die
Schöpferkraft des Dichters wie mit Naturnothwendigkeit wirkt, steht
sein Werk auch vor uns wie ein Naturprodukt, die ganze Frische
unmittelbarster Natur und die Gesetzmässigkeit des Naturzusammen-
hanges an sich tragend. Und indem er so sich selbst über dem
Inhalte vergisst, zeigt er, wie tief er von ihm erregt ist. Die
Begebenheiten leben in ihm, er sieht sie lebendig vor sich, die
Darstellung ist der unmittelbare Ausfluss seines bewegten Gemüthes,
und dadurch erweckt er für das geistige Auge die klarste Anschauung und regt die lebendigste Mittbätigkeit des Hörers an.
Hierin hat die Methode seiner Darstellung auch eine entschieden
subjektive Seite. Entsprechend dem Uebergang von einer Empfindung in die andere in dem Gemüthe des Menschen, indem jede
mit lebhafter Erregung beginnt, welcher ruhige Sammlung und
endlich sanftes Ausklingen oder Uebergang zu einer neuen Empfindung folgt, zeigt sich ein ähnlicher rhythmischer Uebergang der
Stimmungen in der Darstellung des Nibelungenliedes. Sie schliesst
sich unmittelbar der Stimmung des Dichters an: wie jeder neue
Gegenstand der Erzählung seine Aufmerksamkeit lebhaft anregt,
dann in ruhiger Erörterung festgehalten wird, und endlich, wenn
der Eindruck vollendet ist, von einem neuen, lebhafteres Interesse
erweckenden Gegenstande verdrängt wird. Schon in den einzelnen
Strophen zeigt sich das, da sie meist mit lebhaftem Ansatz die
ruhige Erzählung einleiten, und oft mit ruhiger Betrachtung schliessen:
wobei namentlich schon die Strophenform selbst von bedeutendem
Einflusse ist. Noch mehr aber spricht sich diese Darstellungsweise
in den einzelnen Gruppen der dem Inhalte nach zusammengehören-
den Strophen aus. · Lebendig, oft unmittelbar demonstrirend mit
„Dô" oder mit lebendiger Einführung Redender, wird jeder neue
Abschnitt der Erzählung eröffnet, darauf folgt ruhiger, einfacher
Bericht, und dieser wird häufig mit allgemeinen Betrachtungen oder
Andeutungen des Zukünftigen abgeschlossen, die auch oft auf das
Folgende überleiten, bis ein neuer Gegenstand oder eine neue
Seite des eben in Rede stehenden die Aufmerksamkeit des Dichters

wieder lebhaft erregt. In dieser Durchdringung von der augenblicklichen Stimmung liegt unstreitig etwas Lyrisches. Ohne Zweifel aber erreicht gerade dadurch der Dichter die grösste Wirkung, da dieser Gang der Darstellung dem bewegten Gemüthe so unmittelbar von selbst sich ergibt und im Nibelungenliede so ungezwungen, ungekünstelt und naturgemäss erscheint, dass er sich auf das Treueste der durch den jedesmaligen Gegenstand der Erzählung erregten Stimmung des Hörers anschliesst und dadurch so lebendig ihm zum Herzen spricht, dass er den Eindruck hat, er sei der Mitschöpfer des Werkes. So wird er zu lebendigster Mitthätigkeit angeregt, der auch der Dichter ein reiches Feld übrig lässt, da er nie breit ausspricht und ausmalt, sondern das der Phantasie des Hörers überlässt. — Wie klar er aber bei alledem, bei dieser tiefen inneren Erregung seine Aufgabe vor sich sieht und immer seinen Gegenstand beherrscht, das zeigt sich darin, dass er nie von der Erzählung abschweift in nicht mit der Handlung direkt in Verbindung stehende lyrische Betrachtungen, wie das die höfischen Epiker so lieben, und dass die ganze Handlung wie ohne sein Zuthun sich zu entwickeln scheint, dass man nirgends etwas Gezwungenes, Künstliches bemerkt. Wir haben gesehen, wie er meist jeden bildlichen Ausdruck verschmäht: er wählt dafür denjenigen, der die einfachste, überzeugendste Kraft hat und das eigenste Wesen seines Gegenstandes bezeichnet. Sehr selten tritt er in eigener Person vor den Hörer, und ebenso selten tritt seine subjektive Stimmung selbständig hervor. (18) Meist lässt er seine Personen selbst reden und handeln, und entwickelt an ihnen lebendig die Begebenheiten. Hierin, in der Charakteristik, ist er einer der ersten Meister aller Zeiten. Seine Personen sind lebendige Menschen, in unmittelbarster Gegenwart aufgefasst. Da sind keine blassen Typen, keine allgemeinen Gestalten, die sich alle ähnlich sehen, sondern ganz individuelle, auf tiefster psychologischer Wahrheit beruhende Charaktere, durch die kleinsten Züge von andern unterschieden, alle sind ganze, volle Naturen, menschlich uns nahe gerückt, und doch übermenschlich herrlich wie Götter. So vereinigt sich in ihnen die lebendigste Naturwahrheit mit der höchsten Idealität. Wie erfreuen wir uns an dem mit allen Heldentugenden auf's Herrlichste ausgestatteten Siegfried, der nie den Muth verliert im härtesten Kampfe, und doch zagt beim Anblicke Kriembilds:

284 Er dâhte in sinem muote: wie kunde daz ergân   285
daz ich dich minnen solde?   daz ist ein tumber wân.
sol aber ich dich fremden,   sô wære ich samfter tôt.
er wart von gedanken   dicke bleich unde rôt.

— dieser heitern, kraftvollen und zartsinnigen Natur mit ihrem rückhaltlosen Vertrauen, immer bereit zu helfen, und doch dem Verhängniss zum Opfer fallend nicht ohne eigne Schuld! In welch' herrlichem Gegensatze zu ihm steht der grimme Hagen, der unvergleichliche Held, rasch zur That und frei alle Folgen auf sich nehmend, der durch die Treue gegen seine Lehensherren zu Verrath und Meuchelmord geführt wird, der trotzig jeder Gefahr entgegentritt und mit vollem Bewusstsein dem sichern Untergange entgegengeht, der aber nicht allein dreinzuschlagen weiss, sondern dabei auch ein gewandter Hofmann ist, weltkundig wie kein andrer, seinen Königen in jeder Beziehung unentbehrlich, und der treue Freundschaft zu halten weiss und heisse Thränen vergiesst über den Untergang Rüdigers: diese gewaltige, rauhe und milde, durch und durch wahre, gerade Natur, die noch etwas hat von der finstern Grösse des urgermanischen Geistes! Und nun Kriembild, die zarte Jungfrau und stark liebende Gattin, die, durch den unerhörten Mord Siegfrieds gänzlich innerlich vernichtet, zum „lancraechen wîp“ wird, die um der Rache willen sich mit dem ungeliebten Etzel vermählt, die sich in schwerem Kampfe von den Ihrigen lossagt, und sie ins Verderben lockt, die ihrer Rache, die eigentlich nur den einen Hagen treffen sollte, alles opfert und so Schritt vor Schritt zu der letzten, unnatürlichsten That geführt wird, worauf die gerechte Vergeltung sie ereilt! Aber neben diesen drei Hauptpersonen, welche unerschöpfliche Mannichfaltigkeit andrer Charaktere, alle mit Liebe gezeichnet, alle in individuellster Gestalt anschaulich hervortretend! Gunther der grosse König, der dazu verurtheilt ist, andere für sich handeln zu lassen, weil er etwas über seine Kräfte unternommen hat; der wackre, kluge Mässigung

284, 2 tump unerfahren, thöricht. — wân Hoffnung. — 3 fremden meiden. — 4 dicke oft.

zeigende Gernot und der sanfte Giselher, der unverzagte, feurige
Jüngling Dankwart; Brunhild die stolze Königin, die, schmählich erniedrigt, ohne es zu wissen, endlich durch Kriemhild in ihrer
Ehre völlig vernichtet, Siegfrieds Tod herbeiführt und danach über-
müthig auf dem Throne sitzt, unbekümmert um Kriemhilds Weinen;
die beiden Matronen: Ute, die ehrwürdige Mutter der burgundischen Könige, und Gotelind, Rüdigers treue Hausfrau; Etzel,
der mächtige Weltherrscher, der seine Völker in den Tod sendet
und laut klagt über den gefallenen Rüdiger; Dietrich von Bern,
der erst gegen das Ende auftritt, und doch sofort sich als der
gewaltigste aller Helden zeigt und den Kampf zu Ende bringt;
Hildebrand und die übrigen bernischen Helden, Blödelin,
Iring und alle die andren, auch die wenig auftretenden Personen,
wie lebendig sind sie gezeichnet! Der Dichter hat keinen Sinn für
das taube Gestein nebelhafter Allgemeinheit: was er berührt, das
wird unter seinen Händen alles zu Gold! — Mit ganz besondrer
Liebe hat er aber zwei Charaktere gezeichnet: den edlen Markgrafen Rüdiger, den trefflichen Wirth und aufopfernden Freund,
der durch die Macht der Ereignisse in einen furchtbaren inneren
Konflikt gestürzt wird zwischen seiner Lehenstreue und seiner
Freundschaft, der unter unsäglichem Weh seinen Freunden die
Treue brechen muss, und als er ihnen schon feindlich entgegen-
getreten ist, ihnen noch seine Aufopferung beweist, und der in dem
Kampfe, wie er voraussieht, untergeht, beweint von Freund und
Feind: die ganze Tiefe seines Gemüths hat der Dichter in der
Schilderung dieses Charakters gezeigt, der wie wenige andre in
aller Poesie mit erschütternder Gewalt das Herz ergreift. Und der
andre ist Volker, der Spielmann und grosse Held, der furchtbar
unter den Hunnen fiedelt und in der Nacht vorher seine Herren
durch sein sanftes Geigenspiel einschläfert, in dem die ganze Poesie
des Künstlerlebens mit gewaltiger Heldenkraft zu einer Gestalt von
einziger Naturfrische verbunden ist. Wie sticht der frische Humor
in seinem Wesen ab gegen den finstern Ernst Hagens! Die treue
Waffenbrüderschaft mit diesem aber ist eins der herrlichsten Momente der Dichtung. Es scheint, dass beide Gestalten, Rüdiger
und Volker, eigenste Schöpfung des Dichters sind, zu der er in
der Sage nichts vorfand: er hat in ihnen der Lehenstreue und der

Poesie des Spielmannsthums das schönste Denkmal gesetzt. — So
sind alle Gestalten des Nibelungenlieds lebende, warmblütige Menschen, die nach ihrer eigensten, individuellsten Natur sich gebehr-
den und handeln, wir sehen sie vor Augen in vollster plastischer
Klarheit und greifbarer Wahrheit. Und für alle die verschiedensten Seiten des menschlichen Wesens zeigt sich der Dichter in
gleichem Masse befähigt: ebenso zur Schilderung des männlichen
wie des weiblichen Wesens, des feurigen Jünglings wie der zart-
fühlenden Jungfrau. Besonders hat er auch jungfräuliche Naturen
von jener unbewussten Seelenschönheit gezeichnet, wie sie nur die
grössten Dichter so rein aufzufassen vermögen: es ist einmal die
jugendliche Kriemhild, die von keinem Manne etwas wissen will
und gleich nachher in heimlicher Liebe erglühend verstohlen nach
dem Geliebten schaut, die sich nach dem Sachsenkriege nicht offen
nach Siegfried erkundigt, aber mit der Frage „oder wer tet daz
beste?" zeigt, was ihr am Herzen liegt, und die bei der Vermählung
verschämt nur dem Willen ihres Bruders nachzugeben scheint und
schnell ihr Jawort giebt, ehe ihr noch gesagt ist, wen sie zum
Manne nehmen soll, da sie doch weiss, dass es kein anderer sein
kann als Siegfried; und neben sie stellt sich nicht weniger schön,
obgleich nur mit wenigen Zügen gezeichnet, die junge Markgräfin,
Rüdigers Tochter (in der Klage Dietlind genannt), die gern Helden sieht und gern von allen wegen ihrer grossen Schönheit und
ihres hohen Sinnes angesehen wird, die trotzdem, dass sie an Land-
besitz arm ist, einem Könige vermählt wird, die, als sie auf ihres
Vaters Geheiss die burgundischen Helden küsst, gern Hagen über-
gangen hätte, weil er sie zu „vorhtlich getân" dünkt, und als sie
ihn doch küssen muss, bleich und roth wird, die bei der Verlobung
mit Giselher sich der Frage schämt, ihn aber doch zu nehmen
gedenkt und auf Zureden ihres Vaters gern ihr Jawort gibt. Und
doch sind diese beiden jungfräulichen Charaktere einander nicht
gleich, sondern sehr verschieden: während in Kriemhild von Anfang
an bei aller Zartheit und Tiefe ihres Gemüths ein etwas unruhiges,
gewaltsames Wesen hervortritt, zeigt sich in Rüdigers Tochter ein
Grundzug ruhig kräftiger, häuslich gesunder Natur; sie steht ganz
auf dem Boden des deutschen Familienlebens, das in seiner gesunden
Tüchtigkeit nirgends schöner gezeichnet ist, als in Rüdigers Haus-

wesen. — Aber nicht nur in der Charakteristik der einzelnen Menschen ist der Dichter gross, auch in der Charakteristik der Völker. Wie klar und lebendig sind die Hunnen in Gegensatz zu den ruhig mannhaften, treuen, gemüthvollen deutschen Helden gestellt! Wir sehen sie schaarenweise Angriffsversuche auf Hagen und Volker machen und feige vor den beiden Helden zurückweichen, wir sehen ihre tückischen Blicke, mit denen sie die Burgunden angaffen wie die wilden Thiere und ihnen den Weg vertreten, bis Volkers Drohung mit dem „swaeren gigenslac" Platz schafft, wir sehen die lang verhaltene Wuth wild losbrechen, als Volker im Turnier den schönen jungen Hunnen erstochen hat, der eitel geputzt dahergeritten kam als wäre er eine edle Braut, und in sklavischer Unterwürfigkeit auf Etzels Gebot den Kampf einstellen, und wir sehen sie scheu die Saalthür umstehen, nur aus der Ferne Lanzen schleudern und erschreckt von Volkers weit über sie hinfliegendem Speer noch weiter zurückweichen. — In so staunenerregender Mannichfaltigkeit von Charakterbildern entwickelt der Dichter seine Handlung, die darum auch stets und überall, obgleich in aller einfachster Weise verlaufend, bis in die individuellsten Züge hinein ausgebildet erscheint. Ich weiss nicht, ob in dieser sichern Meisterschaft der Charakteristik irgend ein anderer Dichter dem Nibelungendichter zu vergleichen ist.

Eben so bewundernswürdig ist die Anordnung des Stoffes. Sie ist die einfachste, anspruchsloseste, schlichteste, die sich denken lässt: Verknüpfung der Begebenheiten in der Zeitfolge. Nirgends ist ein Sprung in der Erzählung, ungesucht schliesst sich eins an das andere, nur sehr selten bedarf der Dichter einmal eines Wortes, um den Hörer zu orientiren. Wie ruhig, stetig fliesst die Handlung dahin, wie frei von unvermittelten Uebergängen greifen die Ereignisse in einander! So wird diese Anordnung Träger der grossartigsten inneren Entwicklung, die fortschreitet wie mit Naturnothwendigkeit. — Und zu rechter Zeit wird kurz abgebrochen. Nach dem furchtbaren Blutbad, nach dem ungeheuren Untergange, der nichts mehr zu hoffen, nichts mehr zu fürchten übrig lässt, wäre jede Schilderung des folgenden Leids nur störend. Das hat der Dichter empfunden, und er schliesst mit den wenigen inhaltschweren Worten:

2316 Ich enkan iu niht bescheiden,   waz sider dâ geschach: 2379
    wan riter unde frouwen   weinen man dô sach,
    dar zuo die edeln knehte,   ir lieben friunde tôt.
    hie hât daz mær ein ende: ditze ist der Nibelunge nôt.

Nur ein sehr untergeordnetes Dichtertalent konnte darauf verfallen, die Klage ausführlich darzustellen: das so benannte Gedicht
hat eigentlich nichts mit dem Nibelungenliede gemein, obgleich es
in fast allen Handschriften mit ihm verbunden ist. Sowohl nach
Form als Inhalt ist es von ihm durchaus verschieden. Bei manchen Schönheiten im Einzelnen fehlt ihm doch ganz die Grossartigkeit der Auffassung, der lebendige Zusammenhang und die Mannichfaltigkeit des Inhalts; in ermüdenden Wiederholungen wird immer
wieder derselbe Gedanke ausgesponnen: wie die Todten zusammen-
getragen werden und bei jedem der Gefallenen sich die laute Klage
Etzels, Dietrichs und Hildebrands erneuert; wie dann das Begräb-
niss folgt unter grossem Jammer; wie Boten abgesandt werden, um
die Waffen der gefallenen Helden in ihre Heimath zu bringen, und
wie überall durch ihre Ankunft der masslososte Jammer erweckt
wird, wobei in Worms Brunhild mit unbegreiflicher Taktlosigkeit
sich selbst als die Ursache alles Unglücks anklagt; wie endlich
Dietrich Etzeln zu dessen grossem Schmerze auch verlässt und in
seine Heimath zieht, wobei er auf dem Wege in Bechlarn noch
Rüdigers Tochter trösten muss, deren Mutter inzwischen aus Leid
gestorben ist. Allerdings zeigt der Dichter ein nicht geringes
Geschick, die Einförmigkeit des Inhalts immer wieder zu beleben
und erträglich zu machen, aber der ewig wiederholte Jammer verfehlt gänzlich den beabsichtigten Eindruck, und das Gedicht ist
ein grosser Missgriff: auch bedarf das Nibelungenlied keiner Ergänzung, denn nach den ungeheuren Ereignissen verlangen wir
nicht von dem ferneren Ergehen der Ueberlebenden zu hören, und
ihren Schmerz stellen wir uns weit lebendiger vor, wenn er un-
ausgesprochen bleibt, als wenn er breit ausgemalt wird.

Bei aller Einfachheit der Anordnung ist im Nibelungenliede
aber auch die ausserordentliche Kunst zu bewundern, mit der der

----

2316. 2 weinen beweinen. — 8 kneht Knappe, der noch nicht zum
Ritter geschlagene adelige junge Mann. — ir gen. plur. ihrer.

Dichter alles in ungezwungenster Weise am rechten Orte anzubringen weiss, und nie in den trocknen prosaischen Erzählerton verfällt.
Nie werden die Schilderungen für sich gegeben, sondern wo
der Dichter schildert, da thut er es unvergleichlich schön in unmittelbarer Anknüpfung an die Handlung, gerade wo es naturgemäss hingehört. So wird die ganze Herrlichkeit von Siegfrieds
Erscheinung erst geschildert, als er auf der Jagd zur Lagerstätte
reitet, während schon der Rath über sein Schicksal gehalten ist
und das Kreuz sein Gewand schmückt, durch das Kriemhild ihn
unbewusst dem Tode überliefert hat. So wird das Schwert Bal-
mung beschrieben, als Hagen es Kriemhilden zum Hohne über seine
Kniee legt, und Brunhilds Gürtel, als Kriemhild ihn der Gegnerin
triumphirend zeigt und sie dadurch vollständig vernichtet: beides
also, da es von Bedeutung für die Handlung wird. Unvergleichlich schön, einfach und grossartig ist die äussere Erscheinung
Hagens geschildert, als auf dem Ritt zu Hofe die Hunnen neu-
gierig nach ihm, dem stärksten aller Recken, fragen und ihn an-
staunen:

1672 Der helt was wol gewahsen,	daz ist alwâr.	1734
grôz was er zen brusten;	gemischet was sin hâr	
mit einer grisen varwe;	diu bein wâren im lanc;	
eislich sin gesinne;	er hete hêrlichen ganc.	

Das ist echte epische Kunst: um so grösser, je weniger gekün-
stelt! — Und was hiermit auf das engste zusammenhängt, — der
Dichter ist auch Meister in der Kunst der Episode: er versteht
es, sie so anzubringen, dass sie den lebendigen Zusammenhang
nicht stört, sondern hebt. Wo einmal zurückgegriffen wird, um
etwas früher Geschehenes nachzuholen, da geschieht es nur auf
bestimmte Veranlassung, am rechten Orte, nur im Munde der handelnden Personen, und in bündigster Kürze. So als Etzel auf den
mit Dietrich Hand in Hand auf dem Hofe umhergehenden Hagen
aufmerksam wird, ohne ihn zu erkennen, und auf Befragen Namen
und Abstammung des Helden erfährt, da gedenkt er „lieber
maere", wie Hagen als Kind mit Walther von Aquitanien zu-

1672, 3 gris grau, greis. — eislich schrecklich, fürchterlich. — ge-
sinne Blick, Anblick.

sammen an seinem Hofe gelebt hat. Am ausführlichsten ist die
Zurückdeutung auf Siegfrieds Erwerbung des Nibelungenhortes, aber
wie vortrefflich bei Siegfrieds Ankunft in Worms im Munde des
stolzen Hagen, der darin seine unverhohlene Bewunderung ausspricht! Auch dass hier seine Hornhaut nur nebenbei erwähnt, und
erst in der Scene ausführlicher über sie berichtet wird, wo sie
für die Handlung Bedeutung erhält, nämlich wo Kriemhild Hagen
das Geheimniss davon anvertraut in dem Wahne, ihn zu schützen,
und ihn dadurch unbewusst dem Tode überliefert, ist eine unnach-
ahmliche künstlerische Feinheit.

So ist die ganze Ausführung durchdrungen von dem bewegten
Gemüthe des Dichters, und doch vom weisesten Masse beherrscht.
Auch das Härteste wird dem Hörer nicht erspart, wo es zum
Ganzen nothwendig mit gehört, aber es wird nicht mehr als nothwendig ausgeführt, nicht nutzlos hervorgehoben und breit ausgemalt. Es gibt Stellen im Nibelungenliede, wo der Dichter bis an
die äusserste Grenze des poetisch Darstellbaren geht, aber er über-
schreitet sie nicht. So in der Scene des schauerlichen nächtlichen
Kampfes Siegfrieds mit Brunhild: jedes Zuviel wäre hier unerträglich; sobald sich der Dichter behaglich in breiter Schilderung er-
ginge, wie es der höfische Bearbeiter in einigen schlechten Zusatzstrophen versucht hat, müsste der ästhetische Eindruck ins Widerliche umschlagen. Nur aus der fürchterlichen Demüthigung Gunthers
durch Brunhild und aus seiner verzweifelten Trauer begreifen wir
seine und Siegfrieds Handlungsweise: wäre sie nicht nothwendig,
wären die Gründe nicht genügend entwickelt, so wäre Gunther
über alle Begriffe erbärmlich, und Siegfried über alle Massen roh
und barbarisch; das Widerwärtige aber, das die Scene unmotivirt
für sich haben würde, schwindet unter dem Eindrucke der höheren
Idee, die sie beherrscht; das an sich Hässliche wird zu ästhetischer
Bedeutung erhoben als nothwendiger Theil des Kunstwerks, sobald
wir sehen, dass es der einzige Ausweg aus der verzweifeltsten
Lage ist, und die einzige hinreichende Begründung für Siegfrieds
Mord. (19) — Ein andres Beispiel, eine der grausigsten Scenen
des Nibelungenliedes, ist das Trinken des Bluts während des
Brandes: auch dadurch aber wird das Gefühl nicht verletzt, weil
es durchaus im Zusammenhange des Ganzen begründet ist, und

wir nichts weniger vor uns haben, als ein wüstes Schlächterbild.
Sehen wir die burgundischen Helden todesmatt von dem fortwähren-
den heissen Kampfe, vom unerträglichsten Durst gequält, in der Hitze
des brennenden Saales fast verschmachtend, in der höchsten Todesnoth
· auf Hagens Rath das fliessende Blut der Erschlagenen trinken —

2051 daz ist an solher hitze   noch bezzer denne wîn !   2114

— und davon wunderbar gestärkt den Kampf fortsetzen, so
schwindet das Widerliche, das die Scene aus dem Zusammenhange
gerissen unvermeidlich haben müsste, durch das Bild der ungeheuren
Noth: der Abscheu wird besiegt durch das Mitgefühl.

Es versteht sich, dass die herrschende Stimmung im
Nibelungenlied dem Inhalte angemessen ist:

17 wie liebe mit leide   ze jungest lônen kan   17

— wie Liebesglück und Freude zuletzt in Leid verkehrt werden
kann, — das ist der erste und der letzte Gedanke, von dem alles
erfüllt ist. Durch das Ganze geht ein tief tragischer Grundton,
der weniger in den eignen Worten des Dichters als in den dar-
gestellten Ereignissen liegt, aber je weniger er ausgesprochen wird,
um so tiefer zum Herzen greift. Wie ergreift bange Wehmuth
das Herz bei der Ermordung Siegfrieds! Welche Welt der verschiedensten Stufen des Leides entfaltet sich gegen das Ende hin
vor uns, wie wird die tragische Stimmung immer gesteigert, und
doch hoch verklärt durch die herrlichen Bilder, an denen sie zur
Erscheinung kommt! Und wie ergreifen und entzücken die Worte
des sterbenden Wolfhart:

2239 Unde ob mich mine mâge	nâch tôde wellen klagen,	2302
den næhsten und den besten	den sult ir von mir sagen,	
daz si nâch mir iht weinen,	daz si âne nôt:	
von eines küniges handen	lige ich hie hêrlichen tôt!	
2240 Ich hân ouch sô hie inne	vergolten minen lip,	2303
daz ez wol mugen beweinen	der guoten riter wip,	
ob iuch des iemen frâge,	sô mugt ir balde sagen,	
vor mîn eines handen	lit wol hundert erslagen.	

2239, 1 mâc Seitenverwandter. — klagen beklagen. — 3 iht etwa.
2240, 1 lip Leben. ·· 3 balde kühnlich, zuversichtlich (vergl. engl. bold).
· 4 vor mîn (gen.) eines handen, vor meinen des einen Händen,
meinen Händen allein.

Diese alte, echt deutsche Freude am Kampfe tritt sehr häufig hervor, und verbreitet über die düstre Stimmung ein Licht hoher Idealität. Und ebenso die Unendlichkeit des Gemüths! Obgleich nur in einer Handschrift erhalten und daher jetzt vielfach angefochten, rechne ich doch die Stelle, in welcher der Zug der Herzen Siegfrieds und Kriemhilds zu einander ausgesprochen wird mit den Worten:

292 Er neig ir minneclichen,   genâde er ir bôt.   293
si twanc gên ein ander   der seneden minne nôt.

zu den schönsten, gemüthvollsten und daher unzweifelbaft vom Dichter herrührenden Stellen des Gedichts. (20) Welche Innigkeit liegt in der Schilderung von Kriemhilds Schmerz über Siegfrieds Tod: wie, als die Kunde gebracht wird, dass draussen ein Mann erschlagen liegt, die schöne Freudelose, an Hagens Frage denkend, sprachlos zur Erde sinkt und sofort den ganzen Hergang im Geiste vor sich sieht, wie sie sich zu dem Todten bringen lässt, wie sie sein schönes Haupt mit ihrer weissen Hand emporhebt, ihn sogleich erkennt und ausruft:

963 wê mir dises leides!   nu ist dir doch dîn schilt   1012
mit swerten niht verhouwen: du bist ermorderôt!
wesse ich wer ez het getân,   ich riete im immer sînen tôt!

Und dann bei der Beerdigung, wie sie ihn noch einmal sehen will, und man den herrlichen Sarg zerbrechen muss, wie sie ihn emporhebt und küsst und bewusstlos weggetragen werden muss:

1010 vor leide möht ersterben   ir vil wünneclîcher lîp!   · 1070

Welches Auge bliebe da trocken? Und wer weinte nicht mit über das Leid und den Fall Rüdigers bei der unendlich gemüthvollen Schilderung des Dichters? — Sein tiefes Naturgefühl tritt auch in einzelnen Stellen hervor, wie in der Schilderung von Siegfrieds Glück:

292, 1 neig (v. nîgen) neigte. — genâde Verneigung; daraus Geneigtheit, Dank.
963, 2 ermorderôn alte F. ermorden.

294 Bî der sumerzîte   und gên des meien tagen   295
dorfte er niht mêre   în sinem herzen tragen
sô vil hôher fröude,   sô er dâ gewan,
dô im diu gie an hende,   die er ze trûte gerte hân.

Die gelegentlich vorkommenden Naturschilderungen sind immer
kurz, in wenigen Worten mehr angedeutet als ausgeführt, und dennoch geben sie das lebendigste Bild. Sie stehen nie für sich,
sondern immer in unmittelbarer Verbindung mit der lebendigen
Handlung. So, wenn es bei Siegfrieds Tode heisst:

989 Die bluomen allenthalben   von bluote wâren naz.   998

Schon diese Worte aber geben ein ganzes Bild: wie rings die
Frühlingsnatur strahlt, und wie Siegfried in die Blumen gesunken
ist, die sein Blut trinken; es macht den Eindruck, als litte die
ganze Natur mit bei seinem Tode. Ein andres Beispiel ist die
Schilderung des Tagesanbruchs nach der schauerlichen Brandnacht
in den Worten Giselhers:

2059 Ich waen ez tagen welle: sich hebet ein küeler wint.   2122

Sehr selten kommt es vor, dass der Dichter scherzt, aber seine
Scherze sind von schlagender Kraft. Wie vortrefflich sind Witz-
worte wie das ungefüge Fiedeln Volkers, und die Stelle, wo Siegfried Albrichen beim Barte packt:

466 er zogte in ungefuoge,   daz er vil lûte erschrê.   467
zuht des jungen heldes,   diu tet Albrîche wê!

— Aber der Dichter entwickelt auch an einzelnen seiner Charaktere echt humoristische Züge. Wie ausserordentlich schön und
lebendig sind Siegfrieds Scherze: schon sein übermüthiges Auftreten bei der Ankunft in Worms, noch weit mehr aber auf der
Jagd, wo er sich kurz vor seinem Tode noch einmal in seiner
ganzen Liebenswürdigkeit und übersprudelnden Kraftfülle zeigt in
dem Scherz mit dem Bären, und wie er lustig „siben soume

294, 4 ze trûte zur Geliebten. — gern begehren.
466, 1 zogen (verstärktes ziehen) ziehen, zupfen. — 2 zuht (von ziehen)
     Wohlgezogenheit, Anstand, Höflichkeit.

„met und lutertranc"*) fordert, um seinen ungeheuren Durst
zu befriedigen! — Viel getadelt hat man dagegen eine Stelle, wo
durch einen Scherz Dankwarts Brunhild eine kleine Demüthigung
erfährt. Als sie als Verlobte Gunthers diesem nach Worms folgen
will, wünscht sie ihr Silber und ihr Gold zu vertheilen, um damit
zu glänzen. Da erbietet sich Dankwart zum Kämmerer und theilt
so reichlich aus, dass Brunhild selbst in Angst geräth und fürchtet,
gar nichts zu behalten. Sie verlangt Anfüllung von zwölf Schreinen
mit Kostbarkeiten, um sie mitzunehmen, will das aber nicht mehr
Dankwarten anvertrauen, worüber Gunther und Hagen lachen. Das
war nun allerdings ein gröblicher Verstoss gegen die spätere Hofsitte, darum konnte es der höfische Bearbeiter unmöglich stehen
lassen, und wer von dem Dichter strenge Beobachtung des feinen
Hoftons fordert, muss die Stelle unbedingt verwerfen. (21) Aber
ich meine, sie entspricht vollkommen dem Charakter der handelnden Personen. Nicht nach Hofsitte, sondern in „recken wise"
sind Gunther, Siegfried, Hagen und Dankwart zur Werbung um
Brunhild ausgezogen, und die kleine Angst, die hier der auch
nicht überzarten oder nervenschwachen Brunhild eingejagt wird, ist
eine harmlose, unschädliche Rache für ihr übermüthiges Auftreten
gerade vorher. —

Der meiste Humor knüpft sich im Nibelungenliede an den
Charakter Volkers, dessen Doppelnatur als Spielmann und Held
schon an sich einen humoristischen Zug hat, wie er am reinsten hervortritt beim Abschiede von Bechlarn, als er mit seiner
Geige vor Gotelinden tritt, ihr süsse Töne fiedelt und seine Lieder
singt, und von ihr dafür mit zwölf goldnen Armringen beschenkt
wird. Er ist der Meister „gemelicher"**) Sprüche, seine kühnen
Scherze haben eine ungemeine Kraft und schlagende Wahrheit.
Als er dem die Saalthür hütenden Dankwart auf Hagens Bitte zur
Hülfe gekommen ist, ruft er diesem über die Menge der Hunnen
hin zu:

---

*) soum (so viel ein Lastthier tragen kann) Flüssigkeitsmass, Saum.
met Meth, mit Honig bereitetes Getränk. lutertranc mit Gewürzen ab-
geklärter Wein, Claret.
**) gemelich froh, lustig, spasshaft.

1916 der sal ist wol beslozzen,   friunt, hêr Hagene!   1979
    jâ ist alsô verschrenket   diu Etzelen türe,
    von zweier helde handen   dâ gênt wol tûsent rigele füre!

Als Wolfhart ingrimmig droht, ihm die Geige zu verstimmen,
antwortet er:

2207   swenne ir die seiten mîn   2270
    verirret guoter dœne,   der iuwer helmschîn
    muoz vil trüebe werden   von der mînen hant.

Und als er die mit meuchelmörderischer Absicht in der Dunkelheit
der Nacht heranschleichenden Hunnen feig sich wieder zurückziehen
sieht, da sie ihn und Hagen an der Thür des Saales wachehaltend
erkennen, ruft er ihnen nach, ob sie eine Raubfahrt machen wollen,
und bietet sich und seinen Heergesellen ihnen zu Hülfe an. Um
so zermalmender wirkt aber nach diesem Hohne sein bitterer Ernst
in den darauf folgenden, von sittlicher Entrüstung durchdrungenen
Worten. — Auch der grimme Hagen hat einen humoristischen
Zug: meist allerdings erscheint sein Scherz gepaart mit finsterer
Derbheit, die aber nicht selten einen ächt komischen Eindruck
macht, wie in dem Erstaunen über Brunhilds Stärke:

426 Wâfen! sprach dô Hagne: waz hât der künic ze trût!   450
    jâ sol si in der helle   sîn des übelen tiufels brût!

Oder er begegnet seinen Feinden mit bittrem Hohn, der sich aber
zu ganz gewaltiger Kraft und Freiheit erhebt, so besonders bei
seiner ersten Begegnung mit Kriemhild nach der Burgunden Ankunft in Hunnenland, wie er bei ihrem Grusse den Helm fester
bindet, und in dem ganzen folgenden Gespräche. Mit feiner Ironie
weist er es zurück, als sie den Burgunden die Waffen abfordert:

1684 Jâ enger ich niht der êren,   fürsten tohter milt,   . 1746
    daz ir zen herbergen   traget mînen schilt
    und ander mîn gewæfen: ir sît ein küniginn.
    daz enlêrte mich mîn vater niht: ich wil selbe kamerære sîn.

1916, 2 verschrenken mit einer Schranke versperren.
    426, 1 wâfen („zu den Waffen!") Hülfs- und Weheruf. — ze trût als
      Geliebte.
    1684, 3 gewæfen Waffen. — en (ne) Negationspartikel. — 4 kame-
      raere Kämmerer, Schatzmeister (über Gold, Kleinode, Waffen).

Doch entwickelt er auch einmal in der ernstesten Situation freien
Humor. Als die Burgunden auf der Fahrt zu den Hunnen, Hagen
voran, an die Donau kommen, keine Schiffe zur Ueberfahrt finden
und er klagt, dass sie nicht hinüber kommen können, und als
Gunther ihn bittet, sie nicht zu entmuthigen, antwortet er:

1470 Jâ en ist mir (sprach Hagne)   min leben niht sô leit,   1550
    daz ich mich welle ertrenken   in disen ünden breit:
    ê sol von mínen handen   ersterben manic man
    in Etzelen landen: des ich vil guoten willen hân.

Wie vortrefflich hebt er sich mit diesem Scherz, dem doch nicht
der ernste Hintergrund fehlt, über die düstre Niedergeschlagenheit
hinweg!

Nie jedoch findet sich in den Scherzen des Nibelungenliedes
eine Spur von Frivolität oder versteckter Sinnlichkeit: wie jedes
wahre Kunstwerk, so ist es auch durchdrungen von der tiefsten Sittlichkeit, die sich freilich nie in tendenziöser Weise vordrängt,
aber in der Reinheit der Auffassung des Dichters liegt. Nichts
scheut er auszusprechen, er kennt keine halben, verhüllenden Wendungen, keine Zweideutigkeiten, er ist naiv im vollsten Sinne auch
bei der Schilderung sinnlicher Vorgänge, aber gerade dabei zeigt
sich ganz besonders seine sittliche Reinheit, da er nichts mehr her-
vorhebt, als für den Zusammenhang des Ganzen nothwendig ist. (22)
Indem er alles so darstellt wie es ist, nichts beschönigt oder leichthin verurtheilt, spricht er nur das aus, was jeder fühlt, seine Bil-
ligung und Missbilligung theilt der Hörer unmittelbar, und indem
er die nothwendigen Folgen jeder That zeigt, spricht aus ihm die
Stimme der richtenden Weltordnung. So hält er seinen Tadel nicht
zurück, als Siegfried Brunhilden Ring und Gürtel genommen hat;
mild, aber bestimmt spricht er es aus, dass das eine seiner unwürdige That war:

628 ich enweiz ob er daz taete   durch sînen hôhen muot.   680

und ebenso entschieden betont er die Folgen, als Siegfried beides

---

1470, 2 ünde (lat unda) Fluth, Welle. — 3 ê zuvor.
628, 1 enweiz weiss nicht. — taete that (der conj. v. ob abhängig.) —
    durch durch, wegen, um ... willen, aus.

seiner Frau gegeben hat: „daz wart im sider leit"!*) —
Siegfried hat damit seinen Untergang unvermeidlich gemacht, von
da an ist sein Einfluss auf die Handlung vorbei, der herrliche
Held muss in der Blüthe seiner Jugend fallen. — Aber der Dichter steht auch hoch über den sittlichen Gebrechen seiner Zeit, und
in gelegentlich vorkommenden mild-ernsten Bemerkungen erhebt er
sich zum Sittenrichter über die Schwächen und Thorheiten der
Menschen. Das zeigt sich in seiner Behandlung der Frauen. Von
dem übertriebenen höfischen Frauencultus, der zu seiner Zeit gerade
anfing das frühere einfache und natürliche Verhältniss zu verdrän-
gen, ist er vollkommen frei; er ist ganz durchdrungen von der alten
Zucht und Ehrbarkeit: die Verletzung der Ehre einer Frau führt
ja zum Tode Siegfrieds! Diese alte Einfachheit ist verbunden mit
der tiefsten Innigkeit des Geschlechtsverhältnisses: wo in aller
Poesie gäbe es eine innigere Liebe, als die zwischen Siegfried
und Kriemhild? Eben durch ihre Tiefe schlägt sie auch, zerstört,
in den tiefsten Hass um und führt alles spätere Unheil herbei.
Aber der Dichter scheut sich auch nicht, ebenso über die Frauen
wie über die Männer sein Urtheil auszusprechen, auch missbilligend
wo die Missbilligung Grund hat, was in den höfischen Kreisen für
eine gröbliche Verletzung des Anstands gehalten wurde. So ist
denn auch das Verhältniss der Männer zu den Frauen im Gedichte
selbst ein einfaches, freies, offenes, ohne das spätere übertriebene
Zartgefühl, hinter dem sich oft die grösste sittliche Rohheit ver-
barg. Die Helden scheuen sich nicht, hochgestellten Frauen gegenüber ihre Meinung auszusprechen, ja erlauben sich wohl auch einmal mit ihnen einen harmlosen Scherz, wie in der schon besprochenen Stelle, wo Dankwart Brunhilden durch seine Freigebigkeit
eine kleine Angst einjagt und Gunther und Hagen über sie lachen.
Und der Dichter spricht auch seine Missbilligung über das zu seiner
Zeit aufkommende Toilettenunwesen der Frauen mit dem übertriebenen Putz, der Schminke und andren falschen, künstlichen Schön-
heitsmitteln unzweideutig aus, indem er diesen Missbräuchen die
Einfachheit und eben darum grössere Schönheit der Frauen des
Nibelungenliedes entgegensetzt. Das geschieht besonders an zwei

*) sider später, hernach, seitdem.

Stellen. Als Brunhild in Worms einzieht und von Kriembild empfangen wird, erzählt der Dichter, nachdem er die herzliche Begrüssung beider geschildert hat, gar manchen löblichen Recken
hätte es erfreut sie bei einander stehen zu sehen. Die zuvor gehört hatten, dass man so Schönes wie die beiden Frauen nie gesehen habe, prüften jetzt, dass man das ohne Lüge sage:

549 man kôs an ir lîbe   dâ deheiner slahte trüege.   593

Offenbar will der Dichter hier betonen, dass die echte, höchste
Frauenschönheit unverfälschte, reine Natur sei, ohne künstliche
Schönheitsmittel, und er spricht eben dadurch einen Tadel gegen
die Frauenwelt seiner Zeit aus, die sich von der Natur zu ent-
fernen anfing. Ebenso beim Empfange der Burgunden in Bechlarn.
Als Rüdiger die Nachricht ihrer Ankunft erhalten hat, bittet er
seine Frau und Tochter, sie wohl zu empfangen. Da suchen diese
aus den Kisten schöne Kleider und schmücken sich, und nun
heisst es:

1594 Gevelschet frouwen varwe   vil lützel man dâ vant.   1654
     si truogen ûf ir houbten   von golde liehtiu bant,
     daz wâren schapel rîche,   daz in ir schœne hâr
     zerfuorten niht die winde: si wâren hübsch unde clâr.

In dieser schönen Strophe wird das gesittete Wesen und die reine
Schönheit von Rüdigers Frau und Tochter sicherlich nicht ohne
Absicht betont und dem herrschenden gezierten Modewesen entgegengesetzt. — Es versteht sich, dass solche Stellen, die so
gröblich gegen die spätere höfische Etikette verstiessen, in den
höfischen Kreisen missbilligend aufgenommen wurden, und daher
ist es natürlich, dass der höfische Bearbeiter sie entfernte.

    Ich wünschte, Gervinus hätte etwas klarer und ausführlicher,

---

549, 1 kôs sab. — dehein kein. — slahte Geschlecht, Gattung, Art.
    deheiner slahte von keiner Art, auf keine Weise. — trüege
    fem. Betrug, Falschheit.
1594, 1 vil lützel sehr wenig: leichte Ironie für gar nicht — 3 schapel
    (aus altfranz. chapel, chapeau) Kranz von Laub oder Blumen, Haar-
    band, wohl mit Edelsteinen verziert. — 4 zerfüeren in Unordnung
    bringen. — hübsch (höwsch) höfisch, fein, gebildet, gesittet. —
    clâr rein, glänzend, schön.

als er gethan, den „sittlichen Gesichtspunkt" dargelegt, von dem
aus er das Nibelungenlied, namentlich in pädagogischer Beziehung,
Homer gegenüber so sehr in Schatten stellt. (23) So viel ich sehen
kann, laufen Gervinus' „sittliche" Bedenken darauf hinaus, die
Helden des Nibelungenliedes seien nicht so geeignet, als Vorbilder
für die deutsche Jugend zu dienen, wie die Helden Homers. —
Warum? — Weil in diesen mehr Strebsamkeit, Feuer, Vertrauen
auf menschliche Kraft zu finden sei, wogegen sich in den Nibelungenhelden „Passivität" bis zu einer „gewissen Schläfrigkeit" zeige.
Ich bedaure, dass Gervinus dazu nicht Belege gegeben hat: jedenfalls hätte er damit besser gethan, als in solcher Weise kahl abzu-
sprechen. Ich muss gestehen, dass ich bei keinem der Nibelungenhelden eine Spur dieser Passivität und Schläfrigkeit finden kann:
weder in dem Heldensinn und offnen, rückhaltlosen Wesen eines
Siegfried, noch in der ruhigen Thatkraft Hagens, noch auch in
irgend einer der andern Personen. Denn wenn Hagen, als er von
Irinc verwundet worden ist, sagt:

1994 Ich bin alrêrste erzürnet,   wan ich lützel schaden hân,   2057

so hat er sich doch vorher weder passiv noch schläfrig verhalten.
Wo aber gäbe es glänzendere Vorbilder für die Haupteigenschaften
des deutschen Nationalcharakters, als im Nibelungenliede? Wo käme
Tapferkeit, ruhige Besonnenheit, Thatkraft, Treue und tiefes Gemüth zu herrlicherer Erscheinung, als an den Helden des Nibelungenliedes? Ob aber in diesen deutschen Helden mehr Vertrauen
auf menschliche Kraft zu finden ist, oder in den achäischen, die
fortwährend den Beistand der Götter anrufen und ihrer bedürfen,
überlasse ich jedem Unbefangenen zur Entscheidung. — Wenn aber
einmal vom sittlichen Gesichtspunkte aus eine Vergleichung zwischen
Homer und dem Nibelungenliede angestellt werden soll, so dürfte
dieselbe, wenn man die Hauptsachen betrachtet, sehr anders aus-
fallen. Ich frage nur, ob die Handlung der Ilias, jener verderbliche Krieg um die mit einem Andern davongelaufene Gattin des
Menelaos, die nach Beendigung des Krieges zurückgeführt und in

---

1994, 1 alrêrste (aller êrste) da erst, erst recht. — wan da, weil. —
lützel klein, wenig, ein wenig, etwas.

ihre frühern Würden wiedereingesetzt wird, oder ob die Haupthandlung der Odyssee, die grausame Vernichtung der grossentheils
mehr jugendlich unbesonnenen als des Todes schuldigen Freier,
bessere sittliche Vorbilder geben, als der mächtige und vollkommen
gerechte Schicksalsgang des Nibelungenliedes? Oder sind etwa die
besten achäischen Helden, die sich um Buhlerinnen unversöhnlich
entzweien, die furchtbar barbarisch gegen den besiegten Feind
verfahren und in dämonischer Leidenschaft selbst noch den Leich-
nam des Getödteten beschimpfen, — sind sie würdigere Vorbilder
für Erweckung und Pflege sittlichen Gefühls, als die deutschen
Helden des Nibelungenliedes? — Es versteht sich ja, dass die
homerischen Gedichte darum nicht entfernt unsittlich zu nennen sind:
es ist eben eine andere Sittlichkeit, die in ihnen herrscht; das Gefühl ist bei den Griechen noch weniger zur tiefen Sittlichkeit, als
zum freien Schönheitssinn ausgebildet, und wenn uns daher die
homerischen Helden auch nicht mehr sittliche Vorbilder sein können,
so können wir ihnen doch bei Berücksichtigung des Charakters
ihrer Zeit gerecht werden und sie in ihrer ganzen Herrlichkeit auffassen. Es leuchtet aber ein, dass die homerischen Gedichte in
pädagogischer Beziehung, für die unerfahrene, noch wenig festen
sittlichen Halt habende Jugend weit mehr Bedenken haben müssen,
als das Nibelungenlied. Wenn auch natürlich diese Gefahr durch
den verständigen, ernsten Lehrer gehoben werden kann, so ist sie
doch an sich, unmittelbar vorhanden. Der Unterschied beider
Dichtungen ist eben der, dass die Helden Homer's Griechen sind,
mit den glänzenden, herrlichen Eigenschaften der Griechen, aber
auch mit ihren Schwächen, wogegen die Nibelungenhelden durch
und durch deutsch, daher allerdings weniger äusserlich glänzend,
schlichter, bescheidener, aber mit tieferer Innerlichkeit. Wer das
fassen kann, wer fähig ist, in dem bescheidenen Kleide die ewige
Grösse und Schönheit zu erkennen, der wird von diesen tieferen
Naturen auch tiefer angezogen, innerlicher angesprochen werden,
als von den mehr nach' Aussen geführten, sinnlicheren Achäern.
Dazu gehört freilich deutsches Gemüth, deutsche Innerlichkeit und
dazu grosse innere Reife, und daher bin auch ich nicht der Ansicht,
dass man ein „Hauptbuch der Erziehung" aus dem Nibelungenliede
machen, d. h. es schon frühzeitig in den Schulen lesen solle, und

ich habe nichts dagegen, dass man es erst den gereiftesten Schülern in die Hand geben soll: nicht anders aber möchte ich es mit den homerischen Gedichten gehalten wissen. Ein andres aber ist es mit der Frage, ob man nicht schon früher die Kenntniss dieser Dichtungen und die Liebe zu ihnen in die jugendlichen Gemüther einpflanzen solle, was ich unbedingt bejahe. Wenn Gervinus meint, die Jugend nehme keinen Antheil am Nibelungenliede wie an Homer, so kann ich dem schon aus eigner Erfahrung widersprechen, da ich, wenn ich den Inhalt des Nibelungenlieds ausführlich erzählte, immer auf sehr lebhaftes Interesse daran gestossen bin. Wie könnte das auch anders sein! Die herrliche Heldengestalt Siegfrieds, seine Ermordung, der unsägliche Schmerz Kriemhilds, die kühne Fahrt der Burgunden, ihr Kampf und Untergang, das und alles andre muss in seiner schlichten Einfalt und Grossartigkeit auf ein jugendliches Gemüth unwiderstehlich anziehend wirken. Eines „begeisterten Kenners" bedarf es nun dazu allerdings, doch nur in dem Sinne, dass der Erzähler, wie jeder Erzähler, Liebe für seinen Gegenstand haben muss, um Liebe für ihn auch in seinen Zuhörern zu erwecken. Nicht anders, denke ich, ist's mit Homer. Der Unterschied ist nur der, dass es bisher noch weit mehr „begeisterte Kenner" Homers gibt, als des Nibelungenliedes, d. h. dass das letztere noch bei weitem nicht nach Verdienst bekannt und gewürdigt ist, und besonders von den Homerenthusiasten vielfach noch sehr von Oben herab betrachtet wird, die sich auch eben deshalb noch wenig Mühe gegeben haben, das Nibelungenlied kennen zu lernen und zu verstehen. Die Behauptung, es sei der deutschen Jugend wie angeboren, das engere Nationale zu verspotten, ist einerseits eine masslose Uebertreibung, andrerseits aber schliesst sie nichts in sich, was das Nibelungenlied herabsetzte: im Gegentheil würde es sich dann um so mehr zum Erziehungsmittel eignen, da es mehr als vieles andre zeigen kann, welch' gesunder Kern und welche Fülle von Schönheit und Grossartigkeit in den Schöpfungen der Nation verborgen liegt, und so gerade die blasirte Jugend dahin führen könnte, das National-Deutsche schätzen zu lernen. Und so findet denn auch das „Räthsel", wie Nationalsinn durch das Nibelungenlied geweckt werden könne, hierdurch seine einfache Lösung. Wenn der Jüngling sich zu diesen deutschen

Helden hingezogen fühlt, wenn er Liebe zu dieser schlichten Grösse
fasst, — wird er dann nicht von Stolz und Freude durchglüht
werden, wenn er sich sagt: das sind deutsche Helden, das ist
deutsche Mannhaftigkeit, deutsches Gemüth, deutsche Treue?
Und wenn er die ewige Poesie erkennt und sich sagt: das ist das
Werk eines deutschen Dichters, aus meiner Nation hervorgegangen, — ich möchte den der Begeisterung für das Gute und
Edle fähigen Jüngling sehen, der dann nicht von Ehrfurcht und
Liebe für das deutsche Wesen, von Begeisterung für seine Natio-
nalität erfüllt würde! — Aber nach Gervinus ist „die Begeisterung
„für unsere alten Dichtungen von heute und gestern, aus Zeiten,
„die von einer Deutschthümelei befallen waren, über die wir mit
„kaltem Blute lachen"! — Ueber den verächtlichen Ton in diesen
Worten will ich kein Wort sagen. Ich tröste mich damit, dass
diese „Deutschthümelei", so viel unreife Schwärmerei ja natürlich
oft mir ihr verbunden war, doch die Folge gehabt hat, dass sich
die Deutschen auf sich selbst besannen, und dass das Gefühl der
Zusammengehörigkeit der Nation erweckt wurde, das jetzt zu einer
nicht mehr zu belächelnden Macht geworden ist, — und dazu Gerechtigkeit gegen die von der Nation bisher gering geschätzten
eigensten Besitzthümer, gegenüber dem allzusehr vorgezogenen
Fremden. Nur das will ich noch fragen, ob es irgendwie ein
Zeichen für den geringeren Werth unserer alten Dichtungen ist,
das sie in Zeiten, wo andre, verkehrte Geschmacksrichtungen herrsch-
ten, so gut wie unbekannt waren, und in ihrer Bedeutung erst
wieder neu entdeckt werden mussten? Ist ja doch bekanntlich gerade zu der Zeit, als in Deutschland ein gesunderer Geschmack
wieder auflebte, auch das Interesse für sie rege geworden! Ist doch
die erste Ausgabe des Nibelungenlieds zur Zeit Lessings erschienen,
besorgt von Bodmer, dem Bekämpfer Gottscheds, (24) und die
zweite, die erste vollständige, (25) zu Goethe's Zeit, der selbst eine
sehr hohe Meinung von ihm hatte! (26) Ist doch seitdem in stei-
gender Progression das Interesse an unserem nationalen Epos immer
gewachsen! Und es hat den Anschein, als ob es noch keineswegs
bis auf den Gipfel gestiegen sei: im Gegentheil ist es gerade jetzt
in mächtigem Steigen begriffen, und man kann ohne besondere
prophetische Gaben vorhersagen, dass der Antheil daran noch fort

und fort zunehmen wird, bis das Nibelungenlied die Anerkennung
gefunden hat, die ihm gebührt. Hat aber einmal der Forscher-
geist sich vorläufig genug gethan, dann erst wird die ganze lebendige Einwirkung auf die deutsche Kunst und Literatur sichtbar
werden, zu der das Nibelungenlied berufen ist. Der Styl des
Nibelungenliedes, dieser so echt deutsche Styl, aus deutschem
Geiste hervorgegangen und mit so sichrem Gefühl das ergreifend,
was deutscher Art und Kunst am gemässesten ist, wird einen bedeutenden Antheil daran haben, wenn eine neue Blüthe der deutschen
Dichtung hervorgerufen wird.

Aber dürfen wir denn überhaupt von einem Styl des Nibelungendichters' sprechen? Tritt im Nibelungenliede klar die Individualität eines Dichters hervor? — Ich denke, es kann nach allem
Vorigen kein Zweifel mehr darüber sein, dass diese Frage unbedingt zu bejahen ist: überall haben wir denselben Geist, dieselbe
einfach kräftige Behandlung, dieselbe vollkommene Objektivität gefunden. Lachmann zwar rügt eine gewisse „Verschiedenheit des
Tons", die freilich „mehr zu fühlen als klar und überzeugend zu
beweisen" sei, er findet, dass „einzelne Partieen mehr weich behandelt sind, andere fast hart, schroff, einzelnes mehr ausführlich,
andres mit gedrängtester Kürze erzählt" wird, (27) — aber ich
meine, alle diese vermeintlichen Mängel lösen sich auf in ebenso
viele Tugenden des Dichters, der keine äussere, stehende Manier
annimmt, sondern jeden Gegenstand in der dem Inhalt entsprechend-
sten Weise behandelt, ohne der Einheit des Ganzen zu schaden.
Wenn man immer fühlt, die Darstellung kann den Inhalt gar nicht
besser, angemessener wiedergeben, so können doch die aus der
Verschiedenheit desselben sich ergebenden Abweichungen in der
Art der Behandlung unmöglich als Beweis gegen die Einheit des
Nibelungenliedes benutzt werden! Allerdings aber nöthigt die Annahme eines Dichters, ihm das höchste Mass von Begabung, ja
ein vielleicht beispielloses Genie zuzuschreiben, — und ich stehe
nicht an, das zu thun. — Es würde viel zu weit in die Special-
forschung führen, wenn ich hier ausführlich nachweisen wollte, wie
diese „Verschiedenheit des Tons" immer durch den Inhalt begründet ist. Daher möge Ihnen ein Beispiel genügen. Nach Siegfrieds
Ankunft in Worms findet Lachmann die Strophen bis zum Sachsen-

kriege viel weicher und langsamer als das Vorhergehende. Dort
war Siegfrieds übermüthiges Auftreten und der daraus entstandene
ziemlich hitzige Streit erzählt, den der milde, besonnene Gernot
beigelegt hat, und wie dann Siegfried herzlich willkommen ge-
heissen wird und bleibt: die Darstellung ist hier kräftig und schreitet rasch vorwärts, wie es der Inhalt fordert. Darauf wird nun
mit tiefer Empfindung die im Verborgenen heranwachsende Liebe
Siegfrieds und Kriemhilds geschildert: wie er sie im Herzen trägt
und sich nach ihrem Anblick sehnt, wie Kriemhild oft, wenn er
mit den Herren auf dem Hofe spielt, verstohlen durch die Fenster
sieht und sich an ihm erfreut, wie beide von ihrer Liebe und un-
befriedigten Sehnsucht viel Leid zu tragen haben, und wie so ein
ganzes Jahr vergeht. Dass hier nicht der rasche, vorwärtstreibende
Fortgang herrscht wie vorher, liegt natürlich eben darin, dass keine
rasch auf einander folgenden Begebenheiten erzählt werden, sondern
von Siegfrieds Verweilen am Hofe berichtet wird, und dass es sich
hier nicht um äussere, sondern um innere Vorgänge handelt. Ich
sehe daher keinen Grund, der uns nöthigte, wie Lachmann beide
Stellen verschiedenen Verfassern zuzuschreiben.

Ich erkenne vollkommen an, dass dem Dichter die „klassische
Ruhe" Homers fehlt, der mit heitrem Blicke über dem steht, was
er schildert, den man nie über seinem Werke vergisst, der sich
nie vom Inhalt bewegt zeigt, wie unser Dichter: wenn dieser aber
mitten in den Ereignissen steht und sie mit vollkommenster, an-
spruchslosester Objektivität durch seinen Mund reden lässt, wenn
seine Persönlichkeit fast nie hervortritt, so steht er darum nicht
minder sichtbar vor unserm geistigen Auge, immer tief erregt und
dadurch auf das mächtigste ergreifend. Und dennoch beherrscht
er nicht weniger als Homer seinen Stoff, da wir selbst mehr als
bei diesem überall seinen ordnenden Geist erkennen und seinen
feinen Takt bewundern, mit dem er bei allem nur so lange verweilt, als es für das Ganze zweckmässig ist. Wenn sich also nun
auch bei Homer eine äusserlich weit gleichmässigere Behandlung
zeigt, indem er Heiteres wie Furchtbares, Wichtiges wie Unbe-
deutendes mit demselben ästhetischen Behagen und mit gleicher
Ausführlichkeit erzählt, wie er z. B. beim Schmieden von Achill's
Schilde ebenso lange verweilt wie bei Hektors Tode, und selten

6

vergisst, beim Falle eines Helden den ästhetischen Eindruck seines
dumpfen Hinkrachens und des Rasselns der Waffen hervorzuheben,
so müssen wir doch sagen, dass diese gleichmässige Behandlung
für die Darstellung des gleichmässigen Verlaufs einer Handlung
nicht nothwendig ist, und die Auffassung des grossen Zusammen-
hanges des Ganzen eher stört als hebt. Jedenfalls also dürfen
wir diese äussere Gleichmässigkeit nicht als Norm aufstellen, sondern müssen die Behandlungsweise des Nibelungendichters als einen
wenigstens gleichberechtigten Styl neben dem homerischen anerkennen.

Wenn wir nun fragen, welcher Styl das ist, so müssen wir
zuerst auf den durch die ganze Kunstgeschichte sich hindurch-
ziehenden Gegensatz zweier Stylrichtungen, des klassischen oder
idealistischen, und des naturwahren, charakteristischen oder reali-
stischen Styls einen Blick werfen, um daraus den Massstab für den
Styl des Nibelungenliedes zu finden. Der klassische Styl ist idealer,
allgemeiner, er geht nicht auf die individuelle Besonderheit tief ein,
er meidet alles Rauhe, Eckige, alles den allgemeinen Eindruck der
Schönheit Störende, er ist darum oft reiner, es zeigt sich in ihm
mehr keuscher Schönheitssinn, er geht aber leicht ins Kalte, Leb-
lose über, er giebt häufig nur blasse Typen, körperlose Schatten
statt lebensvoller Gestalten. Der charakteristische Styl dagegen
zeigt den Menschen wie er ist, mit seinen kleinsten verborgensten
Eigenheiten, er scheut auch nicht das Unschöne, Harte, wo es be-
zeichnend ist und zur lebendigen Charakteristik beiträgt, er fordert
vor allem Wahrheit, Natur, er verliert dabei aber oft das Ziel der
Kunst, Schönes schön darzustellen, aus den Augen und artet ins
Hässliche aus. Die Vertreter des klassischen Styls sind die Alten,
vor allem die Griechen; der charakteristische Styl entspricht besonders dem germanischen Geiste: der Gegensatz, der das Verhältniss beider in der Poesie am deutlichsten bezeichnet, ist der
zwischen den grossen griechischen Dichtern und Shakspeare. Die
höchste Aufgabe der Poesie ist Verschmelzung beider Style: Verbindung der Naturwahrheit mit klassischer Reinheit, Läuterung des
charakteristischen Styls durch die reine Klassicität der Alten.

Prüfen wir nun das Nibelungenlied und fragen, welcher der
beiden Richtungen es angehört, so haben wir schon gefunden, dass

der Dichter besonders gross ist in der Charakteristik. Seine Personen haben Fleisch und Blut, sind greifbare Gestalten, und alle Begebenheiten, alle Handlungen werden in charaktervollster Weise ausgebildet, überall ist individuelles Leben, der Dichter scheut sich nicht, auch das Härteste auszusprechen, wo es zum Ganzen mit gehört. Daher zeigt das Nibelungenlied durch und durch, in seltener Vollendung den charakteristischen Styl, und der Dichter ist darin der grosse Vorgänger Shakspeares, der gewöhnlich als der erste Vertreter des neuen, germanischen Geistes in der Poesie angesehen wird. Aber während so Beide im Grossen und Ganzen geistige Brüder sind, in der Behandlung der Charaktere und Ereignisse dieselbe Richtung vertreten und beide sich durch dieselbe machtvolle Auffassung auszeichnen, so finden wir in allen übrigen Beziehungen unseren Dichter dem grossen Britten durchaus unähnlich. Die Fehler Shakspeares theilt der Nibelungendichter nicht: die Lust am Blutigen, Grassen und die Neigung zum Cynischen, sowie den barocken Wechsel von Ernst und Scherz, die Ueberfüllung mit Witz, und dazu auch häufig die Ueberladung mit Gleichnissen und Metaphern, — alles das, was bei Shakspeare abstösst, den reinen Eindruck stört, zerstreut, vom Hauptinhalte ablenkt, suchen wir beim Nibelungendichter vergebens. Er versteht es, streng Mass zu halten; er hat immer ein bestimmtes Ziel fest im Auge und geräth nie auf Abwege, er stellt alles dar, wie es ist, einfach, sachgemäss, bilder- und schmucklos, und nie lässt er sich dazu hinreissen, das Hässliche für sich zur Darstellung zu bringen: wo er etwas an sich Hässliches aufnehmen muss, da verklärt er es zu ästhetischer Bedeutung. Hierin, in dieser keuschen Beschränkung auf das für das schöne Ganze Nothwendige, in dieser Abweisung alles Ungehörigen, Unangemessenen liegt die andere Seite seines Wesens, die ihn hoch über Shakspeare erhebt und ihn den klassischen Dichtern zur Seite stellt. So vereinigt das Nibelungenlied in sich auf die vollkommenste Weise klassische Reinheit mit Naturwahrheit, und mich dünkt, dass in diesem einzigen Werke das Höchste in Verschmelzung beider Style erreicht worden ist: die höchste Vollendung des charakteristischen Styls ohne seine Mängel. Wenn wir daher zu Shakspeare hinaufblickten als dem grössten Meister der naturwahren, charakteristischen Behandlung, so

finden wir nun schon nahezu ein halbes Jahrtausend früher einen
Dichter, der fast noch mehr als er für uns ein Vorbild zu werden
verdient in der rein klassischen Behandlung des dem germanischen
Geiste entstammenden und ihm am meisten zusagenden charakteristischen Styls.

Die aufgeworfene Frage hat aber noch eine andere Seite. Schon
der Strophenbau an sich in seiner Wiederkehr derselben Rhythmen
ähnlich wie im musikalischen Satz bringt einen gewissen lyrischen
Charakter mit sich, der in der Nibelungenstrophe, wie wir gesehen
haben, sehr deutlich hervortritt. Ebenso haben wir gefunden, dass
das Gedicht entschieden lyrische Partien hat, und dass in dem
überall durchblickenden bewegten Gemüth des Dichters auch etwas
Lyrisches liegt, wesshalb man auch mit Recht dem Nibelungenlied
einen balladenartigen Charakter zugeschrieben hat. Da nun
drängt sich uns die Frage auf, ob im Nibelungenliede denn auch
wirklich die Forderungen des epischen Styls erfüllt sind, oder
ob es etwa eine Vermischung der Style zeigt, die verwerflich wäre?
— Wir haben hier zu scheiden zwischen den Forderungen, die
gewöhnlich an das Epos gestellt werden, und denen, die sich aus
seinem inneren Wesen ergeben. Denn man hat bisher, wie mir
scheint, bei der Theorie des Epos viel zu sehr Homer allein zu
Grunde gelegt. Ich meine dagegen, dass der Begriff eines Kunstwerks, wie er äusserlich aus einem bestimmten, wenn auch noch
so vollkommenen Muster gezogen ist, nicht für die Theorie einer
ganzen Kunstform massgebend sein kann. Denn die Kunst ist unendlich und frei, die Schönheit ist nicht nur eine, sondern kann
auf unendlich verschiedenen Wegen erreicht werden, und hat sich
nicht an bestimmte Typen zu binden. Wenn man also nun als
nothwendig für das Epos plastische Ruhe und Gemessenheit fordert,
heitre Klarheit, eine gewisse milde Ironie, mit der der Dichter
über seinem Gegenstande schweben soll, ohne von ihm innerlich
erregt zu werden, behagliche Breite und Gleichmässigkeit der Darstellung, so kann ich in allem dem nichts sehen, als dem Wesen
des Epos gegenüber zufällige Eigenschaften des homerischen Epos,
das allerdings eine in seiner Art einzige Vollendung zeigt, aber
darum nimmermehr die ganze Gattung als absolutes Vorbild vertreten kann. Wenn nun aber gar manche, weil im Homer die

Götter mit an der Handlung theilnehmen und ein episodenhafter
Charakter ohne strengen inneren Zusammenhang herrscht, vom Epos
gefordert haben, es solle sich aus einer Reihe nur locker verbun-
dener Episoden zusammensetzen und das Schicksal als ausserhalb
der Personen und Handlungen von höheren Mächten bestimmt enthalten, so ist damit der einseitige Kultus Homers bis auf den
Gipfel getrieben, indem selbst seine Schwächen als absolute Kunstforderungen hingestellt werden; denn wäre das wirklich so, so
dürfte das Epos allein von allen Kunstwerken keine künstlerische
Einheit haben, d. h. kein reines Kunstwerk sein. Das Wesen des
Epos besteht darin, dass es erzählt, d. h. seinen Gegenstand als
eine vergangene Begebenheit, als etwas Abgeschlossenes, Fertiges
wie ein plastisches Kunstwerk hinstellt. Damit ist aber nicht ausgeschlossen, dass der Dichter von ihm auch innerlich bewegt sein
kann, vorausgesetzt, dass er dadurch nicht von seinem Ziele abge-
lenkt wird und den Faden der Erzählung verliert. So weit also
die lyrische Stimmung die epische Darstellung in ihrer massvollen
Klarheit nicht beeinträchtigt, muss sie im Epos zulässig sein, wie
sie denn überhaupt von ihm nicht ganz ausgeschlossen werden kann,
ebenso wie in der Plastik das Stimmungsvolle zulässig ist, so weit
es nicht die plastische Schönheit und Ruhe beeinträchtigt, was sich
an den vollendetsten Bildwerken des Alterthums, wie, um von der
Gruppe des Laokoon zu schweigen, an dem in göttlichem Zorn
erbebenden Apoll von Belvedere und selbst an dem olympischen
Zeus des Phidias mit den in augenblicklicher Erregung etwas ge-
öffneten Lippen und den vorwärts wallenden ambrosischen Locken
nachweisen liesse. Und dass auch in der Dichtung epische Ruhe
und massvolle, plastische Klarheit mit lyrischer Erregtheit sehr
wohl verbunden sein kann, das zeigen die grössten Meisterwerke
der Dichtkunst, zeigt vor allem das Nibelungenlied, das denn selbst
den besten, den praktischen Beweis für seine *Berechtigung als
Kunstwerk* gibt.

Ein wesentlicher Unterschied der klassischen von der neueren
Dichtkunst ist der, dass in ihr eine weit strengere äussere Sonderung der Gattungen stattfindet. Die mit dem feinsten Formen-
sinn begabten Griechen strebten danach, sogleich in der äusseren
Form und Behandlungsweise das Wesen ihrer Dichtungen hinzu-

stellen. Darum haben sie ganz bestimmte Versmasse, ja selbst
bestimmte Dialekte für die verschiedenen Dichtungsarten, und ebenso
halten sie sie in der Darstellung streng auseinander. Im Inhalt
dagegen scheiden sie dieselben weniger, wie denn im Drama lyrischer und in der Lyrik epischer Inhalt einen fast zu weiten Spielraum hat. Der germanische Geist ist in Bezug auf das Formgefühl
gröber, in Bezug auf das innere Leben kräftiger, tiefer. Darum
genügen ihm nicht mehr typisch hingestellte Kunstformen, sondern
er sucht zu jedem Stoff von Innen heraus die entsprechende Form.
Wenn er dadurch auch häufig in Formlosigkeit verfällt, so ist es
doch an sich vollkommen berechtigt, dass in der neueren Dichtung
die Formen nicht so streng auseinandergehalten werden, wie in
der griechischen: was dadurch auf Seite der formell-typischen Ausbildung verloren geht, wird durch tiefere Erfassung des Inhalts
reichlich ersetzt.

Fragen wir nun nach den Dichtungen, die auf der Höhe der
Poesie stehen, die den grössten Eindruck machen, am tiefsten
rühren und am mächtigsten erschüttern, so sind es immer zugleich
diejenigen, die sich durch die grösste Einfachheit und Anspruchslosigkeit auszeichnen. Das höchste Kennzeichen des wahren Dichters ist, wenn er es versteht, mit den geringsten Mitteln die grösste
Wirkung zu erreichen. Alle die vollendetsten Schöpfungen unserer
grossen Dichter, sie zeichnen sich aus durch die absichtslose, keusche
Einfalt der Sprache, die oft fast an Dürftigkeit anstreift, und doch
den wunderbarsten Eindruck macht. Darum hat die Volkspoesie
das tief Ergreifende, Herzbewegende, darum kehrt die gesunde
Kunstdichtung immer wieder zu ihr zurück, um sich an ihr zu
läutern und zu erfrischen. Besonders aber dem Epischen ist der
Charakter des Volksmässigen angemessen, wie keiner andern Dichtungsart, da die ruhige Erzählung mehr wie jede andere Form der
Darstellung einfache, schlichte, naive Behandlung fordert. Diejenigen Epen daher, welche das Volksmässig-Einfache am harmo-
nischsten mit künstlerischer Vollendung in sich vereinigen, sind die
reinsten Vertreter der epischen Gattung. Nirgends aber ist das in
vollkommenerer Weise geschehen, als im griechischen und im
deutschen Epos in ihren vollendetsten Repräsentanten, den homerischen Gedichten und dem Nibelungenliede, welchen gegenüber alle

andern epischen Dichtungen entweder als unreif oder als über-
künstelt erscheinen. Beide sind ganz aus dem Volke hervorgegangen, und doch sind ihre Verfasser Dichter von hoher Kunstbildung.
Es liegt in den eigensten Charakterzügen beider Nationen begründet, dass das Schönheitsgefühl beim griechischen Dichter sich mehr
nach der Seite der F o r m wendet, beim deutschen mehr nach der
Seite des I n h a l t s.

Wichtiger noch als die Form ist daher für das deutsche Epos
und die Beurtheilung seines Kunstwerthes der I n h a l t, und durch die
Untersuchung desselben werden die in der Formfrage gewonnenen
Ergebnisse vollkommen bestätigt.

'Auch der Inhalt des Nibelungenliedes hat freilich vielen Tadel
erfahren. Man hat getadelt, dass manche der Sage ursprünglich
angehörenden Motive der Handlung in das Gedicht nicht aufgenommen sind, dass geschichtliche Personen und Verhältnisse hin-
eingetragen sind ohne Rücksicht auf historische Treue, und dass
das heroische Reckenthum etwas mit den Formen der christlich-
ritterlichen Cultur umkleidet ist (28), aber ich denke, es ist gut
und recht, dass der Dichter auch darin ganz naiv verfahren ist:
er darf von uns so viel Naivetät der Auffassung und so viel Hingebung fordern, dass wir uns nicht durch fremde Rücksichten im
Genusse seines Werkes stören lassen. Wenn nun z. B. die in
der Sage erzählte frühere Verlobung Siegfrieds mit Brunhilden im
Nibelungenliede nicht erwähnt ist, so finde ich, der Dichter hat
in seiner weisen Beschränkung auf das Nothwendige wohlgethan,
dieses Motiv auszuschliessen, da es für den Verlauf der Handlung
durchaus gleichgültig und für das Verständniss durchaus nicht nothwendig ist. Denn dass Siegfried schon weiss, wie es um Brunhilden steht, und dass er in ihrem Lande sogleich erkannt wird,
das ist nichts, was einer näheren Erklärung bedürfte, wenn nicht
aus Kenntniss der Sage allzu peinlich Uebereinstimmung mit derselben verlangt wird. (29) — Wenn ferner im Nibelungenliede Dietrich von Bern und Etzel Zeitgenossen sind, während wir aus der
Geschichte sehr wohl wissen, dass Theodorich's des Grossen Geburt erst etwa in dasselbe Jahr fällt wie Attila's Tod, so finde ich
nicht, dass das den poetischen Genuss störte und einen peinlichen
Eindruck hinterliesse, wenn man im Stande ist, sich selbstlos in

das Kunstwerk zu vertiefen. Das Kunstwerk ist eine Welt für
sich: ebenso wie man, um es ästhetisch zu geniessen, keines Com-
mentars bedürftig sein soll, wie es sich aus sich selbst erklären
soll, so soll man dabei auch absehen von der ganzen übrigen Welt,
und vor allem nicht die historische Kritik einmischen, die in die
Wissenschaft gehört und nicht in die Kunst. Dass wir nicht im
Stande sind, die Personen und Ereignisse der homerischen Gedichte
mit der wirklichen Geschichte zu vergleichen, weil wir diese nicht
kennen, begründet doch gewiss nicht einen Vorzug derselben vor
dem Nibelungenliede. Angenommen, es würden noch Quellen für
die Geschichte des trojanischen Krieges aufgefunden, die der Dichtung viele Verstösse gegen den wirklichen Verlauf der Begebenheiten nachwiesen: würde sie darum weniger schön sein? Oder
verlieren etwa die Götterscenen des trojanischen Krieges dadurch
an Schönheit, dass wir wissen, dass die Vorstellungen von diesen
Göttern mit der richtigen Auffassung der Naturverhältnisse in
Widerspruch stehen? — Und wenn endlich die Burgunden des
Nibelungenliedes Christen sind und einen Kaplan mit auf die Reise
nehmen, während die Burgunden der Geschichte das Christenthum
erst später erhielten, wenn am burgundischen Hofe schon die Hof-
ämter existiren, wie sie erst später zur Kaiserzeit aufkamen, und
wenn viel turniert wird, was auch eine viel spätere Sitte ist, so
ist das ebenso wenig störend, da es dem einheitlichen Verlaufe
der Dichtung durchaus nicht schadet. Dabei bleibt doch der ganze
Charakter grundheidnisch und urgermanisch (30), und solche Ne-
benrücksichten können nur denjenigen im poetischen Genusse stören,
der nicht die Fähigkeit hat, sich rein und selbstlos in das Werk
zu vertiefen und von der Wirklichkeit abzusehen. Dass durch diese
Verstösse gegen Sage und Geschichte irgend einmal der poetische
Zusammenhang litte, kann ich nicht finden, da derselbe so fest
und geschlossen ist, wie selten in einer andern Dichtung. Das
Kunstwerk hat eben seine Wirklichkeit, seine Wahrheit und Wahrscheinlichkeit in sich selbst: nur was mit ihm als solchem nicht in
Einklang steht, ist fehlerhaft. Fehler dieser Art aber finden sich
im Nibelungenliede nirgends.

Hier stehe ich nun in entschiedenstem Gegensatze zu Lachmann.
Denn bekanntlich findet Lachmann allerorten im Nibelungenlied

zahlreiche „Widersprüche", die ihm der Hauptbeweis gegen
die Einheit der Dichtung sind. Sieht man aber näher zu, so
überzengt man sich, dass er in seiner Kritik viel zu scharf und im
höchsten Grade einseitig und willkürlich verfahren ist, indem er
bis auf geringe Unebenheiten und Unklarheiten, die allerdings vorhanden sind, aber bei Beurtheilung des Ganzen gar nicht in Betracht kommen können und gewiss zum grossen Theile nicht vom
Dichter, sondern vom Bearbeiter und den Abschreibern herrühren,
alle diese Widersprüche selbst macht durch sonderbare, willkürliche
und gezwungene Annahmen. Wenn man die Menge von Widersprüchen sieht, die Lachmann in allen Theilen des Nibelungenliedes
aufgefunden hat, so erscheint es sehr kühn, einem so scharfsinnigen
Kritiker gegenüber die Behauptung aufzustellen, sie seien nicht vorhanden. Und doch, meine ich, lässt sich das auf das überzeugendste darthun. Es ist ein andres, zufällig auf Widersprüche
stossen, und auf Widersprüche Jagd machen. Wer das letztere
thut, der kann am Ende überall, in jedem Gedicht Widersprüche
finden: er braucht nur sich ein logisches Schema zurecht zu machen
und alles, was nicht in dasselbe hinein passt, als Widerspruch zu
bezeichnen. Genau so aber ist das Verfahren Lachmanns. Von
der Voraussetzung ausgehend, das Nibelungenlied sei aus einer
Anzahl einzelner von einander unabhängiger Lieder entstanden,
stellt er z. B. für jedes dieser Lieder einen Grundgedanken auf
und wirft alles heraus, was demselben nicht entspricht, behält nur
die Hauptpersonen jedes Abschnittes bei, die auf die Handlung
wirklich wesentlichen Einfluss haben, und betrachtet alle übrigen,
die nur mehr nebenbei erwähnt werden, als dem Dichter unbekannt
und erst später hineingebracht, um den Zusammenhang des Ganzen
herzustellen. Dadurch ergeben sich denn natürlich eine Menge von
Widersprüchen zwischen den einzelnen Liedern, indem in manchen
nur zwei burgundische Könige bekannt sind, in andren drei, indem
Iring, nachdem er gefallen ist, nicht wieder erwähnt wird und
folglich dem Verfasser des letzten Liedes unbekannt gewesen sein
muss, als ob ein Dichter mit Gedächtniss den todten Iring bis zum
Schlusse immer und immer wieder hätte nennen müssen! Mit solchen willkürlich aufgestellten Regeln lässt sich alles machen.

Doch genug! Es war nöthig, hier meine Stellung zu der

Lachmann'schen Kritik klar darzulegen und wenigstens in einem
Beispiele eine Anschauung von ihr zu geben, aber ihre vollständige
Widerlegung liegt, als in die Spezialforschung gehörig, meiner Aufgabe
fern. (31) Ich kann sie auch um so eher unterlassen, als sich
auf dem positiven Wege der Beweis für die Einheit des Nibelungenlieds
auf das überzeugendste geben lässt. Denn die unbedingt
sichere Entscheidung giebt die Untersuchung der **Composition.**

Ich stütze mich bei dieser Untersuchung auf den Unterschied
zwischen S a g e und D i c h t u n g, aus welchem sich ergiebt, dass
aus der Zusammenfügung einzelner aus der Sage geflossener, getrennt
entstandener Lieder, wie sie Lachmann als Grundlage des
Nibelungenliedes annimmt, unmöglich eine einheitliche Composition
entstehen kann, ausser durch vollständige Umdichtung von der Hand
e i n e s Dichters, so dass dadurch ein ganz neues Werk entsteht.
Denn der Volksgeist schafft die Sage nicht in der Absicht zu dichten
und daher nicht nach ästhetischen Rücksichten, wenn in ihr auch
Dichtung und wirkliche Schönheiten enthalten sind. Wie in aller
Mythenbildung, so ist auch in der Sagendichtung die eigentliche
Absicht, die Wahrheit zu erkennen und darzustellen, also der bei
der freien Dichtung zu Grunde liegenden Absicht geradezu entgegengesetzt.
Dass diese Absicht nicht erreicht wird, dass vielmehr dennoch
zufällig auftretend Schönes erzeugt wird, liegt daran, dass die
Verstandesentwicklung noch nicht so weit vorgeschritten ist, um die
Erzeugnisse der Phantasie als solche zu erkennen und entweder den
ihnen anhängenden Schein der Wahrheit kritisch zu vernichten, oder
sie mit freiem Bewusstsein und voller Absicht künstlerisch zu gestalten.
Ebenso, wie die Mythologie eine Vorstufe der Philosophie,
so darf man die Sagendichtung eine Vorstufe der Geschichte nennen,
eine mit unzureichenden Verstandesmitteln unternommene historische
Forschung, an der ein ganzes Volk arbeitet, indem, was Einzelne
gefunden haben, von Andern aufgenommen und umgestaltend weiter
fortgebildet wird, und so alle begabten Köpfe eines Volkes ihm in
fortwährender Neu- und Umbildung seine Mythen- und Sagenwelt
schaffen. Es ist natürlich, dass durch dieses absichtslose, halb unbewusste
Arbeiten der Volksphantasie kein einheitliches ästhetisches
Ganze gebildet werden kann: das ist erst möglich, wenn die Sage
zum Stoff freier dichterischer Produktion gemacht wird. Gewöhn-

lich geschieht das zunächst so, dass einzelne Theile der Sage unabhängig von einander dichterisch dargestellt werden, da die Dichter derselben noch nicht das grosse Ganze als poetische Einheit aufzufassen vermögen. Solche unabhängig von einander entstandenen Lieder können jedes für sich einheitliche Ganze sein, indem sie einzelne besonders hervortretende Momente der Sage abrunden und künstlerisch gestalten; mit einander verbunden aber können sie unmöglich ein einheitliches Ganzes werden, auch wenn ein Zusammenfüger sie äusserlich mit einander in Einklang bringt und durch Weglassungen und Zusätze die direkten Widersprüche zwischen den einzelnen Liedern möglichst beseitigt. Ein anschauliches Beispiel hiefür gibt die nordische Gestalt der Nibelungensage. Wir haben in der Edda eine grosse Zahl von Liedern über einzelne Theile derselben, und daneben eine prosaische Zusammenstellung solcher Lieder in der Völsungasage, abgesehen von der später entstandenen und grossentheils aus deutschen Liedern gebildeten Vilkinasage, die hier nicht mit in Betracht kommen kann. Die Eddalieder weichen schon in der Form von einander ab, indem sie bald zwei- bald dreitheilige Strophenform haben. Schon die Herstellung eines gleichförmigen Versmasses würde desshalb bei einem Theile vollständige Umdichtung erfordern. Ebenso zeigt die Sprache der Lieder manche Abweichungen, weit grössere die Darstellung, die bei manchen gedrängteste Kürze, bei andern breite Ausführlichkeit zeigt, und zwar ohne dass verschiedenartiger Inhalt dazu Anlass gäbe. Der Inhalt aber zeigt noch grössere Verschiedenheiten. Das erste Sigurdslied giebt eine Uebersicht der Schicksale Sigurds bis zu seinem Tode in Form einer Unterhaltung Sigurds mit seinem in die Zukunft schauenden Oheim Gripir; das zweite behandelt in ausführlicherer Darstellung die Herkunft des Nibelungenhorts und Sigurds Jugend bis zur Tödtung des Drachen Fafnir, welche im Anschlusse daran Fafnismál erzählt. Wieder im Anschlusse daran erzählt Sigrdrífumál Sigurds erste Begegnung mit Brynhild. Zwischen den drei letzten Liedern wird noch einigermassen der Zusammenhang durch prosaische Zusätze hergestellt, und sie liessen sich allenfalls ohne viel Aenderung durch Zusatz einiger Strophen zu einem Ganzen zusammenfügen, da sie auch in der Darstellung einigermassen übereinstimmen. Nun aber beginnt in ganz anderer Darstellung das dritte Sigurdslied. Es erzählt

Sigurds Schicksale zwar von da an, wo das vorhergehende Lied
schloss, aber ohne allen Zusammenhang damit, und führt sie fort
bis zu Sigurds und Brynhilds Tode. Das darauf folgende Bruchstück eines Brynhildsliedes erzählt einen Theil derselben Begebenheiten mit bedeutenden Abweichungen in der Gestalt der Sage,
das darauf folgende Lied einen andren Theil ebenso, das erste
Gudrunlied hat ganz lyrischen Charakter und schildert allein Gudruns Schmerz über den todten Sigurd, u. s. w. Ueberall geben
verschiedene Gestalten der Sage nebeneinander her, und es würde
viel Arbeit kosten, auch nur eine äussere Uebereinstimmung zwischen
ihnen hervorzubringen. Noch weit wichtiger ist aber, dass es der
Nibelungensage, wie sie in der Edda und in der Völsungasaga
erscheint, gänzlich an innerer Einheit fehlt. Sie hat keinen Anfang und kein Ende: in der Edda wird sie äusserlich genealogisch
mit der Helgisage verbunden und ausserdem an ein Stück Götter-
mythus angeknüpft, um die Herkunft des Hortes zu erklären. Die
innerlich nothwendige Verbindung der Begebenheiten wird äusserlich ersetzt durch den auf den Hort gelegten Fluch, aus welchem
alles Unheil abgeleitet wird. Mit dem Untergange der Nibelungen
aber schliesst die Sage noch nicht ab, sondern sie wird wiederum
äusserlich genealogisch mit der gothischen Ermanrichsage und mit
der nordischen Königssage verknüpft. Es fehlt also durchaus an
äusserer und innerer Einheit. Eine solche herzustellen, würde einem
blossen Sammler nicht gelingen, wie sie auch der Verfasser der
Völsungasaga trotz der Auflösung in Prosa nicht erreicht hat (32),
denn dazu gehörte ein sicheres ästhetisches Gefühl, klare Einsicht
in das, was für die Haupthandlung nothwendig und überflüssig ist
u. s. w., und das erforderte einen bedeutenden Dichter. Nur ein
solcher vermag einer Sage Einheit zu geben, und zwar nur durch
vollständige, freie Umdichtung, welcher gegenüber alle schon vorhandenen Lieder so wie die rein volksmässige Tradition der noch
ungeformte Stoff sind. Wenn er auch in seltnen Fällen einmal
eine Stelle aus einem der vorhandenen Lieder unverändert bei-
behielte, es entstünde darum nicht weniger ein durchaus neues
Werk, und sein eignes Verdienst würde dadurch in der Haupt-
sache, der Gestaltung des Ganzen, nicht geringer. Einen solchen
hochbegabten Dichter hat die nordische Gestalt der Nibelungensage

nicht gefunden. Ganz anders ist uns die deutsche Sage überliefert.
Neben einer Anzahl grösserer und kleinerer, zum Theil sehr frag-
mentarischer Ueberlieferungen einzelner Theile der Sage, die uns
zeigen, dass auch in Deutschland verschiedene von einander abweichende Gestalten derselben bestanden, besitzen wir sie als Ganzes
in einer grossen Dichtung, die in Sprache und poetischer Form in
allen grösseren und kleinern Abschnitten durchaus übereinstimmend
ist, so dass schon daraus die Annahme der Entstehung aus einzelnen von einander unabhängigen Liedern fast zur Unmöglichkeit
wird, da sie voraussetzen würde, dass nahezu gleichzeitig eine
Reihe von (nach Lachmann zwanzig) einzelnen Liedern über die
Nibelungen von wenigstens zum Theil verschiednen Verfassern und
in verschiednen Gegenden Deutschlands in genau derselben Form
und durchaus übereinstimmender Auffassung und Darstellung entstanden seien. Schon das eine ist entscheidend: die poetische Form.
So lange nicht die Möglichkeit der gleichzeitigen, unabhängigen
Entstehung von zwanzig Liedern in der Nibelungenstrophe bewiesen
wird, ist das eben als unmöglich zu bezeichnen, denn wenn behauptet wird, die Nibelungenstrophe sei die allgemeine Form der
mittelhochdeutschen Volkspoesie gewesen, so spricht alles dagegen,
da die Nibelungenstrophe durchaus nicht rein volksmässigen Charakter hat, sondern ein sehr feines, hochgebildetes, künstlerisches
Gefühl zeigt, und da sie sonst fast nie angewendet ist. Wenn
also Lachmann, um diese Bedenken zu beseitigen, sagt: „Wir
kennen den Gang der deutschen Poesie gerade genug um einzu-
sehen, dass deutsche Lieder von den Nibelungen zwischen den
Jahren 1190 und 1210 ungefähr die Gestalt wie die meisten
Stücke unseres Gedichts haben mussten" (33), so setzt er alles schon
voraus, was er beweisen sollte. — Ich zweifle nun gar nicht daran,
dass es wirklich auch in Deutschland wie in Skandinavien einzelne
Lieder über die Nibelungen gegeben haben wird, ehe das Nibelungenlied entstanden, aber ich halte es für ganz unmöglich, dass
sie wesentlich unverändert in das Nibelungenlied aufgenommen und
durch einen blossen Sammler nur mit Hülfe von Zusätzen und
Weglassungen zu dem Ganzen verbunden worden wären, das wir
jetzt vor uns haben, da ich es eben für unmöglich halte, dass
zwanzig (34) Lieder in ganz übereinstimmender sprachlicher und

poetischer Form unabhängig von einander fast gleichzeitig entstanden seien. Was aber unendlich wichtiger ist, eine solche Sammlung von zwanzig nothdürftig mit einander verbundenen Liedern könnte unmöglich zu einem einheitlichen Ganzen werden. Hier nun muss sich deutlich zeigen, ob es möglich ist, dass das Nibelungenlied auf diese Weise entstanden sei, oder nicht: wenn nachgewiesen werden kann, dass es eine einheitliche Composition hat, so ist damit unwiderleglich dargethan, dass es Werk eines Dichters ist. Denn allerdings ist nicht jede Dichtung einheitlich, da es auch weniger begabte Dichter giebt, denen es an der Fähigkeit fehlt, ihren Werken Einheit zu geben, aber einheitliche Dichtungen wo sie sich auch finden, sind unbedingt immer Werk eines Verfassers.

Da nun ergiebt sich aus der Untersuchung, dass das Nibelungenlied eine Einheit der Composition zeigt, welche nur von einem höchst bedeutenden Dichter, von einem der ersten Dichter aller Zeiten herrühren kann. Ich kenne keine grössere Einheit der Composition als die des Nibelungenliedes, ja mir scheint dieselbe in den bedeutendsten Dichtungen aller Zeiten nicht nur unübertroffen, sondern selbst unerreicht. Das ist viel gesagt, aber leicht zu beweisen, wenn man scharf ins Auge fasst, worauf es bei Untersuchung der inneren Einheit einer Dichtung vor allem ankommt. Dieser Beweis wird jetzt meine Aufgabe sein.

Vielleicht aber wird gerade gegen die Einheit der Composition ein Bedenken erhoben, das manchem erheblich scheinen dürfte. Es betrifft die Einheit der Person. Die erste Forderung, die man an das Epos und Drama stellt, ist gewöhnlich die eines Helden, der im Ganzen unbestritten die Hauptperson ist, an den sich von Anfang bis Ende die Haupthandlung anknüpft. An sich ist das natürlich nur eine ganz äusserliche Forderung, denn es ist damit nicht gesagt, dass die Erlebnisse und Thaten dieses Helden mit einander in mehr als rein äusserlichem Zusammenhange stehen müssen: wenn also nicht ein höherer, innerer Zusammenhang dazukommt, so ist die Erfüllung dieser Forderung ganz ohne Werth und kein Zeichen für Einheit der Dichtung. In der That finden wir sie denn auch in sehr zahlreichen Dichtungen erfüllt, ohne dass dadurch die mangelnde innere Einheit, welche herzustellen es dem Dichter an Fähigkeit oder Willen fehlte, ersetzt werden kann. Be-

trachten wir die Odyssee! Der letzte Theil ist gewiss auch innerlich eine grossartige Einheit: die ganze Erzählung von des Odysseus Abentheuern auf dem Meere, die Begegnungen mit den Kei-
konen, den Lotophagen, den Kyklopen, den Lästrygonen, mit
Kirke, sein Herabsteigen zur Unterwelt, seine Erlebnisse mit den
Seirenen, mit der Skylla und Charybdis, auf Thrinakria, bei Kalypso
und bei den Phäaken bis zu seiner Landung auf Ithaka, — alles
das ist, trotz der vielen schönen Einzelheiten und trotz der äusseren Verbindung durch die Erzählung bei den Phäaken, ohne alle
innere Einheit, im Grunde nichts als eine Sammlung von Schiffer-
mährchen der Griechen, die an die Person des Odysseus angeknüpft werden und dadurch äusserlich mit einander verbunden sind.
Auch wenn sie alle aus der Odyssee wegblieben, wäre für ihre
Einheit im Grunde nichts verloren, im Gegentheil würde sie dann
weit mehr den Eindruck eines geschlossenen, abgerundeten Ganzen
machen. Weit deutlicher noch zeigt sich derselbe Fall am Parzival. Wolfram von Eschenbach hatte sehr viel Talent für die Darstellung des Einzelnen, Individuellen, er verstand es vortrefflich,
innere Seelenzustände zu schildern, aber es fehlte ihm ganz der
Sinn für den grossen innern Zusammenhang des Kunstwerks, wie
das ja überhaupt meist in der mittelhochdeutschen höfischen Epik
der Fall war. Eine bunte Reihe von Abentheuern, die mit einander nicht im allergeringsten inneren Zusammenhange stehen, wird
auf die Person des Helden Parzival gehäuft. Lesen Sie eine Uebersicht des Inhalts des Parzival und versuchen Sie dann, sich denselben wieder im Zusammenhange zu vergegenwärtigen: wenn Sie
nicht mit einem ganz besonders ausgezeichneten Gedächtniss be-
gabt sind, so wird davon in Ihnen nichts zurückgeblieben sein, als
ein wirres Durcheinander von Abentheuern mit Rittern und schönen
Frauen, ein wahres Labyrinth von Begebenheiten, in welchem Sie
vergebens nach dem Ariadnefaden suchen, um sich darin zurecht-
zufinden, und nicht genug mit den Abentheuern Parzivals, schickt
der Dichter eine ausführliche Lebensgeschichte seines Vaters Gah-
muret voraus, die fast den sechsten Theil des Ganzen, d. h. über
3000 Verse einnimmt, und ebenso gut ohne erhebliche Aenderungen
als besondres Heldengedicht ausgeschieden werden könnte, und hängt
an die Abentheuer Parzivals noch eine kurze Uebersicht über die

Lohengrins, die mit denen von Parzival in keinem andren Zusammenhange stehen, als dass Lohengrin Parzivals Sohn ist. Welche endlose, verwirrende und ermüdende Menge von Personen und Begebenheiten ausserdem noch mit dem Helden in äusserliche Verbindung gesetzt wird, davon giebt nur das Lesen des Ganzen eine Vorstellung. Es zeigt sich hieraus, wie das chronikalisch-biographische Verfahren Wolframs dem der wahrhaft künstlerischen Composition geradezu entgegengesetzt ist, und wie daher die Einheit der Person, die im Parzival im Allgemeinen vollkommen gut gewahrt ist, für sich durchaus nicht den geringsten künstlerischen Werth hat. Unendlich höher stehen in dieser Beziehung die volksmässigen Epen der Deutschen, aber selbst Gudrun, die sonst eine sehr bedeutende Einheit hat, zeigt uns jene Weise, wonach mit den Vorfahren der Helden begonnen wird, indem die Geschichte von Gudruns Eltern und Grosseltern ihrer eignen vorausgeschickt wird. — Aber wenn auch hiermit bewiesen ist, dass die Forderung der Einheit der Person für die Einheit einer Dichtung unzureichend ist, so fragt sich doch noch, ob sie nicht auch zu derselben nothwendig mit gehört, oder ob eine Dichtung auch einheitlich sein kann, ohne dass ein Held von Anfang bis zu Ende den unbestritten ersten Platz einnimmt, ohne dass die Handlung sich um eine einzige Person gruppirt. Wenn diese Frage zu verneinen wäre, so wäre damit bewiesen, dass die Composition des Nibelungenliedes keine künstlerische Einheit bildet, denn ein Held in diesem Sinne, eine Hauptperson durch das ganze Gedicht existirt in ihm nicht. Wenn auch im ersten Theile Siegfried als solche angesehen werden könnte, so treten dagegen nach seinem Tode eine Menge von Personen auf, die in einzelnen Scenen Hauptpersonen sind, da sie das Interesse vorwiegend in Anspruch nehmen. Am ersten würde noch Hagen als der Hauptheld zu bezeichnen sein, aber weit mehr als er ist doch Kriemhild als Anstifterin alles Unheils der Mittelpunkt des Ganzen, und die drei Könige, Volker und Dankwart, sowie Etzel, Rüdiger, Dietrich und andre haben äusserst wesentlichen Antheil an der Entwicklung der Handlung. Ist das nun ein künstlerischer Fehler? Ist das ein Beweis gegen die Einheit des Nibelungenliedes? Die Beantwortung dieser Frage wird sich am besten wieder aus Beispielen andrer Dichtungen ergeben. In Shakspeares

Romeo und Julie sehen wir nicht eine, sondern zwei Hauptpersonen. Im König Lear theilt sich das vorwiegende Interesse zwischen Lear und Cordelia. Selbst in Othello, in dem der Held sehr bedeutend hervortritt, nimmt er nicht allein alle Theilnahme für sich in Anspruch. Ich frage, ob diese Dichtungen, abgesehen davon, dass im Lear zwei ganz verschiedene Handlungen nur äusserlich mit einander verbunden sind, nicht den Eindruck von vollkommen einheitlichen, geschlossenen Kunstwerken machen? Auch in Schillers Räubern theilen sich Karl und Franz Moor in die vorwiegende Bedeutung, im Don Carlos ist eher Posa als der Prinz Hauptperson, und im Tell steht neben dem Titelhelden ein ganzes Volk, dessen Führer, besonders die drei ersten Eidgenossen, fast mehr Antheil an der Haupthandlung haben, als Tell selbst. Auch in Göthes Stücken sehen wir neben Egmont Klärchen, Alba und andre, neben Tasso Antonio, neben Faust Mephistopheles, in Hermann und Dorothea sind zwei Hauptpersonen und in den Wahlverwandtschaften kann von einer Hauptperson gar nicht die Rede sein, während doch, was man auch in denselben und vielfach mit Recht getadelt hat, die meisterhaft geschlossene Einheit unbestritten stehen bleibt. Ein ganz besonders auffallendes Beispiel giebt noch Shakspeares Julius Cäsar. Da ist Cäsar im Anfange ganz unbestritten Hauptperson, auf die sich alles bezieht, aber schon in der ersten Scene des dritten Aufzuges wird er ermordet, und von da an giebt es eine ganze Menge von Hauptpersonen: auf der einen Seite die Verschwornen, vor allen Brutus und Cassius, auf der andren Antonius, der auf einmal durch seine Leichenrede der erste Mann in Rom wird; darauf folgt die Verschwörung der Triumvirn, in welcher „Octavius" sogleich als eine Hauptperson neben Antonius tritt, und endlich der Kampf bei Philippi. Gleichwohl ist auch hier der Eindruck ein durchaus einheitlicher. Wer ist nun in diesem Stücke der Held? Der in der grösseren letzten Hälfte gar nicht auftretende Cäsar kann im gewöhnlichen Sinne nicht so genannt werden: nur wenn man das Wesen des Helden so auffasst, dass er der ideale Mittelpunkt des Ganzen sei, d. h. dass alle Handlungen sich auf ihn beziehen, kann er als Held angesehen werden, denn allerdings sind die Bildung des zweiten Triumvirats und die Schlacht bei Philippi Folgen seines Todes; aber hier sind andere lebendige

7

Menschen mit selbständigen Gedanken und Handlungen auf den
Schauplatz getreten, nur sein Geist, der dem Brutus in einer Vision erscheint, lebt fort in den Thaten der Verschworenen und der
Triumvirn. — Wir können aus diesen Beispielen lernen, dass die
Forderung der äusseren Einheit der Person, abgesehen davon, dass
sie abstrakt gefasst in das Gebiet der Unmöglichkeiten gehört, für
ein Kunstwerk durchaus nicht massgebend sein kann. Wolframs
Parzival ist trotz seiner äussern Einheit kein einheitliches Kunstwerk, sondern ein Aggregat poetischer Einzelheiten, Göthe's Wahlverwandtschaften und Shakspeares Julius Cäsar sind einheitliche
Kunstwerke, obgleich in ihnen keine einzelne, durch das Ganze vorwiegende Bedeutung in Anspruch nehmende Hauptperson enthalten
ist. Nicht die Personen also geben einem Kunstwerke seine Einheit, sondern die Ideen, deren Träger sie sind. In Romeo und
Julie ist es die Macht der Liebe, die alles andre beherrscht und
besiegt, in Othello die aus der Liebe erwachsene verzehrende Eifersucht, in Lear die Kindesliebe in ihrer tiefsten Zerrüttung und daneben in ihrer reinsten Erscheinung, in den Wahlverwandtschaften
eben jene halb unbewusste Wahlverwandtschaft in der Liebe und
die durch sie herbeigeführten Conflicte mit dem Sittengesetz, in
Cäsar die Macht eines grossen Geistes über ein in sittlicher Zerrüttung begriffenes grosses Volk. Und im Nibelungenlied ist zuerst die Liebe die bewegende Macht, dann der Hass: aber Hass
aus Liebe, wie er in der Charakterumwandlung Kriemhilds zur
Erscheinung kommt. Siegfried, die Hauptperson des ersten Theils,
ist auch im zweiten mit seinem Geiste gegenwärtig, sein Tod ist
die ideale Ursache der ganzen weiteren Handlung. Die Einheit
des Nibelungenliedes wird also durch den Mangel einer einzelnen
Hauptperson nichts weniger als widerlegt.

Die Einheit der Composition eines Kunstwerks liegt vielmehr
in der innern Einheit der Handlung, die im höchsten Sinne darin besteht, dass nichts willkürlich zusammengebracht und nichts
dem blinden Zufall überlassen ist, dass man immer beim Gange
der Handlung sieht: es kann gar nicht anders kommen, nach dem
Stand der Dinge ist andrer Verlauf unmöglich. Das ist nun in
der Poesie diejenige Forderung, die am allerschwierigsten zu erfüllen ist, und gegen die daher am häufigsten verstossen wird. Denn

der Mensch steht nicht nur unter den Naturgesetzen, aus denen
die Wirkungen vorhandener Ursachen mathematisch vorausberechnet
werden können, sondern er ist auch ein geistiges Wesen, ein selbst-
ständiger Mittelpunkt der Welt, der ihren Einflüssen in unberechenbarer Berührung unterworfen ist und in unberechenbarer Weise auf
sie zurückwirkt, dessen Schicksale also als naturnothwendig nicht
durchaus zu begreifen sind. Ist aber darum das menschliche Leben eine regellose Folge von Zufälligkeiten, ein blindes Durcheinander von Erlebnissen und Handlungen, wie es der Parzival darstellt? Keineswegs! Wir bemerken, dass es dennoch wie alles
andre unter Gesetzen höherer Nothwendigkeit steht, die allerdings im gewöhnlichen Leben häufig nicht klar hervortreten, weil
die Wechselwirkung der eignen Natur des Menschen und der Einflüsse der Aussenwelt sich meist nicht klar übersehen lässt, indem zu
viele Faktoren ineinanderwirken und dadurch der Schein des blinden
Zufalls entsteht, wo freie Gesetzmässigkeit herrscht, die aber im Kunstwerke, das einen idealen Auszug der Wirklichkeit geben soll, zur
Anschauung kommen müssen, wenn es innere Einheit haben soll.

Es handelt sich also bei der Untersuchung der Composition
einer Dichtung vor allem um die Idee des Schicksals, die ihm
zu Grunde liegt, wie diese überhaupt das bewegende Princip des
gesammten geistigen Lebens ist. Denn im Ringen nach der richtigen Auffassung des Schicksals bewegt sich die geistige Entwicklung der Menschheit. Dieselbe besteht in der fortschreitenden
Selbstbefreiung des Menschen von den Fesseln der Naturbedingt-
heit, und vollzieht sich in zwei Hauptstufen: in der ersten fühlt er
sich unterworfen und durchaus bestimmt von höheren ausser ihm
stehenden Mächten, in der zweiten fühlt er sich als freies, selbstän-
diges Wesen, das die Gesetze seines Handelns aus sich selbst
nimmt. In der ersten Periode fasst er daher das Schicksal auf als
über ihm stehend wie eine äussere von ihm nicht zu bestimmende
und ihn ganz bestimmende Macht, die ihn leitet wie ein unmündiges
Kind, in der zweiten erkennt er es in sich selbst, frei die Einflüsse
der Aussenwelt seiner Natur aneignend und auf sie selbstthätig zu-
rückwirkend. Das ist der Gegensatz der transscendentalen und imma-
nenten Schicksalsidee, der alten und neuen Weltanschauung, die noch
jetzt mit einander im Kampfe stehen, wie seit Jahrtausenden. Mag der

Mensch diese transscendente Schicksalsmacht unter dem Bilde vieler
Gottheiten oder nur einer, mehr körperlich oder geistig auffassen, immer
ist die zu Grunde liegende Anschauung, nur in roherer oder verfei-
nerterer Form, wesentlich dieselbe, da er das, was er in sich selbst
fühlt, ausser sich sucht und anzuschauen strebt. Alle die grössten
Denker, die die geistige Entwicklung der Menschheit wirklich weiter-
geführt haben, sie haben mit mehr oder weniger klarem Bewusstsein daran gearbeitet, diesen Wahn zu zerstören und den Menschen
zu sich selbst zurückzuführen. — In der Poesie kommt auch dieser Gegensatz zum klarsten Ausdruck, und zwar am reinsten in
der griechischen und der modernen Schicksalsidee. In der griechischen Schicksalsidee herrscht jene zwingende Nothwendigkeit,
die ausserhalb der handelnden Menschen steht, unabänderlich vor-
ausbestimmt, so dass alle Versuche des Menschen, sich von ihr zu
befreien, nur dazu dienen, ihn um so fester in sie zu verstricken.
Diesem finstern Verhängniss gegenüber, dem alles wehrlos, willenlos
dahingegeben ist, giebt es keine handelnden Menschen mehr, sondern nur Marionetten, die durch höhere Gewalten unfrei gelenkt
werden. Das Bewusstsein der inneren Gesetzmässigkeit des Weltlebens ist hier zur höchsten Erhabenheit gesteigert, aber es ist
eine einseitige, frostige Erhabenheit, die alles neben sich vernichtet
und allein übrig bleibt als unfassbare, unnatürliche Macht, neben
der alle Furcht, alles Mitleid, jede menschliche Regung verstummen
muss: sie bewegt uns nicht, sie erwärmt uns nicht. Sehen wir
Oedipus, wie er trotz aller Gegenanstrengungen doch zu Vater-
mord und noch unnatürlicheren Verbrechen unbewusst geführt wird
und darin untergeht, so können wir ein tiefes Mitleid mit ihm empfinden, wenn wir das rein menschlich auffassen: bedenken wir
aber, dass sein ganzes Verhängniss sich auf einen Orakelspruch
gründet, der, was ihm vom Schicksal bestimmt ist, vorherverkündigt,
so hört jedes Mitgefühl auf und es bleibt nichts zurück, als eine
Absurdität, oder, wenn wir uns in die alte Anschauung versetzen,
das Gefühl einer ungeheuren, sinnlosen Leere, eines bodenlosen
Abgrundes, in den wir alle willenlos hineinstürzen, losgelöst von
allem Zusammenhange mit der Welt. Ebenso ist es mit dem auf
das Haus des Tantalos gelegten Fluche, der die Ursache alles
späteren Unheils ist. Selbst in der Antigone, dieser am meisten

vom Geiste freier Menschlichkeit durchdrungenen aller Tragödien des Alterthums, steht der Fluch des Oedipus als Grundmotiv im Hintergrunde. Die griechische Schicksalsidee ist die Selbstvernichtung des Menschen. Nur der Umstand, dass sie wie alle dergleichen einseitigen Ideen nicht konsequent durchgeführt werden konnte, dass vielmehr die schöne Naturanlage der Griechen ein kräftiges Gegengewicht gegen sie war, hat die freie menschliche Entwicklung derselben in Leben und Kunst ermöglicht, und so hat man es wohl auch mit Recht als eine „geniale Inkonsequenz" der Griechen bezeichnet dass sie ein Drama hervorgebracht haben, da das Drama mehr als jede andre Dichtungsart den Menschen als frei handelndes Wesen auffasst. Der moderne Geist, dessen Träger vor allen andren die germanischen Völker sind, strebt jene Schranke der alten Weltanschauung zu überwinden und sich seiner Freiheit bewusst zu werden. Die höchste Aufgabe der modernen Poesie ist es daher, das Schicksal als in den Menschen selbst liegend aufzufassen, als nothwendige Folge ihrer Handlungen, es von innen heraus durch den Widerstreit der Charaktere und ihre Einwirkung auf einander zu entwickeln, indem der Einzelne unterliegt, aber der Geist triumphirt. Diese moderne Schicksalsidee zur Darstellung zu bringen, ist das Streben aller grossen Dichter der neuern Zeit. Damit sie völlig klar heraustrete, ist es nöthig, dass alles, was nicht innerlich aus den Charakteren und Handlungen hervorgeht, ausgeschlossen wird, dass nirgends Willkür herrscht, also auch nirgends der unmotivirte Zufall, denn jeder Zufall ist störend, da er ausserhalb der handelnden Menschen steht wie die ausserweltlichen Schicksalsmächte der Griechen, und dadurch die Einheit der Handlung zerreisst. Dagegen muss überall eine eiserne Nothwendigkeit sichtbar sein, aber kein unfreier Zwang, sondern Nothwendigkeit in der Freiheit. Die eigentliche Schwierigkeit, in welcher sich die Begabung des Dichters am sichersten bewährt, ist es nun, zwischen diesen beiden Polen, der Nothwendigkeit und der Freiheit, das rechte Maass zu finden: Charaktere zu zeichnen, die nach ihrer eigensten, innersten Natur, hoch erhaben über die äusserlichen Naturbedingungen und über das sinnliche Leben überhaupt und darum frei, und doch handeln wie sie nicht anders können, die durch ihre Handlungen nothwendig in Konflikt mit

einander gerathen, die darin siegen, oder schuldig werden und zu
Grunde gehen. Derjenige Dichter also, der diese moderne Schicksalsidee am tiefsten erfasst und am erhabensten in kunstwürdigen
Schöpfungen, an lebenswahren Charakteren darstellt, ist der grösste
Dichter. Messen wir unsere klassischen Dichter an diesem Maass-
stabe, so ist Schiller derjenige, der vermöge seines lebhaften Sinnes
für das echt Dramatische, für den lebendigen, handelnden, in der
bewegten Welt der männlichen That stehenden Menschen diese
Aufgabe am machtvollsten gelöst hat in seinen bedeutendsten Stücken, wie im Wallenstein, in Maria Stuart u. s. w.; in andren aber
spielt doch noch der Zufall eine zu grosse Rolle, wie im Don Carlos, wo der zufällige Irrthum des Posa die Entscheidung herbeiführt, ganz abgesehen von der Jungfrau von Orleans, die ganz
unter der Leitung höherer Mächte steht, und von der Braut von
Messina, jener wunderbaren Nachbildung der griechischen Schick-
salstragödie. Göthe, der mehr auf das weiblich Stimmungs- und
Empfindungsvolle als auf die männliche That angelegte Dichter,
hat in seinem Faust die Idee des modernen Menschen am tiefsten
erfasst, aber den sinnlichen, zur That bestimmenden Theil seines
Wesens aus ihm herausgenommen und besonders gestaltet in Mephistopheles. Die Idee, dass der Mensch seinen Leidenschaften
und Begierden entgegen trotz seines Versinkens in Schuld zuletzt
doch noch durch sich selbst zur Erlösung kommt, ist eine höchst
grossartige, aber sie ist halb allegorisch zur Darstellung gebracht,
und das Ganze ist Fragment geblieben und musste es bleiben, da
das gesammte Leben der Menschheit unmöglich von einem Punkte
aus überschaut, in einer Person und ihren Erlebnissen dargestellt
werden kann, und daher im besten Falle, auch wenn der Faust
würdig des ersten Theils vollendet worden wäre, nur eine Anein-
anderreihung schöner Einzelheiten, nimmermehr aber ein Kunstwerk
mit innerem Zusammenhang hätte entstehen können. Der grösste
ist auch hier Shakspeare, dieser Prophet der modernen Weltanschauung, der in seinen unsterblichen Werken Menschen gezeichnet
hat, wie sie sind, selbständige handelnde Menschen mit Tugenden
und Fehlern, ganze Naturen, die handeln aus sich selbst heraus,
nicht beherrscht von einer ausser ihnen stehenden Macht, und doch
handeln wie sie nicht anders können und dadurch ihr Schicksal

selbst herbeiführen. Er hat in seinen bedeutendsten Dramen, in
Romeo und Julie, im Othello, im Lear, im Hamlet, in Macbeth, in
den historischen Stücken, den mächtigen Gang des Schicksals dargestellt, wie kein andrer nach ihm. Aber auch bei ihm vermisst
man häufig den rothen Faden des Gesetzes der nothwendigen Entwicklung, oft genug hat er ihn bei Lösung des Knotens zerrissen
durch Zufälle, die die Katastrophe herbeiführen, wie in Romeo und
Julie, wo der Zufall, dass Romeo die Nachricht von Juliens Schein-
tod nicht erhält, die unglückliche Lösung bringt, wie in Othello,
wo auch ein Zufall, der mit dem Taschentuch, eins der Haupt-
motive für die Entwicklung der Handlung ist; auch in Julius Cäsar
führt ein zufälliger Irrthum zum Tode des Cassius und Brutus, und
so liesse sich das noch in vielen seiner Stücke nachweisen. Auch
sonst ist häufig das Gesetz der nothwendigen Entwicklung nicht
klar zu erkennen, manches erscheint willkürlich zusammengebracht.
So in den Dramen, wo Verbrecher die Hauptrolle spielen, wie im
Lear die unnatürlichen Töchter, und in dem riesenhaftesten aller
Verbrecher, Richard III., wo wir besonders im Anfange von einem
Verbrechen zum andren fortgerissen werden und immer mehr erstaunen über ein solches Maass von Ruchlosigkeit: freilich dann
sehen wir die Vergeltung heranschreiten in erhabenster Weise, aber
in den Verbrechen selbst liegt nicht jene innere Nothwendigkeit,
wie sie in dem dem natürlichen Weltverlauf mit Bewusstsein entgegen-
tretenden Verbrechen überhaupt nicht liegt.

Das ist nun eben die einzige Grösse des Nibelungenliedes, dass
in ihm die Auffassung der Schicksalsidee eine so erhabene ist,
wie — ich spreche es aus mit voller Ueberzeugung und fürchte
nicht, zu viel zu sagen — in keiner andren Dichtung. Wir haben gesehen, wie die Anordnung des Stoffes die allereinfachste,
schlichteste ist, die sich denken lässt. Aber wie ist das Ganze zu
lebendiger innerer Einheit zusammengeschlossen! Stets ist alles die
nothwendige Folge des Vorhergehenden, die Begebenheiten ent-
springen nothwendig aus den Verhältnissen und dem Charakter der
handelnden Personen. Da ist keine Spur von Willkür, kein blinder Zufall, keine unfreie Lenkung von aussen her. Im Ganzen
liegt, es durchdringend, ein unerbittliches Schicksal als unbesiegbare
Macht, aber nicht das finstre, tückische Schicksal der griechischen

Tragödie, sondern das echt tragische Schicksal, das aus dem freien Zusammenstoss kraftvoller handelnder Menschen hervorgeht, von ihnen geschaffen und doch nicht von ihnen willkürlich beherrscht, da sie sich nicht von ihrer innersten Natur und von den Einflüssen der andren Menschen lossagen können, frei von ihnen getragen und die Naturnothwendigkeit des grossen Entwicklungsganges der Welt an sich tragend. Daher bricht denn auch die Katastrophe herein wie ein Weltuntergang, wie ein alles vor sich niederwerfendes Ungewitter. Wir sind erschüttert durch den furchtbaren Untergang, und zugleich erhoben durch das Unvermeidliche und die volle Gerechtigkeit desselben, sowie durch die glänzenden und menschlich wahren Bilder des Heldenmuths, der Treue, der Liebe, die nur an den furchtbaren Ereignissen in ganzer Herrlichkeit zur Anschauung kommen. Wir stehen trauernd und bewundernd in der Anschauung des erhabenen Schicksals, „welches den Menschen erhebt, wenn es den Menschen zermalmt", wir fühlen den Hauch des Göttlichen im Menschen und erkennen die Grösse des Genius, der das schaffen konnte.

Ein Blick auf den Inhalt wird genügen, um das Gesagte zu erweisen. — Das Hauptmotiv für die Handlung des ersten Theils ist Gunthers leichtsinnige Wahl, die ihn zwingt, den Beistand eines Stärkeren anzurufen, um nicht zu Grunde zu gehen. Der Einzige, welcher helfen kann, ist Siegfried, denn gegen die dämonische Kraft Brünhilds kann nur seine übermenschliche Stärke in die Schranken treten. Ohne viel Zögern geht er auf den Vorschlag ein, seine Bereitwilligkeit geht hervor aus seiner hingebenden, aufopfernden Freundschaft und aus seiner Liebe. Mit der Ankunft Brünhilds in Worms schliesst die Exposition. Die Fäden sind angeknüpft, Schritt für Schritt folgt daraus mit Nothwendigkeit die weitere unheilvolle Entwicklung. Siegfried ist eines Betruges schuldig geworden, und damit ist der erste Schritt zu seinem Verderben gethan. Der zweite muss nothwendig darauf folgen. Gunther, der sich selbst zu dem traurigen Loose verdammt hat, was er thun muss nicht selbst thun zu können, wird zum zweitenmal genöthigt, Siegfrieds Beistand anzurufen, als er seine Gattenrechte ausüben will und, mit Schmach und Schande von seinem Weibe bezwungen, seine ganze Mannesehre verloren sieht. Sieg-

fried ist wieder schnell bereit zu helfen, er überlegt nicht viel, da
er Gunthers verzweifelte Trauer sieht, und in seinem Glück auch
seinen Freund zu demselben Glücke führen will. So wird der
schauerliche nächtliche Kampf herbeigeführt, der mit Nothwendigkeit aus dem Vorhergehenden folgt und das nothwendige Motiv für
das Folgende giebt, denn nachdem Brünhild so furchtbar getäuscht
worden ist, ist keine Sühne mehr möglich als durch Blut, und das
allein rechtfertigt die treulose Ermordung Siegfrieds, die sonst als
das unnatürlichste Verbrechen erscheinen würde. Er raubt Brün-
hilden Ring und Gürtel und giebt beides seinem Weibe: dies ist
seine klar betonte Schuld und die nächste Ursache seines Unterganges: er hat damit sein eignes Schicksal aus seiner Hand gegeben. Von da an ist sein Einfluss auf die Handlung vorbei, das
Schicksal wählt sich andre Hände zu seiner Vollstreckung. Brünhild ist schmählich betrogen und weiss es nicht, sie fühlt dunkel,
dass nicht alles um sie her rein ist, sie muss die Enthüllung des
Geheimnisses herbeiführen und stürzt so dem Abgrund entgegen,
aus dem sie nur Siegfrieds blutiger Tod erretten kann. Schon bei
dem Weinen um Kriemhilds Erniedrigung gleich nach der Hochzeit hatte sie ihre innere Stimmung verrathen: Gunther konnte sie
nicht beschwichtigen, weil er die Wahrheit nicht entdecken durfte.
Das mit barbarischer Gewalt unterdrückte Verlangen nach Auf-
klärung des Geheimnisses bleibt unbefriedigt, die innere Unruhe
wächst während der langen Trennung immer mehr, endlich wird
ihr die Ungewissheit unerträglich, sie bewirkt die Einladung Siegfrieds und Kriemhilds nach Worms. Der Zank der Königinnen
ist unter diesen Umständen unausbleiblich. Ueberaus meisterhaft
hat der Dichter ihn entwickelt. Etwas, das zum Besten, Edelsten
im Menschen gehört, ist bei beiden die Triebfeder: die Gattenliebe.
Kriemhild, in ihrem Glück, in dem stolz-demüthigen Bewusstsein,
hochbegnadet zu sein durch den Besitz ihres Gatten, thut eine
Aeusserung, die nichts ist als der Spiegel ihrer Gedanken, die sie
haben muss in der Ueberzeugung, dass Siegfried der erste aller
Männer ist. Brünhild kann diese Aeusserung nicht ruhig hin-
nehmen, sie muss ihren Gatten vertreten, den sie in vollem Glauben
für grösser als Siegfried hält, und antwortet demgemäss, bestimmt
aber ohne Bitterkeit. Beide Frauen können sich unmöglich dar-

über vereinigen, das Zerwürfniss ist unausbleiblich. Da kann denn
auch der langgenährte Zweifel an Siegfrieds Ebenbürtigkeit in Brünhild nicht länger schweigen, sie spricht ihn aus, aber mit grosser
Mässigung, sich berufend auf Siegfrieds und Gunthers eigene Worte.
Das kann nun wieder Kriemhild unmöglich ruhig anhören, sie antwortet lebhaft, aber auch gemässigt, indem sie Brünhild freundlich
bittet, ihre Beleidigung zurückzunehmen, was diese natürlich nicht
kann, da sie nicht vom Gegentheile überzeugt ist. Da zürnt Kriemhild und antwortet scharf, indem sie ihre erste Aeusserung, Siegfried sei grösser als Gunther, mit aller Schroffheit wiederholt und
Zurücknahme der Beleidigung verlangt, zugleich durch die Thatsache, dass Siegfried keinen Zins zahlt, das Ungerechtfertigte von
Brünhilds Behauptung beweisend. Und so erhitzen sich beide
immer mehr, sie trennen sich in Unfrieden, jede will zeigen, dass
sie um ihres Gatten willen vor der andren geehrt zu werden ver-
diene, und bei der Begegnung vor dem Münster sind sie auf's
Aeusserste gebracht: die stolze Brünhild wirft Kriemhilden die Beleidigung vor allem Volke ins Gesicht, und Kriemhild, um sich zu
wehren und Siegfried zu vertreten, kann nicht mehr anders, sie
muss das furchtbare Geheimniss, das Siegfried ihr im engsten Vertrauen mitgetheilt hat, offenbaren, und ausser sich fügt sie dazu in
der Gereiztheit noch mehr, um ihre Feindin zu demüthigen. Nun
ist Brünhild aufs Tödtlichste gekränkt, und durch Vorzeigen der
Beweise wird sie völlig vernichtet, sie kann nicht mehr leben,
wenn nicht die ihr angethane Schmach gerächt wird, und das kann
nur geschehen durch Siegfrieds Tod. Wie meisterhaft hat der
Dichter die Verwicklung durchgeführt, wie nothwendig ergiebt sich
eins aus dem andren, welcher gewaltige Schicksalsgang offenbart
sich hier in einem Abschnitt von wenigen Strophen! Siegfrieds
Schicksal geht nun schnell seinem Ende entgegen, denn dass er
fallen muss, unterliegt keinem Zweifel mehr: es kann sich nur noch
fragen, auf welche Weise er fallen soll. Auch darin aber bleibt
keine Wahl. Da er in offenem Kampfe unbesiegbar ist, so muss
er durch Meuchelmord fallen, und kein andrer kann die Ausführung übernehmen, als Hagen, der treueste Dienstmann seiner Könige, der vor keiner That zurückschreckt, wenn sie unvermeidlich
ist. Durch List und Verstellung allein kann er zum Ziele kommen.

Kriemhild, in dem Glauben ihrem Manne das Leben zu fristen,
muss ihn selbst dem Tode überliefern. Auch hier also dieselbe
Ironie des Schicksals, wie in der griechischen Tragödie. Aber
wie ganz anders der Oedipussage gegenüber! Hier führt Kriemhild, wie dort Oedipus, das unausbleibliche Verhängniss herbei in
dem Wahne, es abzuwenden, aber dort liegt nichts zu Grunde als
der unmotivirte, sinnlose Orakelspruch, hier freie menschliche Handlungen, und der Träger des Schicksals ist hier der frei zur That
entschlossene Hagen, während dort eine unklare, unfassbare Macht
ausserhalb der Welt, von der die Menschen willenlos geleitet werden.   Gunther muss wieder andre für sich handeln lassen, da er
nur die Wahl hat zwischen seinem Weibe und seinem Freunde,
auch Gernot und Giselher dürfen Siegfried nichts verrathen, obgleich sie mit dem Morde selbst nichts zu thun haben wollen, da
sie sich für die Partei entscheiden müssen, die ihnen am nächsten
steht. Nun die Jagd! Wie unvergleichlich wird Siegfried noch
einmal kurz vor seinem Tode in seiner ganzen Herrlichkeit gezeichnet! Er ist nur noch das geschmückte Schlachtopfer, das unvermeidlich der Rache fallen muss. Das Wettlaufen zu dem Quell,
der Mord, Siegfrieds Tod, in wie kräftigen, lebensvollen Bildern
wird es geschildert in gedrängter Kürze, mit wie meisterhafter
Klarheit, in freier Dichtung, und doch getragen von der Nothwendigkeit der Erfüllung des Schicksals! Wie schön ist es, dass
Siegfried, nachdem er die Mörder gescholten hat, an seinen Sohn
denkt, dem man nun Schuld geben wird, dass seine Blutsverwandten
einen Meuchelmord begangen haben, und dann sterbend mit den
letzten Worten seine Gattin dem Schutze des Königs übergiebt,
der ihn verrathen hat! Die unheimliche Stimmung der Jagdge-
nossen und Hagens kühner Trotz, die namenlose Trauer Kriemhilds, der Schmerz Siegmunds und der Nibelungen, wie warm und
lebendig ist das alles dargestellt! Kriemhild, innerlich ganz gebrochen, kann nur entweder sterben, oder, da sie sich wieder aufrafft, bei ihrer kräftigen gewaltsamen Naturanlage allein noch ihrer
Rache leben. So wird die unsägliche Liebe nothwendig in den
unversöhnlichsten Hass verkehrt. Auf die Bitte ihrer Brüder entschliesst sich die trostlose Wittwe, bei ihren Verwandten zu bleiben,
da sie in den Niederlanden keinen Beschützer hat, als den greisen

Vater Siegfrieds, und nach dessen Tode ganz allein stehen würde,
doch auch dazu bewogen durch den geheimen Wunsch und die
Hoffnung, sich zu rächen. So lebt sie in Jammer und Leid in
Worms, und Jahre vergehen. Die Wegnahme des Hortes, für Hagen, den treuen, in die Zukunft schauenden, ein Gebot der Pflicht,
reizt sie noch mehr, die thränenvolle Versöhnung kann nur äusserlich sein, sie wartet der Gelegenheit zur Rache. Ehe diese ein-
tritt, wird noch einmal hervorgehoben, dass sie vor allem das treu
liebende Weib war:

1082 Nâch Sîfrides tôde,   daz ist alwâr,   1142
    si wonte in manigem sêre   driuzehen jâr,
    daz si des recken tôdes   vergezzen kunde niht.
    si was im getriuwe: des ir diu meiste menige giht

Neue Fäden werden angeknüpft: Etzel wirbt um Kriemhild. Trotz
des vorschauenden Hagen Warnung wird die Werbung von den
Königen begünstigt, die sich verpflichtet fühlen, das ihr wider-
fahrene Unrecht gut zu machen, und Kriemhild giebt den vereinten
Bitten nach nur in der Hoffnung auf Rache, nachdem ihr Markgraf Rüdiger mit seinen Mannen den ihm nachher theuer zu stehen
kommenden Eid geleistet hat, dass er der nächste sein wolle, ihre
Leiden zu rächen: er wird dadurch in den tragischen Konflikt mit
hineingezogen, der unausbleiblich ist. Kriemhild folgt ihm nach
Hunnenland und vermählt sich mit dem ungeliebten Mann. Ueber
alles meisterhaft ist die Entwicklung der Gedanken Kriemhilds,
als Königin der Hunnen dargestellt, der Zwiespalt ihres Gemüths,
der von der alles verschlingenden Rachsucht besiegt wird: sie hatte
zwölf Jahre lang in grossem Glanze und von allen geliebt und
verehrt an Etzels Seite gethront; nun hatte sie gesehen, dass ihr
Niemand widerstand, und ihre Macht kennen gelernt, da dachte sie
mancher Leiden, die ihr daheim geschehen waren, sie dachte auch
mancher Ehren, die ihr Hagen durch Siegfrieds Mord genommen
hatte, und ob ihm das wohl noch einmal leid werden möchte:

1333 Daz geschæhe, ob ich in bringen   möhte in ditze lant!   1393

1082, 2 sêre Schmerz (vergl. versehren). — 4 die meiste menige die
    grösste Menge, das ganze Volk. — giht (von jehen sagen, be-
    kennen) zugesteht (vergl. bigiht, bîhte Bekenntniss, Beichte).
1333, 1 ob wenn. — möhte könnte.

Und doch liebt sie noch ihren Bruder Giselher, sie träumt, dass
er ihr an der Hand gehe und küsst ihn oft in sauftem Schlafe.
Aber von Gunther scheidet sie sich in ihrem Herzen, obgleich sie
ihm in Burgund den Versöhnungskuss gegeben hat. Wieder und
immer wieder fliessen ihre heissen Thränen. Da denkt sie daran,
wie sie ohne ihre Schuld dazu erniedrigt ist, einen heidnischen
Mann zu lieben, und auch das haben ihr Hagen und Gunther an-
gethan. Selten kommt sie von dem Wunsche los, ihren Feinden
noch ein Leid zuzufügen. Sie jammert nach ihren Getreuen, und
kann es doch kaum erwarten, sich zu rächen. Da bewegt sie
Etzel dazu, ihre Verwandten einzuladen. Das ganze Widerspruchs-
volle eines zwischen Hass und Liebe schwankenden Gemüths könnte
nicht schöner dargestellt werden. Den beiden als Boten abgesandten
Spielleuten giebt sie noch den geheimen Auftrag, Hagen zum Mit-
kommen zu veranlassen. Die burgundischen Könige haben noch
das Bewusstsein des ihrer Schwester zugefügten Leides; um so
lieber nehmen sie daher die Einladung an, auch zugleich angezogen
von dem Gefahrvollen, Abentheuerlichen der Unternehmung. Hagens des Vorschauenden treue Warnung bleibt unbeachtet: als er
aber mit den bittersten Vorwürfen zum Schweigen gebracht und
ihm sogar Feigheit vorgeworfen wird, räth er selbst zu dem Zuge.
Von jetzt an tritt er in den Vordergrund, ebenso sehr alle Theilnahme für sich gewinnend durch seinen trotzigen, nie gebeugten
Todesmuth in der sichren Voraussicht des Unterganges und durch
seine unwandelbare Treue und das tiefe Gefühl, das gelegentlich
zu Tage tritt, wie abschreckend durch seine Furchtbarkeit. Er
weist die trübe Stimmung ab, die sich durch der alten Königin
Traum der Geister bemächtigen könnte; ebenso eifrig, wie er früher
widerrathen hat, betreibt er jetzt die Reise, denn als sie beschlossen
ist, muss sie durchgeführt, aus Furcht vor Gefahren darf sie nicht
aufgegeben werden, obgleich er den Untergang Aller vorhersieht:
es gilt nur noch, mit Ehren zu fallen. Der Zug wird angetreten,
durch seine Sorgsamkeit mit ansehnlichem Gefolge. An der Donau
ist er es, der mit gewaltiger Thatkraft die Weiterreise möglich
macht, obgleich er die Prophezeiung und durch die Probe mit
dem Kaplan volle Gewissheit erhält. Hier allerdings greift die
transscendentale Welt in das Nibelungenlied ein, aber nur ganz äusser-

lich, da sie auf die Handlung Hagens gar keinen Einfluss übt,
denn der Untergang Aller ist ihm ohnehin schon gewiss, und die
Weissagung hat durchaus keinen Erfolg: was begonnen ist, wird
von ihm nur um so mehr durchgeführt, er zerschlägt das Schiff
und macht so die Rückkehr unmöglich. Auf das düstre Nacht-
stück der Kämpfe mit den Baiern, in welchem der unbeugsame
Muth und die unermüdliche Ausdauer der Helden sich in herrlich-
ster Weise zeigt, folgt wie ein heller Morgen der Aufenthalt bei
Rüdiger. Die Schilderung seiner Häuslichkeit, die treffliche, überaus herzliche Bewirthung der Gäste, die Verlobung seiner Tochter
mit Giselher, der Abschied, alles das sind glänzende, wahre, lebens-
warme Bilder schlichter und treuer deutscher Art. Voll Stolz und
Freude führt Rüdiger seine Gäste selbst zu Etzel und wird dadurch die Ursache seines und ihres Unterganges: denn seine Lehenspflicht und der Kriemhilden geleistete Eid müssen ihn zum Kampfe
mit ihnen zwingen, wenn derselbe einmal ausgebrochen ist und
nur durch seinen Tod können die Berner und kann Dietrich dazu
veranlasst werden, am Kampfe theilzunehmen und der Burgunden
Schicksal zu entscheiden. Die dunkeln Vorzeichen des Unterganges mehren sich: auf Utes Traum, die Weissagung der Meer-
weiber, die Probe mit dem Kaplan folgte die erste bestimmte
Nachricht über Kriemhilds Stimmung in Eckewarts Worten, und
nun sagt Dietrich bei der ersten Begrüssung:

1662 Sît willekomen, ir hêrren,   Gunthêr und Giselhêr,   1724
    Gêrnôt unde Hagen,   sam sî hêr Volkêr
    und Danewart der snelle: ist iu daz niht bekant?
    Kriemhilt noch sêre weinet   den helt von Nibelunge lant.

Kriemhild frohlockte, als sie sie in der Ferne kommen sah; auf ihr
Veranstalten werden die neuntausend Knechte der Burgunden fern
von den Herren geherbergt. Bei der „sonderlichen“ Begrüssung
Kriemhilds bindet Hagen den Helm fester: unverhohlen feindselig begegnen sich beide. Als Kriemhild den Helden die Waffen abfordert und aus ihrer Weigerung sieht, dass sie gewarnt sind, folgt
ein unbedachter, leidenschaftlicher Zornausbruch; Dietrichs mann-
hafte Worte erschrecken und beschämen sie, und sie sendet ihren

---

1662, 2 sam sô, ebenso.

Feinden nur noch „swindo*) blicke." Es zieht sich über den Häup-
tern der Burgunden zusammen, wie ein herannahendes Ungewitter.
Kriemhild, da sie ihren Todfeind vor sich sieht, vergisst alles andre
über dem Durst nach Rache. Sie reizt die Hunnen zum Angriff
auf ihn, als er mit Volker fern von den andren sich niedergesetzt
hat. Vierhundert Hunnen waffnen sich, sie geht in königlichem
Schmucke vor ihnen her, Hagen aber steht nicht vor ihr auf, sondern legt Siegfrieds Schwert über seine Knie, Volker thut des-
gleichen mit seinem Schwertfiedelbogen, beide bleiben furchtlos
sitzen:

1724 Nu dûhten sich sô hêre	die zwêne küene man,	1786
daz si niht wolden	von dem sedel stân	
durch niemannes vorhte.		

So tritt Kriemhild heran mit feindseligem Grusse. Hagen bekennt
offen den Mord Siegfrieds:

1728 Er sprach: waz sol des mêre?	der rede ist nu genuoc.	1790
ich binz et aber Hagene,	der Sifriden sluoc,	
den helt ze sînen handen.	wie sêr er daz engalt,	
daz diu frouwe Kriemhilt	die schoenen Prünhilde schalt!	

Da wendet sich Kriemhild an die Hunnen und fordert sie zum
Kampfe auf, diese aber sehen alle einander an, keiner mag den
Anfang machen und sich dem sichern Tode entgegenstürzen, sie
ziehen sich zurück, und die beiden Helden gehen wieder zu den
andren Burgunden und mit ihnen in den Palast. Der herzliche
Empfang Etzels ist wie ein freundlicher Sonnenblick durch finstre
Sturmwolken. Die Nacht kommt, die Helden gehen zur Ruhe,
auf dem Wege gedrängt von den Hunnen, die vor Volkers Drohung
mit dem „swæren gigenslac" zurückweichen. In einem weiten Saale
sind viel reiche Betten aufgestellt, dahin begeben sich die Burgunden, nie lag ein König mit seinem Gesinde so herrlich gebettet.
Aber die vielen Zeichen der feindseligen Stimmung Kriemhilds und

---

*) s w i n d e (bald wieder verschwindend) schnell, geschwind, plötzlich,
zornig, feindselig, furchtbar, verderblich.
1724, 1 h ê r e hoch, erhaben, vornehm. — 2 s e d e l Sitz, Sessel.
1728, 2 et aber doch einmal, eben wieder, bin derselbe Hagen. — 3 z e
s î n e n h a n d e n mit seinen Händen: den handfesten Helden. —
d e s e n g a l t dafür büsste.

der Hunnen drücken die Helden nieder, Giselher klagt über das
unheimliche Nachtlager unter Feinden und fürchtet, dass sie alle
durch Kriemhilds Schuld todt liegen müssen. Da erbietet sich
Hagen, Schildwacht zu halten und sie zu behüten, bis der Tag komme:

1766 des sît gar ân angest: sô wend ez danne swer der mac.   1818

Alle danken ihm; während sie sich zur Ruhe legen, waffnet sich
Hagen, und mit freudigem Danke nimmt er Volkers Anerbieten an,
mit ihm zu wachen.   Jetzt folgt die nächtliche Scene, in der tiefes
Gemüth, Zartheit und hohe Heldenhaftigkeit, Kraft und Milde sich
zu einem Gemälde von wunderbarer Schönheit verbinden.   Die beiden Helden treten gewaffnet vor den Saal, dann nimmt Volker
seine Geige und schläfert seine Herren durch sein Spiel ein; als
er sieht, dass sie entschlafen sind, nimmt er wieder den Schild
zur Hand und hält mit Hagen treue Wacht.   Um Mitternacht sieht
er aus der Finsterniss Helme schimmern und macht Hagen darauf
aufmerksam, der ihn bittet, zu schweigen und sie näher heran
kommen zu lassen.   Aber die Hunnen bemerken, dass die Thür
behütet ist, sie erkennen Volker und Hagen und ziehen sich schon
wieder zurück.   Da zürnt Volker über solche Feigheit, er will
ihnen nach und sie „mære vrâgen", Hagen aber hält ihn zurück,
da die Hunnen ihn leicht in solche Noth bringen könnten, dass er
ihm zu Hülfe kommen müsse, und dann, wenn die Thür unbehütet
ist, können einzelne Feinde sich in den Saal schleichen und grosses
Unheil anrichten.   Nun will Volker wenigstens den Hunnen zeigen,
dass sie gesehen worden sind, und in bittrem Hohne fragt er sie,
ob sie eine Raubfahrt machen wollen, da sollen sie ihn und seinen
Heergesellen zu Hülfe haben.   Als aber Niemand antwortet, da ruft
er ihnen in gerechtem Zorne nach:

1785 phi, ir zagen bœse!   (sprach der helt guot.)   1847
    wolt ir sláfende   uns ermordert hân?
    daz ist sô guoten helden   noch vil selten her getân.

Am Morgen gehen die Helden zur Messe und kleiden sich in kost-
bares Gewand, bis Hagen sie ermahnt, statt der Rosen die Waffen

---

1766, 1 des darum. — wenden abwenden, hindern — swer der jeder
    wer, wer irgend, wenn irgend einer — mac vermag.
1785, 1 zage Feigling. — bœse schlecht, niedrig. — 3 her bisher, bis jetzt.

in der Hand zu tragen, statt der Kränze die Helme aufzusetzen,
statt der seidenen Gewänder Panzer und statt der reichen Mäntel
die Schilde anzulegen, da sie heute streiten müssen, und er erinnert
sie in tiefgefühlten Worten an den nahe bevorstehenden Tod:

1793 Mine vil lieben hêrren,	dar zuo mâge unde man,	1855
ir sult vil williclichen	zuo der kirche gân,	
und klaget gote dem richen	sorge und iuwer nôt,	
und wizzet sicherlichen,	daz uns nâhet der tôt.	
1794 Irn sult ouch niht vergezzen	swaz ir habet getân,	1856
und sult vil vlizeclichen	dâ gein gote stân.	
des wil ich iuch warnen,	recken vil hêr.	
ez enwelle got von himele, ir vernemet messe nimmer mêr.		

Auf dem Friedhofe heisst er sie stille stehn, damit sie sich nicht
trennen, und räth ihnen, es mit tiefen Wunden zu vergelten, wenn
Jemand ihnen „swachen gruoz"*) biete. Als Etzel sie gewaffnet sieht,
fragt er nach dem Grunde, und bietet ihnen Busse für alles, was
ihnen zu Leide gethan sei. Hagen aber antwortet, es sei so Sitte
seiner Herren, und Niemand mag ihm die Wahrheit sagen: sie
sind zu stolz dazu, ihn um Schutz zu bitten. Nun kommt die
Königin; Hagen und Volker stellen sich so auf, dass sie sich mit
ihnen drängen muss. Als die Messe vorbei ist und die Hunnen
die Rosse besteigen, thun die Burgunden ebenso, und Volker räth,
einen „Buhurt"**) anzustellen; der Rath verdriesst Niemanden, es wird
herrlich geritten. Etzel und Kriemhild schauen aus den Fenstern
herab dem Kampfspiel zu, Kriemhild mit dem heimlichen Wunsche,
dass den Burgunden Leid geschehen möge. Dietrich und Rüdiger
verhindern ihre Mannen, den Gästen entgegen zu reiten, da sie sehen
dass diese in Unmuth sind. Da kommen die Thüringer und Dänen,
Blödel und andre hunnische Fürsten mit grossen Schaaren, und
die Kurzweil wird gross, die Burgunden ernten viele Lobsprüche.
Eben als sie aufhören wollen, da die Hunnen sie nicht mehr zu

---

1794, 2 vlizeclîchen mit Beflissenheit, Eifer, Andacht. — gein gegen,
    gegenüber. — 3 warnen aufmerksam machen, ermahnen, warnen.
    4 ez enwelle wenn es nicht will, es wolle denn.

*) swach gering, schlecht, feindselig.

**) buhurt (von hurt stossendes Losrennen, aus dem Romanischen ins
Deutsche zurückgenommen: franz. behourd, bohourd, mittellat. behordium)
Ritterspiel, wobei man in ganzen Schaaren auf einander eindrang.

bestehen wagen, kommt einer so stattlich und so wohl gekleidet dahergeritten, als wäre er eine Braut. Volker in seinem zornigen Uebermuth ersticht ihn, Hagen mit seinen Mannen reitet ihm nach, und die drei Könige wollen ihn auch bei den Feinden nicht unbehütet lassen. Die Hunnen klagen laut und wollen Volker erschlagen, es entsteht ein grosses Getümmel, und der Ausbruch der offnen Feindseligkeiten scheint unvermeidlich. Nur durch Etzels Dazwischenkunft, der einem Hunnen das Schwert aus der Hand reisst, alle zurücktreibt und seine Gäste in den Saal geleitet, wird die Ruhe noch einmal hergestellt. Die Tische werden bereitet, man setzt sich zum Essen. Kriemhilds Rachedurst, der durch die misslungenen Versuche immer grösser geworden ist, lässt ihr keine Ruhe, sie wendet sich um Rath und Hülfe an Dietrich, der sie mit ernsten, eindringlichen Worten zurückweist. Da geht sie zu Etzels Bruder Blödelin und macht ihm grosse Anerbietungen, sie verspricht ihm eine reiche Markgrafschaft und ein schönes Weib, und er entschliesst sich endlich trotz der Furcht vor Etzels Zorn, die Burgunden anzugreifen. Er sammelt seine Mannen und zieht nach der Knechte Herberge. Nun lässt Kriemhild ihren und Etzels Sohn in den Saal zu der Fürsten Tische tragen, in der klar ausgesprochenen Absicht, ihn ihrer Rache zu opfern. Das scheint für eine Mutter zu stark, aber Kriemhild ist weniger liebende Mutter, als die rachedürstende Wittwe Siegfrieds, sie hat auch um ihren und Siegfrieds Sohn sich nicht mehr bekümmert, als Siegfried todt war, sie lebt allein ihrer Rache, und da sie voraussieht, dass nur der Tod des Kindes den Bruch unheilbar machen und Etzeln zum unversöhnlichen Feinde der Burgunden machen kann, so sehe ich nicht, was daran unnatürlich oder übertrieben wäre. Etzel stellt mit herzlichen Worten den burgundischen Königen seinen Sohn vor, und bittet sie ihn mit heim zu nehmen und ihn zum Manne aufzuziehen. Die bittre Antwort Hagens betrübt ihn und alle Hunnen sehr:

1856 dô was der Hagenen wille   niht ze kurzwile guot.   1919

Er hat das Kind zum Opfer ausersehen, wenn ihnen Leid von den Hunnen widerfahren sollte. — Unterdessen ist Blödelin mit seinen Recken nach der Herberge gezogen, wo Dankwart mit den Knechten zu Tische sitzt. Als er in den Saal tritt, begrüsst ihn Dankwart freundlich, Blödel aber weisst den Gruss zurück, da sein Kommen Dankwarts und der Andren Ende sein müsse, zur Rache für den erschlagenen Siegfried. Als Dankwarts Vorstellungen, dass er daran ganz unschuldig sei, nichts fruchten, sagt er:

1863 eȜ riuwet mich min vlêgen.   daz wære baz gespart.   1926

springt auf, zieht sein Schwert und schlägt Blödelin das Haupt ab, als Morgengabe zu der Braut, die ihm Kriemhild versprochen hat. Als Blödelins Mannen ihren Herrn todt sehen, erheben sie die Schwerter und springen wüthend zum Angriff heran, Dankwart ruft den Knechten zu, sich zu wehren, diese ergreifen die Schemel und vertheidigen sich ingrimmig, unter grossen Verlusten treiben sie die gewaffneten Hunnen aus dem Saal, aber immer neue Schaaren dringen herzu, und alle neuntausend nebst Dankwarts Rittern werden erschlagen, er bleibt allein und wehrt sich gegen ein ganzes Heer, er springt aus dem Saale um sich abzukühlen und wünscht sich einen Boten zu Hagen, die Hunnen wollen ihn selbst todt als Boten zu ihm tragen, er aber will die mære selbst zu Hofe sagen, und obgleich er seinen von Speeren durchbohrten Schild lassen muss, geht er vor seinen Feinden wie ein Eber im Walde vor den Hunden, und kommt so herrlich zu Hofe gegangen. Auch von der Stiege des Saales kommen ihm die Truchsessen und Schenken feindlich entgegen, er schlägt alle zurück und tritt mit Blut beronnen, mit dem blossen Schwert in der Hand in den Saal. Da ruft er Hagen zu, dass alle in der Herberge todt sind, und dieser, da er erfährt, dass er unverwundet ist, bittet ihn die Thür zu behüten, dass keiner von den Hunnen heraus kommen könne. Unerhörtes ist geschehen, der verrätherische Mord der neuntausend Knechte, den Kriemhild angestiftet hat, fordert entsprechenden Ersatz, Versöhnung ist nicht mehr möglich, ohne den Burgunden Schande zuzuziehen, jetzt muss der Vernichtungskampf auf Leben und Tod, der Minnetrank für Siegfrieds Tod beginnen, und so macht denn Hagen mit einem Streich den Bruch unheilbar und jede matte Ausgleichung unmöglich: er schlägt dem Sohne Etzels

---

1863, 1 riuwet reuet. — vlêgen Flehen. — baz besser.

und Kriemhilds das Haupt ab. Und nun ist alles Weitere nothwendige Folge dieser That. Hagen wüthet weiter, es liegt ihm
daran, den Hunnen so viel Schaden wie möglich zuzufügen, Volker
springt auf und lässt seinen Fidelbogen laut an seiner Hand er-
klingen, als die drei Könige den Streit ungeschieden sehen, nehmen
sie auch daran Theil, die Hunnen wehren sich, ein furchtbares
Getümmel erhebt sich, Dankwart an der Thür wird von beiden
Seiten hart bedrängt, da tritt Volker zu ihm und hütet die Thür
innerhalb, während Dankwart draussen steht, und nun ist der Saal
wie mit tausend Riegeln verschlossen. Dietrich fordert und erhält
mit seinen Mannen freien Abzug und rettet auf Kriemhilds Bitte
sie und Etzel, Rüdiger darf mit den Seinigen auch den Saal verlassen, und nun werden alle Hunnen im Saale erschlagen. Dann
legen die Burgunden die Schwerter aus der Hand und setzen sich
nieder, Volker und Hagen aber gehen vor den Saal und lehnen
sich auf die Schilde. Auf Giselhers Rath werden die Todten aus
dem Saale herausgebracht, siebentausend Todte werden von der
Stiege herabgeworfen und von den aussenstehenden Hunnen laut
beklagt. Als Volker einen Hunnen, der einen Verwundeten weg-
tragen wollte, todt geschossen hat, fluchen sie ihm alle und schleudern Speere aus der Ferne, ziehen sich aber noch weiter zurück,
als er einen Speer weit über sie hinweg zurück schleudert. Nun
beginnt Hagen Etzeln zu verhöhnen, so dass dieser nur mit Mühe
davon zurückgehalten wird, sich in den Kampf zu stürzen. Als
aber Volker die Hunnen wegen ihrer Feigheit verspottet, da sie
trotz der hohen Gebote Kriemhilds nicht anzugreifen wagen, be-
schliesst Markgraf Iring von Dänemark, Hagen zu bekämpfen.
Ausserordentlich lebendig wird geschildert, wie Iring mit Hagen,
dann mit Volker, endlich mit den drei Königen nach einander
kämpft, bis ihn Giselher zu Boden schlägt; wie er wieder zur
Besinnung kommt, tobelichen*) aus dem Blute aufspringt und Dank
seiner Schnelligkeit entkommt, noch einmal mit Hagen kämpft und
ihm eine Wunde beibringt, und dann, den Schild über das Haupt
schwingend, unversehrt wieder die Stiege herab zu den Seinigen
entkommt, mit entzücktem Danke von Kriemhild empfangen. Aber

---

*) tobelichen, rasend.

Hagens Wunde frommt ihm wenig, denn nun ist dieser erst recht
erzürnt durch den kleinen Schaden. Als Iring sich abgekühlt hat,
lässt er sich, durch die Lobsprüche Aller mit hohem Muthe erfüllt,
wieder waffnen, um noch einmal mit Hagen zu kämpfen: dieser
aber ist so erzürnt, dass er ihn nicht erwartet, sondern die Stiege
herab ihm entgegen läuft; beide kämpfen wieder, bis Iring von
Hagen eine schwere Wunde empfängt, und als er umkehrt, schiesst
Hagen auf ihn einen Speer, dass ihm die Stange vom Haupte ragt.
So kommt er zu den Dänen zurück und stirbt, von den Seinigen
und Kriemhild schmerzlich beklagt. Da stürzen die Dänen und
Thüringer in den Saal und werden alle erschlagen. Wieder legen
die Helden die Waffen aus der Hand und setzen sich zur Ruhe,
während Etzel und Kriemhild und alle Frauen und Jungfrauen die
Todten beklagen. Immer neue Angriffe der Hunnen erfolgen, viele
werden noch erschlagen, bis die Nacht anbricht. Die Burgunden
meinen, ihnen sei besser ein kurzer Tod als noch lange Qual, daher begehren sie Waffenstillstand und Unterredung mit Etzel. Dieser
kommt mit Kriemhild und weist sogleich alle Friedensunterhand-
lungen zurück. Auch das Verlangen, ins Freie gelassen zu werden,
wo ja die grossen Hunnenschaaren leicht den Kampf zu Ende
bringen könnten, wird von Kriemhild, die den Hunnen vorstellt,
dass sie alle sterben müssten, wenn auch nur ihre Brüder noch
lebten und sich abkühlen könnten, zurückgewiesen. Die Vorstellungen Giselhers sind wirkungslos, alle sollen entgelten, was Hagen
ihr gethan hat, doch will sie ihren Brüdern nicht das Leben ab-
sprechen, wenn sie ihr Hagen als Geisel ausliefern. Als das verweigert wird, lässt Kriemhild den Saal anzünden. In der ungeheuren Noth trinken die Helden das Blut der Erschlagenen und
gewinnen davon viel Kraft. Die herabfallenden Brände wehren
sie mit den Schilden von sich ab, auf Hagens Rath stellen sie sich
an des Saales Wand und treten die Brände in das Blut, und so,
gequält von Rauch und Hitze, überstehen sie die Nacht, noch
sind sechshundert von ihnen am Leben. Da sie keine Gnade finden,
so rächen sie ihren Tod mit williger Hand. Am Morgen wird
ihnen der Gruss mit hartem Kampfe geboten, Kriemhild lässt rothes
Gold auf Schilden herbeitragen und giebt Jedem so viel er haben
will, überall fliesst das Blut, die unbesiegten Helden schlagen

jeden Angriff zurück und erwerben sich hohen Ruhm. — Da kommt
der Markgraf Rüdiger zu Hofe gegangen, und als er die grosse
beiderseitige Noth sieht, weint er, da er keine Möglichkeit sieht,
den Frieden herbeizuführen. Einen Hunnen, der ihn wegen seiner
Thränen verhöhnt, und ihn der Feigheit zeiht, schlägt er zornig
mit der Faust, dass derselbe todt niederstürzt. Etzel und Kriemhild machen ihm darüber bittere Vorwürfe, klagen und erinnern
ihn an die Lehenspflicht und an den Eid, den er Kriemhild geleistet hat. Seine Antwort ist:

2087 Daz ist âne lougen,   ich swuor iu, edel wip,   2150
     daz ich durch iuch wâgte   die êro und ouch den lip:
     daz ich die sêle verliese,   des en hân ich niht gesworn.
     zuo dirre hôchgezîte   brâht ich die fürsten wol geborn.

Als sich ihm aber Etzel und Kriemhild zu Füssen werfen, da bricht
er in Klagen aus:

2090 O wê mir gotes armen,   daz ich ditz gelebet hân.   2153
     aller miner êron   der muoz ich abe stân,
     triuwen unde zühte,   der got an mir gebôt.
     owê got von himele,   daz michs niht wendet der tôt!

2091 Swelhez ich nu lâze   und daz ander begân,   2154
     sô hân ich boeslîche   und vil übel getân:
     lâz aber ich si beide,   mich schiltet elliu diet.
     nu ruoche mich bewisen,   der mir ze lebene geriet!

Er ist rathlos, in furchtbarem Zwiespalt mit sich selbst. Den wie-
derholten Bitten Etzels und Kriemhilds gegenüber muss sein Widerstand allmählig schwächer werden, er will Etzeln alles zurückgeben,
was er von ihm empfangen hat, und in die Verbannung gehn,
Etzel aber entbindet ihn nicht seines Eides und will ihn zu einem

---

2087, 1 âne lougen unleugbar. — 2 durch iuch um euretwillen. — lip
    Leben. — 3 verliese verliere. — 4 dirre (dat.) dieser.
2090, 1 gotes arm gottverlassen. — geleben erleben. — 4 wenden
    abwenden.
2091, 1 swelhez welches auch. — begân thue, ausübe. — 2 boeslîche
    schlecht, niedrig. — 3 diet Volk; elliu diet alles Volk. —
    4 ruochen geruhen, wollen, mögen, sich kümmern. — bewisen
    zurechtweisen, belehren. — gerâten anordnen, die Veranlassung
    sein.

gewaltigen König neben sich machen. Die Vorstellungen Rüdigers, dass er die Burgunden bewirthet und Freundschaft mit ihnen geschlossen, ja dass er seine Tochter Giselher gegeben hat, fruchten nichts, und als noch einmal Kriemhild ihn angerufen hat, sich ihrer beider Kummers zu erbarmen, entschliesst er sich zum Kampfe in der sichern Erwartung seines Todes. Traurig geht er zu seinen Recken, befiehlt ihnen, sich zu waffnen, und zieht dann mit ihnen gegen die Burgunden heran. Giselher frohlockt und meint, er komme als Freund, aber Volker durchschaut den wahren Sachverhalt. Da ist Rüdiger herangetreten, lehnt seinen Schild vor den Fuss und sagt sich von seinen Freunden los:

2112 Der edel marcgrâve	rief dô in den sal: 2175
ir küene Nibelunge,	nu wert iuch über al.
ir soldet mîn geniezen,	nu engeltet ir mîn.
ê dô wârn wir friunde.	der triuwe wil ich ledic sîn.

da erschracken alle über solche Botschaft. Gunther will ihn von seinem Entschlusse abbringen, indem er ihn an die Treue und Liebe erinnert, die Rüdiger ihnen erwiesen hat, Gernot zeigt ihm das herrliche Schwert, das er von ihm empfangen hat, und stellt ihm vor, er werde ihm mit seinem eigenen Schwerte das Leben nehmen, wenn Rüdiger ihm die Freunde erschlage, Giselher hält ihm vor, er wolle seine Tochter zu früh verwittwen, alles vergebens! Auch als dieser seine letzte Bitte abschlägt, seine Tochter das, was er gethan, nicht entgelten zu lassen, sondern die Freundschaft zu ihm und seiner Tochter scheidet, lässt er nicht ab, er will sich eben mit den Worten „Nu müeze uns got genâden!" in den Kampf stürzen, als Hagen noch einmal zum Frieden ruft und den guten Schild zeigt, den ihm Rüdigers Frau gegeben hat, und der nun zerhauen ist. Rüdiger bietet ihm seinen eigenen Schild, und alle weinen, dass Niemand das Unheil abwenden kann:

2139 vater aller tugende	lac an Rüedegêre tôt. 2202

Hagen und Volker geloben ihm Frieden für die Gabe. Da wartet Rüdiger nicht länger, er erhebt seinen Schild und stürzt in den

---

2112, 3 geniezen (m. Gen.) Nutzen wovon haben. — engelten (m. gen.) Nachtheil haben. — 4. ê zuvor, früher.

Saal hinein. Bald beginnt der allgemeine Kampf. Rüdiger erschlägt viele der burgundischen Ritter, bis ihn Gernot anruft und
zum Zweikampf auffordert. Sie springen auf einander los, ihre
Schwerter sind so scharf, dass nichts gegen sie schützt, Gernot
erhält von Rüdiger die Todeswunde, aber mit dem letzten, furcht-
barsten Schlage erschlägt er auch ihn, beide fallen todt nieder,
von den Burgunden schmerzlich beweint. Alle Helden Rüdigers
müssen als Pfand für die Todten sterben. Kriembild, als sie das
Getös nicht mehr hört, glaubt, Rüdiger sei ihnen untreu geworden,
Volker aber verkündigt ihr seinen Tod, und zum Beweise wird
Rüdigers Leiche hervorgebracht, dass sie Etzel und Kriembild
sehen können. Da klagen sie und alle Hunnen so sehr, dass es
Niemand beschreiben könnte. So laut ist der Jammer, dass alles
davon hallt, und auch einer der Mannen Dietrichs es hört, der zu
ihm eilt und ihm verkündet, ein grosses Unglück sei geschehen,
Etzel oder Kriembild müsse todt sein, da er noch nie eine so laute
Klage vernommen habe. Dietrich mahnt alle seine Mannen zur
Ruhe, und da der ungestüme Wolfhart sich erbietet, hinzugehn und
zu fragen was geschehen sei, verbietet er es ihm und sendet
Helfrich. Weinend kommt derselbe zurück und verkündigt seinem
Herrn Rüdigers Tod. Das erscheint seinem Herrn unglaublich, da
er weiss, dass Rüdiger und die Burgunden Freunde gewesen sind,
darum sendet er noch einmal den alten Hildebrand, um es richtiger zu erfahren. Hildebrand will waffenlos zu ihnen gehen, aber
sein Neffe Wolfhart tadelt ihn deswegen, da er so ihm etwa ge-
botenen Hohn nicht vergelten könne, und bewegt ihn wirklich dazu, sich zu waffnen. Ehe er sich dessen versieht, sind auch alle
andern Recken Dietrichs gerüstet und gewaffnet, in ihrer grimmi-
gen Trauer begleiten sie ihn ohne Wissen ihres Herrn. So sehen
sie die Burgunden feindlich herankommen. Hildebrand fragt und
erhält die Bestätigung, dass Rüdiger erschlagen ist. Da weinen
alle Berner und beklagen seinen Tod. Dann bittet Hildebrand die
Burgunden, den todten Rüdiger herauszugeben, und als diese es
verweigern, stürzen nach einem scharfen Wortwechsel die Berner
in den Saal, und der heftigste aller Kämpfe beginnt. Alle Berner
werden erschlagen bis auf Hildebrand, der, von Hagen verwundet,
den Schild zurückwirft und entrinnt, und von den Burgunden leben

allein noch Gunther und Hagen. Hildebrand kommt zu Dietrich zurück, der traurig dasitzt und sich verwundert, ihn blutberonnen und verwundet zu sehen. Als er aber Rüdigers Tod erfährt, befiehlt er, dass seine Mannen sich waffnen sollen, da er selbst die Burgunden fragen will. Da sagt ihm Hildebrand, dass er allein von allen noch übrig ist. Laut beklagt sie Dietrich, dann aber gewinnt er wieder rechten Mannesmuth, lässt sich von Hildebrand waffnen und geht mit ihm zu dem Saale. Nach einer kurzen Unterredung, in der Dietrich Gunther und Hagen als Geiseln fordert und ihnen verspricht sie zu behüten, aber zurückgewiesen wird, beginnt der Kampf, der an Furchtbarkeit alle andern übertrifft. Endlich überwindet Dietrich, der stärkste und tapferste aller Helden, beide nach einander, und führt sie gebunden zu Kriemhild, die ihn mit Entzücken empfängt und beide besonders einkerkern lässt. Nachdem er ihr Schonung der Gefangenen empfohlen hat, geht er weinend fort. Nun hat Kriemhild ihren Todfeind in ihrer Gewalt und kann die Rache, nach der sie so lange dürstete, ausüben. Sie geht zu Hagen und fordert von ihm den Nibelungenhort, der aber verweigert Auskunft darüber, da er geschworen habe, Niemandem ihn zu zeigen, so lange noch einer seiner Herren lebe. „Ich bring ez an ein ende!“ sagt Kriemhild, lässt ihrem Bruder das Haupt abschlagen und trägt es bei den Haaren vor Hagen.

2307 Also der ungemuote   sînes hêrren houbet sach,   2370
      wider Kriemhilde -   dô der recke sprach:
      du hâst ez nâch dînem willen   ze einem ende brâht,
      und ist ouch reht ergangen,   als ich mir hete gedâht.

2308 Nu ist von Burgonden   der edel künie tôt,   2371
      Giselhêr der junge   und ouch hêr Gêrnot.
      den schatz weiz nu nieman   wan got unde mîn:
      der sol dich vâlantinne   immer gar verholen sîn.

Da zieht ihm Kriemhild Siegfrieds Schwert aus der Scheide, ohne dass er es hindern kann, und schlägt ihm das Haupt ab. Als das Etzel sieht, klagt er, so feind er ihm auch war, darüber, dass der allerbeste Held von eines Weibes Hand fallen musste, der alte Hildebrand aber, in so grosse Noth ihn Hagen auch gebracht

---

2308, 8 wan als. — mîn für ich. — 4 vâlantinne Teufelin.

hatto, rächt seinen Tod: er springt hinzu und erschlägt Kriemhild. Damit ist der ungeheure Kampf geendet, das Schicksal hat sich erfüllt. Da liegen überall umher die Todten, alle Ueberlebenden klagen, Dietrich und Etzel beweinen die Gefallenen, mit Leide ist des Königs Hochfest geendet,

(2315) als le diu liebe leide   ze aller jungiste git.   2378

Mit der letzten Strophe wird zu rechter Zeit kurz abgeschlossen.

Und nun, was ist das für eine ungeheure, bewundernswürdige Composition! In dieser einfachen, ungetheilten Handlung schliesst sich alles an einander wie in Erz gebildet, in gewaltigen, monumentalen Zügen, eins folgt auf das andre mit eherner Nothwendigkeit, das Schicksal schwebt darüber wie eine unerbittliche feindliche Macht, und doch liegt es in den Begebenheiten, in den Charakteren und ihrem freien Zusammenstoss. Wie besonders gegen das Ende hin die Darstellung immer geschlossener wird, wie sich Faden auf Faden in das Gewebe einreibt, und wie endlich nach der drückenden Gewitterschwüle die Ereignisse Schlag auf Schlag folgen bis zur letzten Entscheidung, das ist so herrlich, ein so echt tragischer Schicksalsgang, dass es an das unaufhaltsame Vorbrechen einer gewaltigen Naturkatastrophe erinnert. Hier erhebt sich der einfache epische Verlauf zur Höhe der grossartigsten Tragödie, ohne dass doch in das Gebiet des Dramas übergegriffen würde, da der ruhige Gang des Epos vollkommen gewahrt ist. Wo wäre irgend etwas in aller Dichtung der Grösse dieser Composition zur Seite zu stellen?

Noch mehr finden wir an der Composition des Nibelungenliedes zu bewundern, wenn wir sehen, von welcher unvergleichlich hohen poetischen Gerechtigkeit sie nicht nur im Ausgang, sondern vom Anfang bis zum Ende durchdrungen ist. Keine einzige der Hauptpersonen wird als vorzüglich schuldig dargestellt: sie sind eigentlich alle unschuldig, weil sie handeln wie sie nicht anders können, und, soweit man von einer Schuld sprechen kann, auch alle gleich schuldig. Alle Charaktere sind mit Liebe geschildert, kein einziger wird als boshaft, schlecht dargestellt, das Nibelun-

---

2315, 1 le stets. — git (v. geben) giebt.

genlied kennt überhaupt keine Bösewichter. Diejenigen, die in Hagen nichts sehen als einen grossartigen Verbrecher, verkennen sehr über seinen blutigen Thaten die Treue, die den Hauptzug seines grossartigen Charakters bildet, und aus der alle seine Handlungen hervorgehen. Auch wenn in neueren dramatischen Bearbeitungen des Nibelungenlieds Hagen als eifersüchtig, neidisch wegen der Heldengrösse Siegfrieds und wegen seiner Unverwundbarkeit dargestellt wird, weil dem Dichter die übrigen Motive der Ermordnng Siegfrieds nicht zu genügen schienen, so ist das eine Verkehrung und Herabsetzung seines Charakters, die die Handlung aus dem gewaltigen Konflikt grosser Naturen in das Gemeine, Niedrige herabzieht. Jedenfalls findet sich im Nibelungenlied selbst keine Spur davon: denn wenn Hagen, um Gunthern zur Einwilligung in den Mord zu bestimmen, ihm auch vorstellt, dass ihm viele Länder unterthan würden, wenn Siegfried nicht lebte, so ist das ein Grund, der einem Andren Vortheil bringt und nicht ihm; und wenn er die Klagen über Siegfrieds Mord auch mit den Worten zurückweist:

(934) wir vinden ir nu wênic   die getürren uns bestân.   993
    wol mich daz ich des heldes   hân ze râte getân!

wenn er die Versöhnung mit Kriemhild einleitet, damit der Hort nach Worms komme, und denselben versenkt in der Hoffnung, ihn später noch zu geniessen, so ist das eine für den Helden durchaus natürliche und nicht unwürdige Handlungsweise, die nicht entfernt daran denken lässt, dass solche Rücksichten schon für ihn Beweggründe zur Ermordung Siegfrieds gewesen wären. Er gibt den eigentlichen Grund vielmehr klar an in den Worten:

(810) daz er sich hât gerüemet   der lieben frouwen mîn,   867
    dar umbe wil ich sterben,   ez enge im an das leben sîn.

— Uebrigens haben sich schon wenige Jahrzehnte nach Entstehung

---

934, 1 ir ihrer. — getürren wagen, sich getrauen. — bestân entgegentreten, feindlich angreifen. — 2 rât Rath; m. gen. Abhülfe; rât haben entrathen, verzichten; rat tuon Abhülfe schaffen, bei Seite schaffen.

810, 2 ez engê es gehe denn, wenn es nicht geht.

des Nibelungenlieds die höfischen Kreise derselben Verkennung
und Entstellung von Hagens Charakter schuldig gemacht. In der
Klage wird Hagen übel behandelt, geschmäht, auf ihn wird alle
Schuld gewälzt, und dasselbe geschieht in der höfischen Bearbeitung des Nibelungenlieds, die auf alle mögliche Weise Hagen zu
verdächtigen, zu erniedrigen, als kleinlich, selbstsüchtig, ja sogar
als treulos darzustellen und dagegen Kriemhild möglichst zu erheben und zu entschuldigen sucht. Schon dieser eine Umstand,
wenn auch sonst keine Gründe weiter vorhanden wären, würde
genügen, den entscheidenden Beweis zu geben, dass diese Textgestalt nicht das Original, sondern eine schlechte Bearbeitung ist,
denn dass der Dichter diesen Missgriff begangen haben und von
einem spätern Bearbeiter mit sicherm poetischem Takte verbessert
worden sein sollte, ist gar nicht denkbar, wenn man nicht annehmen will, der Bearbeiter sei ein weit grösserer Dichter gewesen,
als der ursprüngliche Dichter selbst. Eine so ungereimte Behauptung wird freilich Niemand aufstellen wollen, und so bleibt
nichts übrig, als das Verhältniss beider Textgestalten einfach so
aufzufassen, wie ich es früher angegeben habe. Der Bearbeiter
hat nicht den hohen, freien Blick und den unbefangenen Gerech-
tigkeitssinn des Dichters, sondern sein Blick ist durch Vorurtheile
getrübt, er steht nicht wie der Dichter über dem Gegenstande,
sondern unter ihm mit seinen Sympathien und Antipathien, so
dass er sich berufen fühlt, Kriemhilden soweit möglich zu entschuldigen und Hagen dafür zum Sündenbock zu machen, und so
in kleinlichster Weise den einen Charakter auf Kosten des andern
zu erheben. Erreichen konnte er dieses Ziel freilich nicht: sein
immerwährendes Entschuldigen Kriemhilds stimmt sonderbar zu ihrer
spätern wilden Rachsucht, wie sie gegen alle, auch gegen ihre
Brüder wüthet, den Saal anzünden lässt u. s. w., denn das konnte
der Bearbeiter doch nicht beseitigen. In dem ältern Texte dagegen erscheint alles vollkommen motivirt, wir sehen wie Kriemhild,
deren Hauptleidenschaft nach dem Tode Siegfrieds die Rachsucht
ist, der sie im Stande sein wird, alles zu opfern, von einem zum
andern fortgerissen wird, und begreifen die Entwicklung ihres Charakters. — Wie der Dichter diese Gerechtigkeit auch im Einzelnen
als unbestechlicher Richter geübt hat, das ist besonders aus dem

Zank der Königinnen ersichtlich. Wer hat daran die Schuld, Brünhild oder Kriemhild? Welche von beiden ist die eigentliche Urheberin des Streites? Welche führt den unheilbaren Bruch herbei? Wir wissen es nicht: beide — und auch keine, insofern alle Verhältnisse schon so gespannt sind, dass sie von selbst nothwendig zur Katastrophe hindrängen.

Ich kann mir keine grossartigere, einheitsvollere Composition denken, als die des Nibelungenlieds, und diese innere Einheit ist mir der überzeugende Beweis für die ursprüngliche Einheit der Dichtung, da ich es für unmöglich halte, dass irgend ein Theil derselben jemals ohne das Vorhergehende, das stets die nothwendige Vorbereitung giebt, und das Nachfolgende, das immer nothwendig dazu gehört, selbständig als Gedicht bestanden habe und für sich entstanden sei.

Würdig dieser gewaltigen Composition liegt ihr zu Grunde ein Gegenstand, wie er in keiner Dichtung grossartiger gefunden werden kann. Es ist ein deutscher Stoff, aus der Mitte der deutschen Heldensage entnommen, eine Rückerinnerung an die Heldenkämpfe der Deutschen während der Völkerwanderung. Der Hintergrund ist höchst bedeutend: viele Völker treten auf den Schauplatz, die unter dem mächtigen Hunnenkönig Attila eine deutsche Heldenschaar bekämpfen und vernichten. Vor diesem nur in allgemeinen Zügen, aber klar und anschaulich geschilderten Völkerleben bewegen sich eine Anzahl hervorragender Menschen, gross durch Charakter, durch Leidenschaft, durch Heldensinn, Tapferkeit und gewaltige Kraft, die mit ihrer Liebe und ihrem Hass einander entgegentreten, in freundliche und friedliche Berührung kommen: aus ihrem Zusammenstoss entwickeln sich riesenhafte Kämpfe, grosse, ungeheure Ereignisse. Der Ausgang ist tragisch, wie auch die Grundstimmung der ganzen Dichtung. Aber in ihr kommen zur Erscheinung alle Seiten des tiefsten Gemüthslebens: Freude und Schmerz vom höchsten Jubel bis zur hoffnungslosesten Verzweiflung, Hoffnung, Furcht, unbeugsamer Todesmuth; zarteste Liebe und tiefster Hass, wildeste Rachsucht; unwandelbare Treue und treulosester Verrath: eine ganze Welt menschlicher Stimmungen, Handlungen und Schicksale. Und so gibt die Dichtung, als echtes Epos, wie wenige andere, ein Weltbild, eine Totalität, einen Spiegel des

Menschenlebens überhaupt, eine Gesammtheit von Zuständen und
Ereignissen der Vorzeit, durchglüht von nationaler Gemüthstiefe.
— Viel hat der Dichter in der Sage vorgefunden, aber sicherlich
nicht alles: die in ihr nur mit wenigen Zügen angedeuteten Charaktere hat er mit individuellem, warmem Leben erfüllt, aus der
ihm überlieferten Skizze hat er durch seine grossartige poetische
Auffassung ein reiches Lebensbild geschaffen, er hat alles ausgeschieden, was in den grossen Zusammenhang der Dichtung nicht
hineinpasste, vor allem die transscendenten Motive, er hat an deren
Stelle freie menschliche Handlung gesetzt: in dieser Vermenschli-
chung, in dieser Zurückführung auf das einfache, gemüthswarme
menschliche Leben besteht eins seiner Hauptverdienste. Aber das
Grösste ist, dass er es verstanden hat, die zerstreuten und wider-
sprechenden Ueberlieferungen der Sage zu einer grossartigen Einheit zusammenzuschliessen: überall ist mächtigste Fortentwicklung,
alles ist Leben, alles Bewegung.

Wohin wir auch blicken, überall finden wir Bewundernswürdiges,
Nacheiferungswerthes; wie wenige andere Dichtwerke verdient das
Nibelungenlied als ein Vorbild hingestellt zu werden für die höchste
Aufgabe des poetischen Schaffens. Wenn der deutschen Literatur,
woran ich nicht zweifle, noch eine neue Blüthe beschieden ist, in
welcher alles das zur Vollendung gelangt, was bisher praktisch und
theoretisch, auf dem Wege der Kunstübung und dem der Kritik,
angestrebt und in vereinzelten Schöpfungen an's Licht gestellt worden ist, so werden wir sie vor allem dem Studium des deutschen
Alterthums zu danken haben. Schon hat sich mancher unserer
besten Dichter aus diesem unerschöpflichen Born erfrischt und zu
unsterblichen Schöpfungen anregen lassen. Es ist aber meine innerste Ueberzeugung, dass das Nibelungenlied in ästhetischer Beziehung eine ähnliche Stellung im deutschen Geistesleben einzunehmen
berufen ist, wie Homer bei den Griechen. Wir haben aus ihm
viel zu lernen, es wird sehr wesentlich dazu beitragen, die deutsche
Dichtung und Kunst überhaupt zu dem zurückzuführen, was ihr am
gemässesten ist.

Dass nun der Dichter, der uns dieses unvergleichliche Werk
geschenkt hat, sich nicht nennt, dass nicht einmal sein Name uns
urkundlich überliefert ist, das erklärt sich leicht durch das anspruchs-

lose Verhalten zu seiner Schöpfung, durch das bescheidne Zurück-
treten seiner Persönlichkeit. Ist es doch auch mit Shakspeare
ähnlich, der das Eigenthumsrecht auf seine Dramen gar nicht in
Anspruch nahm und nicht darauf bedacht war, sie unverfälscht der
Nachwelt zu überliefern! — Es scheint, dass nur in dieser Selbst-
losigkeit, in dieser reinen Hingebung an den Gegenstand das
Höchste in aller Kunst zu erreichen ist. Je harmonischer dieselbe
mit dem Sinn für schöne Gesetzmässigkeit verbunden ist, je tiefer
die Vereinigung ursprünglicher Naturfrische und hoher Kunstbildung
in einem Werke durchgeführt ist, um so höher schätzen wir es als
Kunstwork, um so wärmer werden wir zu ihm hingezogen, um so
lebendiger angeregt und um so tiefer erschüttert. So steht der
Nibelungendichter vor uns: obgleich wir keine geschichtlichen Ueberlieferungen von ihm haben, tritt er doch in seinem Werke lebendig
vor unser inneres Auge, ebenso mitten im Stoffe selbst lebend und
ihm sich hingebend, wie frei über ihm stehend, von ihm auf das
Tiefste erregt und ihn mächtig beherrschend.

Es wäre aber natürlich zu bedauern, wenn wir bei der Frage
nach unserm grössten Dichter immerdar im Finstern tappen sollten,
und daher ist es eins der schönsten Ergebnisse der neuesten Forschung, dass sein Name wenigstens nun ziemlich sicher bekannt
ist (35). So sei es mir erlaubt, mit einem kurzen Bericht über
diese höchst anziehende Entdeckung meinen Vortrag zu schliessen. —
Bei dem gänzlichen Mangel aller bestimmten geschichtlichen Nachrichten über den Dichter des Nibelungenliedes musste man nach
einem andern Anhaltspunkte der Forschung suchen, und derselbe
fand sich in der poetischen Form. Obgleich die Nibelungenstrophe
die bedeutendste Einwirkung auf die gesammte spätere Dichtung
der Deutschen ausgeübt hat, so ist sie doch unverändert sonst nirgends angewendet, ausser in dem sehr verstümmelt uns überlieferten
Gedicht von Alpharts Tod, und in einigen wenigen lyrischen Strophen, die genau bis ins Einzelnste hinein dieselbe Form haben und
in auffallendster Weise auch im sprachlichen Ausdruck mit dem
Nibelungenliede übereinstimmen. Sie geben kleine lyrisch-epische
Bilder, die sich durch tiefe natürliche Empfindung und durch die
grösste volksmässige Einfachheit, Anspruchslosigkeit auszeichnen,
also auch darin mit dem Nibelungenliede übereinstimmen. Daher

ist der Schluss wohlberechtigt, dass wir in beiden Dichtern eine
und dieselbe Person zu suchen haben. Als Verfasser jener lyrischen Strophen wird der K ü r n b e r g e r genannt, und ausdrücklich
wird die Strophenform in einem der Liedchen „Kürnberges wise" genannt, der Kürnberger folglich als der Erfinder der Nibelungenstrophe bezeichnet (36), was, da es in der mittelhochdeutschen Dichtung als Gesetz galt, dass kein Dichter die Strophenform eines
andern sich aneignen durfte, mit Sicherheit darauf schliessen lässt,
dass derselbe Kürnberger der Dichter des Nibelungenliedes ist. In
einem andern dieser Liedchen, das ich zur Probe vorlesen will,
wird dasselbe Bild von dem Falken gebraucht, das in Kriemhilds
Traum erscheint. Eine Frau singt:

1 Jch zôch mir einen valken   mêre dänne ein jâr.
  dô ich in gezamete   als ich in wolte hân
  und ich im sin gevidere   mit golde wol bewant,
  er huop sich ûf vil hôhe   und floug in anderiu lant.

2 Sît sach ich den valken   schône vliegen:
  er fuerte an sinem fuoze   sîdine riemen
  und was im sin gevidere   alrôt guldîn.
  got sende si zesamene   die geliebe wellen gerne sin.

In Oestreich, an der Donau, ist die Heimath des Nibelungendichters, da er dort, von Passau bis unterhalb Wien, die genaueste
Ortskenntniss zeigt. Ebenda, etwas oberhalb Linz, stand das Stamm-
schloss der Kürnberger. Eine ganze Reihe von Gliedern dieses
edlen Geschlechtes werden von 1100 bis zum Anfange des drei-
zehnten Jahrhunderts in Urkunden aufgeführt. Wer unter diesen
unser Dichter ist, lässt sich nicht bestimmen, da wir seinen Vor-
namen nicht kennen: nur das lässt sich durch andere Untersuchungen feststellen, dass er etwa um die Mitte oder etwas vor der Mitte
des zwölften Jahrhunderts (gegen 1140) gedichtet haben muss.
Aber obgleich wir so von dem Dichter des Nibelungenliedes nichts
Näheres wissen, so kennen wir ihn doch sehr genau aus seinem
Werke, in dem er sich das schönste Denkmal gesetzt hat. Aus
der trüben Weltanschauung, die zuweilen hervortritt, wie in dem

1, 2 d ô als. — als wie.
2, 4 geliebe Liebende.

Satz zum Schlusse, dass stets Liebe und Freude Leid zum Gefolge
habe, lernen wir ihn als einen Mann kennen, der eine trübe, schwere
Lebensschule durchgemacht haben muss. Aber er ist ungebeugt
daraus hervorgegangen, das zeigt die Kraft und Frische seiner
Dichtung. Zwei Gestalten seines Werkes aber scheint er besonders
Züge seines Charakters geliehen zu haben. Wenn er die gesunde
Tüchtigkeit des deutschen Familienlebens ohne Zweifel aus eigener
Erfahrung kannte und das herrliche Gemüth des edlen Markgrafen
Rüdiger in seiner eignen Brust fand, so mag er wohl auch zugleich
ein Sänger und Held gewesen sein, wie Volker der Spielmann.

Anmerkungen.

(1) Dass Lachmann das Nibelungenlied viel zu jung machte, wenn er seine Entstehungszeit nach Wolframs Parzival ansetzte, ist durch die neuesten Forschungen hinlänglich erwiesen. Es versteht sich aber, dass der Ausdruck „ohne erkennbare Vorläufer" nicht absolut zu nehmen ist. Ein bedeutendes Kunstwerk und die Blüthe einer Literatur springt nicht plötzlich aus dem Nichts hervor. Die Kaiserchronik, Lamprechts Alexander und die übrigen Gedichte der Vorauer Handschrift, das Annolied und andere Dichtungen aus der Uebergangszeit zwischen der althochdeutschen und mittelhochdeutschen Literatur zeigen, dass der eigentlichen Blüthezeit der letzteren eine Blüthe der Dichtung der Geistlichen vorherging, die schon vieles im Keime enthielt, was später zu vollendeter Erscheinung kam; ebenso wissen wir von Versuchen, die Volkssage poetisch darzustellen, wie denn selbst eine lateinische Aufzeichnung der Nibelungensage zur Zeit Pilgrims von Passau (971—991) schwerlich zu bezweifeln ist. So fehlt es nicht an vorbereitenden Werken. Trotz alledem aber ist das Nibelungenlied eine durchaus neue Erscheinung. So viel wir wissen, ist es in ihm zum ersten Male unternommen worden, einen umfassenden volksmässigen Stoff in der Volkssprache künstlerisch zu gestalten und ihn mit sicherm ästhetischem Gefühl zu der Einheit eines grossen Epos abzurunden.

(2) Lachmann, über die ursprüngliche Gestalt des Gedichts von der Nibelunge Noth, Berlin 1816; zu den Nibelungen und zur Klage, Berlin 1836.

(3) Der Versuch Wilhelm Müllers, für die Kritik des Nibelungenliedes eine andre Grundlage zu gewinnen (Ueber die Lieder

von den Nibelungen, Göttingen 1845), zeigt doch in den zu Grunde liegenden Principien die grosse Abhängigkeit von Lachmann. Selbst von der Hagen, der Lachmann stets widersprochen hat, konnte sich seinem Einflusse nicht ganz entziehen.

(4) Der erste, der in einem Punkte (in der Heptadentheorie) die Schwäche von Lachmanns Kritik nachgewiesen hat, ist Jácob Grimm (Göttinger gelehrte Anzeigen Nr. 175, vom 1. November 1851, S. 1747 ff.), der auch mit der Liedertheorie überhaupt sich nicht befreunden konnte („dergleichen Lieder haben nie existirt."). Das unbestreitbaro Verdienst aber, sie in eingehenderer Weise beleuchtet und wirksamer erschüttert zu haben, hat Adolf Holtzmann in seinen 1854, drei Jahre nach Lachmanns Tode, erschienenen „Untersuchungen über das Nibelungenlied", doch hat er leider dieses Verdienst selbst sehr geschmälert durch den Mangel an Gründlichkeit besonders in dem positiven Theile seiner Untersuchungen, und noch mehr durch seine masslosen, ungerechtfertigten Angriffe auf Lachmanns Persönlichkeit, wodurch er es denn auch verschuldet hat, dass in den nächsten Jahren nach dem Erscheinen seiner Schrift weit mehr mit persönlichen Anfeindungen, als mit wissenschaftlichen Gründen gestritten und dadurch in höchst unerquicklicher Weise der rein wissenschaftliche Standpunkt unendlich getrübt wurde. Durch ruhigeren Ton und tieferes Eingehen auf die Einzelheiten der Forschung zeichnen sich aus auf Seite Lachmanns die Schriften von Rieger und Liliencron, auf der Gegenpartei Zarnke's Arbeiten, der aber leider allmählig auch immer mehr in Holtzmanns Ton eingestimmt hat.

(5) Die neuesten Schriften sind: Franz Pfeiffer, der Dichter des Nibelungenliedes, Wien 1862, epochemachende Untersuchung, obwohl noch etwas in Holtzmanns Anschauungen befangen, und Karl Barth, Untersuchungen über das Nibelungenlied, Wien 1865, gründlicher als alle früheren Arbeiten, von bahnbrechender Bedeutung, wenn auch von etwas formell-einseitigem Standpunkte.

(6) Durch die Ausgabe von Karl Bartsch im dritten Bande der Sammlung „deutsche Classiker des Mittelalters. Mit Wort- und Sacherklärungen. Herausgegeben von Franz Pfeiffer. Leipzig. F. A. Brockhaus." — Da diese Ausgabe mittlerweile erschienen

ist, so kann ich hinzufügen, dass sie dem Bedürfniss in ausreichender Weise genügt.

(7) Gervinus, Geschichte der deutschen Dichtung. Leipzig 1853, erster Band S. 334—351: „Wenn man vollends den poetischen Werth im vaterländischen Dünkel dem Homer entgegenzustellen kühn genug war, so muss man bedauern, dass so wenig Kunstsinn unter uns herrscht, dass Aussprüche der Art nur eine Möglichkeit sind." (S. 350).

(8) Gervinus a. a. O. S. 341 ff. Vergl. auch Vischer, Aesthetik §. 876, Kunstlehre S. 1293.

(9) Es wird nicht überflüssig sein, hier die Nibelungenstrophe noch etwas näher zu erläutern. — Der eigentlich deutsche Vers wird nur nach Hebungen gemessen. Die Senkungen dürfen fehlen, auch können in gewissen Fällen mehr als eine Sylbe in die Senkung fallen, was jedoch die Aussprache durch Zusammenziehung wieder einsylbig macht. Der Auftakt kann ein-, zwei-, ja dreisylbig sein und auch ganz fehlen. — Die Nibelungenstrophe besteht aus vier Versen mit Einschnitt in der Mitte. Die ersten Halbverse haben drei Hebungen mit klingendem Schluss, also eigentlich vier Hebungen mit ausfallender Senkung zwischen den beiden letzten, die zweiten Vershälften dagegen drei Hebungen mit stumpfem Schluss, mit Ausnahme des letzten, des achten Halbverses, der eine Hebung mehr hat, und zwischen dessen zweiter und dritter Hebung in der Regel die Senkung fehlt. Die Reime finden sich nur am Ende der Langverse, also stumpf, und sind gepaart; klingende Reime am Ende der ersten Vershälften kommen nur ganz ausnahmsweise vor. Das Schema der Nibelungenstrophe ist daher folgendes:

```
/   /   /   \       /   /   /       a.
/   /   /   \       /   /   /       a.
/   /   /   \       /   /   /       b.
/   /   /   \       /   /   \   /   b.
```

(10) Die Nibelungenstrophe ist häufig als unepisch bezeichnet worden. So sagt Bartsch in seiner Ausgabe (Einleitung. S. XXII): „Ich glaube nicht, dass, so schön die Nibelungenstrophe an sich ist, und so trefflich sie in der lyrischen Behandlung wirkt, ihre

Verwendung für die Epik ein glücklicher Gedanke war. Dem Epos widerstrebt überhaupt eine Eintheilung in regelmässige Strophen: der ruhige Fluss der epischen Erzählung bedarf zwar auch der Ruhepunkte, aber nicht in bestimmten, sondern in freien Zwischenräumen. Und so sehen wir es überall gehalten, wo ein wahres Epos sich entwickelt hat, bei den Indern, bei den Griechen, bei den Franzosen. Der Zwang der Strophe nöthigt, das was der Dichter sagen will, entweder unnöthig auszuspinnen, damit es die Strophe fülle, oder gewaltsam zusammenzudrängen, damit es im Rahmen der Strophe Platz habe, wenn nicht, was auch, aber seltener, vorkommt, der Satz aus einer Strophe in die andere hinübergeführt wird, was wiederum dem Wesen der Strophe entgegen ist. Der Umstand, dass häufig die epische Thatsache, die in der Strophe zum Ausdruck kommen sollte, schon mit der dritten Zeile abgeschlossen war, veranlasste, dass die vierte Zeile einen allgemeinen Gedanken, eine Hindeutung auf das Kommende oder etwas Anderes, genau genommen Entbehrliches enthielt, wodurch das Ganze an streng epischer Haltung einbüsst. Manches der Art mag erst durch das Ungeschick und die Verlegenheit des Ueberarbeiters hineingekommen sein; vieles aber rührt sicher schon vom ersten Dichter her, u. s. w." — Ob alles „genau genommen Entbehrliche" in einer Dichtung verwerflich sei, ist doch die Frage, ich meine, es kommt darauf an, ob es zum Ganzen stimmt oder nicht. Nur das von allgemeinen Betrachtungen also, was im Nibelungenliede, wie es uns als Ganzes vorliegt, stört, was zu der sonstigen Behandlungsweise nicht passt, was wirklich gezwungen und so weit ausgesponnen erscheint, dass man sieht, der Verfasser ist in Verlegenheit gewesen, wie er die Strophe ausfüllen solle, kann ich als dem epischen Styl widersprechend anerkennen. Dergleichen ist nun allerdings manches vorhanden, aber verhältnissmässig wenig, und wie viel davon dem Dichter, wie viel dem Ueberarbeiter angehört, lässt sich nicht in jedem einzelnen Falle entscheiden: ich meinestheils bin geneigt, wenigstens bei weitem das meiste davon dem letzteren zuzuschreiben. Nur in der Beschreibung höfischen Glanzes vielleicht (obwohl wir auch da nicht wissen, wie viel spätere Bearbeiter hinzugethan haben) verliert sich der Dichter manchmal in etwas weitschweifige Breite. Meist aber, nicht nur in den lyrischen Stellen, sondern auch besonders in der Erzählung gewaltig vorwärtstreibender Ereignisse, schliesst sich die Darstellung und Ausdrucksweise so vortrefflich dem Inhalt an, dass darin das Nibelungenlied hinter keinem andern Gedichte zurücksteht, und nicht der geringste Zwang in Behandlung der Strophe zu erkennen ist. Beispielsweise mögen der Wettkampf mit Brünhild und die letzte Aventure als Proben echt epischer Darstellung angeführt werden. Die Beantwortung der Frage, ob die Strophenform überhaupt für das Epos sich eignet oder nicht, wird aber natürlich davon abhängen, wie weit ein lyrisches Element im epischen Style zulässig ist, und ich komme darauf bei der Untersuchung des Styls zurück. Hier sei es mir nur noch gestattet, Vischers Worte über die Nibelungenstrophe (Aesthetik, Bemerkungen zu §. 876) zur Unterstützung meiner Ansicht anzuführen: „sie hat heroische Bewegung, lässt durch das Freigeben der Senkungen dem Wechsel des Gefühlsganges Raum und gibt im Reim einer gesteigerten subjektiven Empfindung ihren Klang, der noch keineswegs zu lyrisch ist."

(11) Die Strophenzählung gebe ich nach Lachmanns Ausgabe, da sie am allgemeinsten gekannt ist und auch in den späteren Ausgaben (Holtzmann, Zarncke, Bartsch) meist mit angeführt wird.

(12) Dieses Streben nach Naturwahrheit tritt selbst zuweilen bis zur Uebertreibung hervor als Streben nach prosaischer Vollständigkeit. Stellen wie

(499) Er sande nâch dem recken.   der kom, dô man in vant.   533

sind noch ohne Anstoss. Am stärksten aber zeigt sich diese Richtung in der Stelle, wo Brünhild bei der Abreise von Island einen ihrer nächsten Verwandten als Statthalter einsetzt. Ein Lächeln nöthigt uns der Zusatz ab „er was ir muoter bruoder" (491). Ob die Worte echt sind, muss freilich dahingestellt bleiben. Immerhin aber ist diese Uebertreibung eines an sich tüchtigen Zuges, die hier in den grossen, heldenhaften Zusammenhang auf einmal etwas aus der kleinbürgerlichen Sphäre einmischt, nicht unmöglich dem Dichter zuzutrauen. Von dem Streben nach prosaischer Wahrscheinlichkeit, dem zu Liebe die Textgestalt C dem Brunnen, an dem Siegfried starb, und der Wölbung des Saales Etzels besondre

Strophen widmet, ist sie jedenfalls noch weit entfernt, wenn auch Versicherungen wie „daz ist alwâr" mitunter vorkommen.

(13) Ich habe es hier gewagt, eine Aenderung vorzunehmen, die mir sehr berechtigt und unzweifelhafte Herstellung des ursprünglichen Textes zu sein scheint. Die Handschriften haben:

A. ein tier das si dâ sluogen,   daz weinden edelin wîp.
jâ muosten sîn engelten   vil guoter wigande lîp.

die übrigen:

ein tier daz si dâ sluogen,   daz weinden edelin kint.
jâ muosten sîn engelten   vil guote wigande sint.

Jedenfalls sind diese Lesarten mangelhaft, und durch die versuchte Herstellung wird der Text bedeutend verbessert. Für die Aenderung eines dieser beiden Texte aus dem andren lässt sich aber auch schwerlich ein triftiger Grund anführen, denn die Erklärung von Bartsch: A hatte statt kint geschrieben wîp und setzte daher 4 vil guoter wigande lîp, vergass aber muosten in muoste zu verwandeln" (Untersuchungen 73) steht auf sehr schwachen Füssen: auf solche doppelten Versehen kann man die willkürlichsten Schlüsse bauen. Dagegen erklärt es sich sehr leicht, wenn der Text ursprünglich so lautete wie ich ihn gegeben habe, dass der freie Reim „wîp: sît" zu Aenderungen veranlasste.

(14) Pfeiffer, der Dichter des Nibelungenliedes S. 20 ff. Bartsch, Untersuchungen über das Nibelungenlied S. 357. 363 f.

(15) Ein Beispiel dafür gibt der in Anm. 13 besprochene Herstellungsversuch von Str. 943. — Zudichtung einzelner Strophen ist natürlich auch sehr wohl möglich und an einigen Stellen wahrscheinlich: als solche lassen sich besonders bezeichnen 837 (s. Anm. 22), 1417 (Anm. 31), 1494 (Anm. 17).

(16) Einiges zur Begründung dieser Ansicht gibt der Vortrag an verschiedenen Stellen. Der ausführliche Nachweis dieses Verhältnisses der höfischen Bearbeitung zum Original und zur sogenannten gemeinen Lesart aber bildet einen Haupttheil der Untersuchungen über das Nibelungenlied, mit denen ich schon seit einigen Jahren beschäftigt bin, und die ich in nicht allzu langer Zeit zu veröffentlichen hoffe.

(17) Hierin, aber auch nur hierin kann ich es anerkennen, was Zarncke an dem Styl des Nibelungenliedes tadelt. Er theilt die Aventüren in kleinere Abschnitte oder Strophengruppen, und findet, „dass in den Abschnitten ein dem Gange der einzelnen Strophe analoger innerer Verlauf herrscht. Mit lebendiger Hinweisung wird die Schilderung der Situation eröffnet, allmählig aber macht sie einem matteren, selbst Allgemeinheiten und Wiederholungen nicht scheuenden Gange der Darstellung Platz und pflegt zu schliessen mit Betrachtungen, lyrischen Reflexionen und Anspielungen auf das später oder unmittelbar Folgende, welches letztere oft seinem Inhalte nach hier schon angedeutet wird, während nun erst mit neuem lebendigem Einsatz die speziellere Schilderung desselben folgt" (Ausgabe, 2. Aufl., Leipzig 1865, S. 404 f.). In den „Beiträgen zur Erklärung und zur Geschichte des Nibelungenliedes" (Berichte über die Verhandl. der königl. sächs. Gesellsch. der Wissensch. zu Leipzig. Philolog.-histor. Klasse. 8. Bd., 1856, S. 163—266) bezeichnet er diese Art der Darstellung als „pathetisch demonstrativen Ton" und „deklamatorischen Charakter" (S. 238) und giebt sein Urtheil darüber in folgender Stelle: „Ob eine derartige deklamirende Art der Schilderung den höchsten Anforderungen der Kunst entspreche, ist eine andere Frage. Ich behaupte es nicht, ich glaube, dass ein Styl, wie der im Nibelungenlied ausgebildete, keineswegs frei von Schwächen ist. Der lyrische Charakter der Strophe macht es dem Dichter möglich, in den das Gemüth tiefer ergreifenden Situationen eine Kraft und Tiefe der Darstellung zu entwickeln, wie er in keiner anderen Form es gekonnt hätte; wenn Scenen, wie das erste Zusammentreffen Siegfrieds mit Kriembild, der letzte Abschied der beiden, der Tod Siegfrieds, die Episode in Bechlarn, die sittliche Verzweiflung Rüdigers und sein Kampf mit den Burgunden sich dem Schönsten zugesellen dürfen, was die Poesie irgend eines Volkes geleistet hat, so ist der Charakter der Strophe hiebei nicht ohne Antheil an dem Verdienst: aber dieselbe Strophe wird auch da, wo ein lyrischer Gehalt nicht vorhanden ist, beschwerlich und hat den Dichter zum Pathos, zur Deklamation verleitet, man möchte sagen gezwungen; daher herrscht in der behaglichen Breite der einfachen Schilderung oft ein schwülstiger Ton. Des Dichters Kunst, so sehr sie Mass und Klarheit der Auffassung verräth, ist

doch an einigen Stellen an jenem deklamatorischen Pathos wirklich
gestrauchelt" (Beiträge 239 f.). Als die „merkwürdigsten Stellen
der Art" werden in der Anmerkung 72 zu diesen Worten angeführt die beiden Strophen nach 334, und Strophe 1494. Noch an
einer andern Stelle, mit Bezug auf die Scene der Berathung über
Siegfrieds Tod, spricht Zarncke von derselben Darstellungsweise:
„Dass hierin ein sehr feines Kunstgefühl sich offenbare, wird man
nicht leugnen können. Die Scene erlangt nicht nur völlig den
Charakter des Ungekünstelten, sondern die Situation gewinnt auch
an Anschaulichkeit und Unmittelbarkeit; die seltene Klarheit, mit
der der Dichter der Nibelungen, trotz des pathetischen Styls, zu
dem ihn die Strophe zwingt, überall die Scene im Auge behält,
offenbart sich auch hierin" (Anm. 1, S. 160). — In diesen ohne
Frage sehr feinen Bemerkungen ist vieles Wahre, doch kann ich
ihnen nicht in allen Punkten beistimmen. Schon desshalb nicht,
weil ich die von Zarncke angeführten stärksten Uebergriffe dieses
„deklamatorischen Pathos" nicht für echt und ursprünglich, sondern
für späterein geschoben hatte. Die beiden Strophen nach 334 (Holtzmann 342) über die Tarnkappe sind allerdings ohne Zweifel so
schlecht und unpassend, wie nur irgend möglich:

334, a. Von wilden getwergen   hân ich gehoeret sagen,   335
al sin in holn bergen,   unt daz si ze scherme tragen
einez heizet tarnkappen   von wunderlîcher art.
swerz hât an sînem lîbe   der sol vil gar wol sin bewart

b. Vor slegen unt vor stichen.   in muge ouch niemen sehen
swanne er si dar inne.   beide hoeren unde spehen
mag er nâch sînem willen   daz in doch nieman siht.
er si ouch verre stærker   als uns diu âventiure gibt.

Ich will ganz absehen von dem schlechten metrischen Bau, und
nur auf die äusserst ungeschickte und ermüdende Satzfügung („si
sin — unt daz — der sol — in muge — mag er — er si" hinter-
einander von „hân ich gehoeret sagen" abhängig, dazwischen noch
Nebensätze der Nebensätze mit „swer, swenn er si, daz doch"; der
Uebergang der Konstruktion, der gerade hier unangenehm auffällt,
weil der also getheilte Satz sehr klein ist; das nachhinkende „als
uns diu âventiure gibt") und auf die Inhaltslosigkeit des Ganzen
und die vielen Wiederholungen aufmerksam machen; es soll von

der Tarnkappe mitgetheilt werden, dass sie von Zwergen herrührt
und jeden, der sie trägt, unverwundbar, unsichtbar und weit stärker
macht. Diese Gedanken, die in einer Strophe übergenug Raum
gefunden hätten, werden auf zwei Strophen vertheilt, und die Lücken mit Wiederholungen ausgefüllt. („hân ich gehoeret sagen —
als uns die âventiure gibt; daz si ... tragen — swers hât an
sînem lîbe — swenn er sî dar inne" dreimal derselbe Gedanke; „in
müge ouch niemen sehen — daz in doch niemen siht; ze scherme
tragen — sîn bewart"). Durch diese Wiederholungen wird ein solcher inhaltloser Wortschwall hervorgebracht, dass eine der Hauptsachen, „er sî ouch verre sterker", erst am Schlusse beiläufig erwähnt
wird. Dazu kommt, dass die Beschreibung der Tarnkappe gleich
darauf in Strophe 336—338 weit schöner, bestimmter und klarer
in lebendiger Beziehung auf Siegfried gegeben wird, so dass die
vorliegenden Strophen nicht nur gänzlich überflüssig, sondern im
höchsten Grade störend sind. Gewiss: ein elenderes Machwerk
kann es schwerlich geben, als diese beiden Strophen. Wenn sie
vom Dichter herrührten, so müssten wir in Zarnckes Tadel unbedingt einstimmen und ihn noch verschärfen. Aber es verhält sich
anders: sie finden sich nur in der höfischen Bearbeitung, und gehören beiläufig mit zu den stärksten Beweisen dagegen, dass diese
den ältesten Text habe. — Die andere Strophe halte ich auch für
unecht. Sie lautet:

1494.	Ouch was der selbe schifman	muolich gsit.	1554
	diu gir nâch grôzem guote	vil boeses ende gît.	
	dô wolt er verdienen	daz Hagnen golt vil rôt.	
	des leit er von dem degne	den swertgrimmegen tôt.	

Allerdings findet sie sich in allen Handschriften, doch kann sie
nicht wohl vom Dichter herrühren. Wenn sie auch nicht so schlecht
ist, wie die eben besprochenen Strophen der höfischen Bearbeitung
über die Tarnkappe, so ist sie doch sehr inhaltlos, da der einzige
neue Gedanke in ihr ist, der Fährmann habe Hagens Gold verdienen wollen, und das übrige mit allgemeinen Betrachtungen ausgefüllt wird. Dieser Gedanke aber widerspricht direkt der übrigen
Erzählung. Als Hagen übergesetzt zu werden verlangt und dem
Fährmann einen Goldring bietet, will dieser nicht fahren, weil er
reich ist und also das Gold ihn nicht reizt. Erst als Hagen sich

Amelrich genannt hat, eilt er mit der Ueberfahrt und ist aufs Höchste erzürnt, als er sieht, dass er getäuscht ist. Aus allem geht hervor, dass er allein dadurch zum Fahren bewogen wird, dass er in Hagen den verbannten Amelrich, seinen Bruder, vermuthet. Ganz unpassend und störend wird also die Geldgier als Beweggrund dazwischen geschoben. Ein solcher grober Missgriff, eine solche Zerstörung der vortrefflichen Erzählung ist dem Dichter schwerlich zuzutrauen, wohl aber einem Bearbeiter, der aus der unmittelbar vorhergehenden Strophe 1493, wo Hagen den Goldring auf dem Schwerte emporhebt und der Fährmann eifrig hinüberrudert, schloss, dass er durch das Gold dazu bewogen werde, und dem Dichter durch Zufügung der Strophe nachhelfen wollte, indem er den Widerspruch mit dem Früheren nicht beachtete. — So trifft der Tadel Zarnckes wegen beider Stellen den Dichter nicht. Ueberhaupt aber kommen die meisten Stellen, wo Zarnckes Tadel Grund hat, auf Rechnung der höfischen Bearbeitung, die sehr häufig schlechte Lesarten, inhaltlose Wiederholungen, matte Versfüllungen bietet, wo die andere Textgestalt einen durchaus guten, passenden, einfach kräftigen Text hat. Allein die Schilderungen der Hoffestlichkeiten machen, wie schon bemerkt, manchmal eine Ausnahme, obwohl wir auch da nicht wissen, ob nicht Bearbeiter Zusätze gemacht haben, was sehr möglich ist, da gerade Schilderungen höfischen Glanzes zu breiterer Ausmalung ganz besonders auffordern mussten. — Was nun aber Zarnckes Bemerkungen im übrigen betrifft, so sind sie vollkommen richtig und zeugen von sehr feiner Beobachtung. Ich komme darauf im Vortrage selbst bei der Darstellung noch zu sprechen.

(18) Ausser den bei den Redefiguren angeführten Wendungen, besonders in den häufig vorkommenden Andeutungen der Folgen, was meist gut und passend ist, manchmal aber zu oft geschieht und die Wirkung schwächt. Diese zu häufigen Wiederholungen mögen auch dem Bearbeiter zuzuschreiben sein, der darin ein bequemes Mittel fand, die durch Beseitigung ungebräuchlicher Worte und freier Reime leer gewordenen Räume in den Strophen auszufüllen, was besonders auch dadurch wahrscheinlich wird, dass diese Andeutungen der Zukunft häufig auf den Reim wip : lip fallen.

Die höfische Bearbeitung hat dieselben in unpassender Weise noch
beträchtlich vermehrt.

(19) Holtzmann (Untersuchungen S. 143 ff.) findet den nächtlichen Kampf „durchaus ohne Sinn“, „wahrhaft ekelhaft“, er kennt
„in keiner Poesie etwas Unwürdigeres und Widerwärtigeres als
diese Scene“, er findet, „dass das nächtliche Ringen, wie es ohne
allen Sinn ist, so auch für den Fortgang der Erzählung ganz ent-
behrt werden kann“, — und erklärt es endlich für „vollkommen
erwiesen“, dass die ganze Scene spätere Zudichtung sei, eine „un-
echte, aber aus dem Volksgesang geschöpfte Erweiterung des Gedichts“. Zu allem dem kein Beweis, keine Spur von näherer Begründung, denn die angebliche Begründung in der verzerrten und
entstellten Inhaltsangabe, die im Munde eines Libertins eher am
Platze wäre, als in einer ernsten wissenschaftlichen Untersuchung,
ist kein Beweis. Uebrigens hat Holtzmann, indem er das Ganze
mit hohlen Deklamationen leichthin wegwirft, sich glücklich der
Mühe überhoben, die widerlichen Zusatzstrophen von C als echt zu
vertheidigen, die mit zu den stärksten Beweisen gegen die Ursprüng-
lichkeit der Textgestalt C gehören.

(20) Der unendliche Vorzug dieser Lesart vor der der übrigen
Handschriften:

> Er neig ir vlizeclīche: bi der hendt sī in vie.
> wie rehte minneclīche   er bi der frouwen gie!

während hier nur von der ersten Begrüssung und passender nachher erst von dem Hand in Hand gehen die Rede ist, scheint so
offenbar, dass die Anstrengungen, A hier als spätere Aenderung zu
erweisen, unbegreiflich wären, wenn man nicht wüsste, wie merkwürdig oft ein gefasstes Vorurtheil den Blick trübt. Nach Holtzmann (Unters. 14) ist die Lesart von A „allerdings wenigstens
eben so gut (um nicht zu sagen besser, unendlich besser!) als die
des gemeinen Textes; aber dass sie die ursprüngliche sei, kann
durchaus nicht erwiesen werden“. Und so ist es ihm ausgemacht,
dass sie dem „Verbesserer“ angehört: „Die Spuren von Ueberlegung, die wir in A finden, beweisen nicht minder als die zahllosen Zeichen von Gedankenlosigkeit, dass A gegenüber von B nicht
den ursprünglichen Text enthält“. Zarncke (Ausg. Einl. XX. f.)

spricht über diese Stelle nicht direkt, findet aber wenigstens in den abweichenden Worten der folgenden Strophe, und also wohl auch hier, eine „lyrische Hyperbel", „der sittlichen Würde und Objektivität nicht angemessen". Selbst Bartsch (Unters. 265) findet hier nur „das Streben, dem Texte eine mehr lyrische Färbung zu geben, durch Ausdrücke, die in der Lyrik des 13. Jahrhunderts sehr üblich sind, die alte Einfachheit des epischen Styles mit modernem Schmuck zu verbrämen".

(21) So wird sie natürlich von denjenigen verworfen, die die höfische Bearbeitung für die ursprüngliche halten. Holtzmann (Unters. S. 32): „Es soll hier ganz unnöthiger Weise Brünhilde als geizig dargestellt und lächerlich gemacht werden." Zarncke (zur Nibelungenfrage, S. 16): „Diese Anekdote ist der Würde der Personen und der Situation wie der Intention des Dichters an jener Stelle so unangemessen, wie nur möglich." Aber freilich, Zarncke findet (Beiträge S. 216 f.) geradezu, das Gedicht sei für vornehme Kreise bestimmt gewesen, da es überall „nicht nur die genaueste Kenntniss der ritterlichen Sitte und Etikette, sondern auch ein besonderes Interesse für alle die Aeusserlichkeiten derselben" voraussetze, und hält darum eben diejenige Textgestalt für die ursprüngliche, die diese höfische Etikette am treuesten beobachtet, und alle Abweichungen davon in den andern für spätere Aenderungen „aus Zufall oder Gewissenlosigkeit" (! ebd. 172), im „bänkelsängerischen Style" (Ausgabe, Einl. S. VII). Allerdings findet sich in der Textgestalt C, die nach Zarncke die ursprünglichste ist, ein weit sorgfältigeres Beobachten der höfischen Etikette, aber nicht zu ihrem Vortheil! So ist gewiss nicht daran zu zweifeln, dass diese Textgestalt für höfische Kreise ausgearbeitet wurde: wenn sie aber nun im Einzelnen, wo sie von der „gemeinen Lesart" abweicht, meist schlechtere Lesarten bietet, und im Ganzen eine weit geringere künstlerische Einheit zeigt, so wird das Verhältniss beider Textgestalten das umgekehrte sein. Ich würde es klein und kurzsichtig von dem Dichter eines Epos wie das Nibelungenlied finden, wenn er es sich als Aufgabe gestellt hätte, die höfische Etikette stets ängstlich zu beobachten. Und das geschieht auch nicht einmal, denn wenn auf Kriemhilds Bitte um Beistand Hildebrand, der Dienstmann Dietrichs, für diesen antwortet, und Dietrich das nicht nur

nicht übel aufnimmt, sondern durch seine eignen Worte bekräftigt, so ist das gewiss nicht nach höfischer Etikette, und ebenso wenig wenn Hagen zu Kriemhild sagt: „Ich bringe in den tiufel", oder gar wenn Dietrich Kriemhilden „vâlandinne" nennt, und keiner der andern Ritter sie dafür zur Rechenschaft zieht. Dass aber die höfischen Epen in dieser Hinsicht durchaus keinen Massstab für das Nibelungenlied abgeben können, und also, wenn in ihnen die höfische Etikette genau beobachtet wird, das durchaus keinen Schluss auf das Nibelungenlied gestattet, braucht kaum bemerkt zu werden, da ja eben ihr ganzer Inhalt wie ihre Tendenz nur in Verherrlichung des Ritterstandes und der ritterlichen Etikette besteht und darum dem Inhalt des Nibelungenliedes gegenüber so ganz nichtig und abgeschmackt ist. Zudem wissen wir ja jetzt, dass das Nibelungenlied keineswegs aus derselben Zeit wie die höfischen Dichtungen, aus der Zeit der strengen höfischen Etikette in Leben und Poesie stammt, sondern ihr um ein halbes Jahrhundert vorausgeht, dass es entstanden ist, als noch freiere, natürlichere, einfachere Sitte herrschte, obgleich die Keime der neuen Richtung auch schon auftauchten. Das eben ist ein besonders glücklicher Umstand, dass damals das Alte im Uebergang zum Neuen, die volksmässige Einfachheit zur verfeinerten Kunstbildung begriffen war: nur in einer solchen Zeit konnte ein Werk entstehen, das in so hohem Masse beides in sich vereinigt.

(22) An einer Stelle könnte man dem Dichter sittliche Rohheit vorwerfen, nämlich da, wo Kriemhild gegen Hagen ihre Reue wegen der Beleidigung Brünhilds ausspricht:

887. Das hât mich sît gerouwen,   sprach das edel wîp.   - 894
ouch hât er sô zerblouwen   dar umbe mînen lîp,
das ichz je gereite,   daz beswârte im den muot,
daz hât vil wol errochen   der degen küene unde guot.

— wenn es nicht sehr wahrscheinlich wäre, dass diese an sich schlechte und schlecht in den Zusammenhang passende Strophe Zusatz des Bearbeiters ist. Dass „zerbliuwen" mittelhochdeutsch noch nicht den unedlen Sinn wie jetzt hatte (Bartsch, Ausgabe, zu der Stelle), rechtfertigt das Unedle des Inhalts nicht.

(23) Gervinus Geschichte der deutschen Dichtung, Bd. 1, S. 349 f.: „Wenn Schlegel dabei zugleich verlangte, dass man das

Gedicht in Schulen einführen und ein Hauptbuch der Erziehung daraus machen solle, so möchten wir dabei zur äussersten Vorsicht rathen und es höchstens in der obersten Klasse räthlich finden, wo schon die Vorkenntnisse da sind, die dem Werke seinen historischen Werth absehen können. Zur Bildung der Frühjugend halten wir seinen Gebrauch eher für schädlich als für nützlich. Die Jugend, aus sich selbst, nimmt keinen Antheil daran, wie am Homer. Und wer dem widerspricht, der wird seine Erfahrung unter dem Bedenken zurücknehmen müssen, dass, wo ja die Nibelungen erklärt werden, es meist durch einen begeisterten Kenner geschieht, dessen Antheil und vielleicht geistvolle, aber gewiss liebevolle Behandlung mehr fesselt als die Sache selbst, während Homer das einzige Buch der Welt ist, dem in einem irgend sinnigen Knaben auch die Missbandlung des ärgsten Pedanten nur wenigen Schaden thut. Eine Nation, die die Bibel und den Homer zu ihren Erziehungsbüchern gemacht hat, die sich am besten Mark der ganzen Menschheit nähren will, wird einem solchen Werk, wie den Nibelungen, auf die Dauer keinen so bevorzugenden Rang unter ihren Bildungs- und Unterrichtsmitteln gönnen; sie bleibt trotz ewigen Widersprüchen der Klüglinge auf dem betretenen Wege mit fester Ausdauer, während die Begeisterung für unsere alten Dichtungen von heute und gestern ist, und aus Zeiten, die von einer Deutschthümelei befallen waren, über die wir mit kaltem Blute lachen. Man versuche nur den Geist unserer Jugend, ob es ihr nicht wie angeboren scheint, das engere Nationale zu verspotten; sie lernt erst dann ihr eignes Volk schätzen, wenn sie die Erfahrung gemacht haben kann, wie viel Tüchtigkeit, wie viel gesunder und kräftiger Sinn in diesem Volke ist; und erst wenn sie das beurtheilen kann, kann sie auch richtig von dem Werthe unserer alten Dichtungen urtheilen, die sie dann mit aller der herzlichen Einfalt und Schmucklosigkeit, mit all dem frischen unverwüstlichen Kerne, mit all der unschuldigen Zucht und Ehrbarkeit der faden, trocknen und oft schmutzigen Versmacherei der fremden Nationen damaliger Zeit gegenüber betrachten wird. Aber verrücken wir ja nicht diesen Gesichtspunkt, den einzigen, der der Sache gemäss ist; die Folge ist immer, dass man statt der Liebe, die man bezweckt, das gerade Gegentheil hervorruft. Dem Knaben, dem

werdenden Menschen, können die Helden der Nibelungen die achäischen des Homer nicht ersetzen. Die Strebsamkeit, das Feuer,
das Vertrauen auf menschliche Kraft, von dem diese beseelt sind,
kann allein Menschen von tüchtiger Art bilden, die Passivität dieser
alten Germanen, die ihre heidnische Unruhe schon mit einer gewissen Schläfrigkeit vertauscht haben, kann uns nicht das Geschlecht
schaffen, das den gegenwärtigen Zeiten gegenüber nothwendig ist.
(In einer Anmerkung zu dieser Stelle wird der ausgesprochene
Standpunkt als der „sittliche und künstlerische Gesichtspunkt" bezeichnet). Wie auch Nationalsinn durch das Gedicht
geweckt werden solle, wäre uns ein Räthsel, und die Hoffnungen,
die man darauf in dieser Hinsicht baute, konnten nur in einem so
begeisterten Manne wie Johannes von Müller, oder in einer so begeisterten Zeit wie 1813 aufkommen. Wir fühlen uns schwerlich
diesen Burgunden verwandter, als den Achäern des Homer, die
uns noch die Liebe zum Vaterlande lehren können, für die das
ganze Mittelalter kaum den Namen hatte." — Wenn aber Gervinus einen Ausspruch Göthe's anführt und damit den Schein erregt, als ob dieser dieselbe abfällige Meinung über das Nibelungenlied gehabt habe, so würde er besser gethan haben, die ganze
Stelle im Zusammenhange hinzusetzen (s. Anm. 26).

(24) Chriemhilden Rache, und die Klage; zwey Heldengedichte
aus dem schwäbischen Zeitpunkte. Samt Fragmenten aus dem
Gedichte von den Nibelungen und aus dem Josaphat. Daran kommt
ein Glossarium. Zyrich, Orell u. Comp. 1757. — Freilich hatte
Bodmer noch keine klare Einsicht in den Werth des Nibelungenliedes, das zeigt folgende Stelle aus der Vorrede: „Es ist einigen
Neugierigen zu gefallen geschehen, dass man etliche merkwürdige
Stellen aus dem födern Theile des Gedichtes von den Nibelungen
absonderlich ausgezogen hat. Man siehet keinen Anschein, dass
es jemals werde ganz gedruckt werden. Es ist in der That für
den Ruhm des schwäbischen Zeitpunctes am besten gesorget, wenn
man nicht Alles, was noch im Staube verborgen lieget, an den
Tag hervorziehet."

(25) Von C. H. Myller (Müller) unter dem Titel „der Nibelungen lied, ein Rittergedicht aus dem XIII. oder XIV. Jahrhundert. Zum ersten Male aus der Handschrift ganz abgedruckt", in

der „Sammlung deutscher Gedichte aus dem XII., XIII. und XIV.
Jahrhundert." Es ist diess dieselbe Ausgabe, über welche Fried-
rich II. den bekannten, auf der Züricher Stadtbibliothek befindlichen
Brief geschrieben hat, worin er als seine Ansicht über die Gedichte „aus dem 12., 13. und 14. Seculo" ausspricht, es seien
„solche nicht einen Schuss Pulver werth, und verdienten nicht
aus dem Staube der Vergessenheit gezogen zu werden" u. s. w. —
aber auch dieselbe Ausgabe, aus welcher Goethe das Nibelungenlied zuerst kennen lernte.

(26) Das scheint nach der Stelle, die Gervinus aus einem
Briefe Goethe's an Knebel anführt, nicht so. Ganz unbegreiflich
aber ist mir, wie Gervinus diese Worte aus dem Zusammenhange,
in dem sie stehen, reissen konnte, so dass dadurch der Schein gerade des Gegentheils von dem erweckt wird, was Goethe ausspricht. Es ist wohl am Platze, was Gervinus versäumt hat, hier
noch nachzutragen. Brief an Knebel, vom 25. November 1808:
„Die Mittwochen sind wieder im Gang. Ich lese die Nibelungen
vor, allein dabei geht es mir auch wie einem jungen Professor,
oder wie einem Koch, der sein Leben zubringt um einige Stunden
etwas Geniessbares aufzutischen. Indessen ist es mir selbst von
grossem Werth und Nutzen: denn ich hätte das Gedicht für mich
vielleicht niemals durchgelesen und noch viel weniger so viel
darüber nachgedacht, als ich gegenwärtig thun muss, um durch
Reflexionen und Parallelen die Sache anschaulicher und erfreulicher
zu machen. Der Werth des Gedichtes erhöht sich, je länger man
es betrachtet, und es ist wohl der Mühe werth, dass man sich
bemühe, sein Verdienst aufs Trockne zu bringen und ins Klare zu
setzen: denn wahrlich die modernen Liebhaber desselben, die Herren
Görres und Consorten, ziehen noch dichtere Nebel über die Nibelungen, und wie man von andern sagt, dass sie das Wasser trüben,
so trüben diese Land und Berg um alle gute kritische Jagd zu
verhindern. Mir sind dabei recht artige Aperçus vorgekommen
und wenn man ihnen hier und da leugnen möchte, dass sie ganz
genau zum Gegenstand passen, so sind sie doch schon lustig für
sich selbst, z. B. so hab' ich im Sinne der Vossischen Karten zu
Homer, Hesiodus und Aeschylus eine Karte zu den Nibelungen
gezeichnet, die auf sehr hübsche Reflexionen führt. Auch habe

ich nächst genauer Betrachtung des Sujets, der Motive, der Ausführung, auch aufs Costüm und andere Nebenvorkommenheiten, als äussere Kennzeichen, wohl aufgepasst, wodurch man dem Alter und dem Ursprung des Gedichts näher beikommen kann. Das alles, wenn ich es mehr im Reinen habe, theile ich dir an einem hübschen traulichen Winterabende dereinst mit. — Ueberhaupt lasse ich mich nicht irre machen, dass unsre modernen, religiösen Mittelältler mancherlei Ungeniessbares zu Tage fördern und befördern. Es kommt durch ihre Liebhaberei und Bemühung mancherlei Unschätzbares ans Tageslicht, das der allerneusten Mittelmässigkeit doch einigermassen die Wage hält." Man sieht, dass unter den „modernen Liebhabern" nicht alle die gemeint sind, die das Nibelungenlied als Kunstwerk hochschätzen, wie es bei Gervinus den Anschein hat, sondern „die Herren Görres und Consorten" „unsre modernen, religiösen Mittelältler." Es zeigt sich, dass Goethe sich der Aufgabe, über das Nibelungenlied Vorträge zu halten, trotz unverhältnissmässiger Arbeit nicht ganz gewachsen fühlte, dass er aber, je länger er sich damit beschäftigte, eine um so höhere Meinung von seinem Werth fasste und nach Klarheit darüber strebte. — Folgende Stellen aus den Tages- und Jahresheften geben dazu manche lebendige Ergänzung. 1806: Aber einen eigentlichen Nationalantheil hatten doch die Nibelungen gewonnen; sie sich anzueignen, sich ihnen hinzugeben, war die Lust mehrerer verdienter Männer, die mit uns gleiche Vorliebe theilten." 1807: „Nun aber ward, wie alles seine Reife haben will, durch patriotische Thätigkeit die Theilnahme an diesem wichtigen Alterthum allgemeiner und der Zugang bequemer. Die Damen, denen ich das Glück hatte noch immer am Mittwoch Vorträge zu thun, erkundigten sich darnach, und ich säumte nicht, ihnen davon gewünschte Kenntniss zu geben. Unmittelbar ergriff ich das Original und arbeitete mich bald dermassen hinein, dass ich, den Text vor mir habend, Zeile für Zeile eine verständliche Uebersetzung vorlesen konnte. Es blieb der Ton, der Gang und vom Inhalt ging auch nichts verloren. Am besten glückt ein solcher Vortrag aus dem Stegreife," u. s. w. 1809: „Die, nach dem Original, aus dem Stegreif vorgetragene, und immer besser gelingende Uebersetzung der Nibelungen hielt durchaus die Aufmerksamkeit einer edeln Gesellschaft fest, die sich

fortwährend Mittwochs in meiner Wohnung versammelte." — Es
hat etwas ungemein Rührendes, den grossen Dichter, der durch das
Studium der Antike zu der klassischen Vollendung sich empor-
gearbeitet und so ganz die griechische Gefühls- und Anschauungs-
weise in sich aufgenommen hatte ("Ich habe an der Homerischen,
wie an der Nibelungischen Tafel geschmaust, mir aber für meine
Person nichts gemässer gefunden, als die breite und tiefe immer
lebendige Natur, die Werke der griechischen Dichter und Bildner"
schreibt er an Knebel am 9. November 1814. Ich brauche kaum
zu erinnern, dass es sich hier nur um den individuellen Geschmack,
nicht um die ästhetische Beurtheilung handelt), so ernst und an-
haltend mit dem deutschen Nationalwerk sich beschäftigen zu sehen,
trotz der damals noch so höchst mangelhaften Hülfsmittel, die ihn
nöthigten, im Grunde ganz von vorn anzufangen und sich seinen
eignen Weg zu bahnen. Wir erkennen daraus, wie diesem reichen
Geiste darin etwas tief Verwandtes, der Zauber des Genius ent-
gegentrat und ihn unwiderstehlich fesselte. — Eine kurze Zusammenstellung der Ergebnisse seiner Untersuchungen findet sich in
seinen Bemerkungen über Simrocks Uebersetzung des Nibelungenliedes (Vollständige, neugeordnete Ausgabe 1840, Bd. 32, S. 273),
und diese kurzen, fragmentarischen Notizen geben eine hohe Meinung davon, wie Göthe das Nibelungenlied verstand. Er beschäftigt sich mit Untersuchungen über die Entstehung, den Dichter,
die Handschriften; die auf uns gekommenen Textgestalten findet er
"verhältnismässig sehr neu" und erklärt daraus das Ungleichartige
und Widersprechende, das vorkommt. Gut bezeichnet er Stoff und
Charakter. Er unterscheidet die beiden Theile: "der erste hat mehr
Prunk, der zweite mehr Kraft: doch sind sie beide in Gehalt und
Form völlig einander werth." Er findet, die Kenntniss des Gedichtes gehöre zu einer Bildungsstufe der Nation, Jedermann solle
es lesen. Er regt zu Verbesserungen der Uebersetzung und zu
prosaischer Bearbeitung an. Sein allgemeines Urtheil ist: "Diess
Werk ist nicht da, ein für allemal beurtheilt zu werden, sondern
an das Urtheil eines Jeden Anspruch zu machen und desshalb an
Einbildungskraft, die der Reproduktion fähig ist, ans Gefühl fürs
Erhabene, Uebergrosse, so wie für das Zarte, Feine, für ein weit-
umfassendes Ganze und für ein ausgeführtes Einzelne. Aus welchen

Forderungen man wohl sieht, dass sich noch Jahrhunderte damit zu beschäftigen haben." Das schrieb er im Alter von 78 Jahren! Etwa ein Jahr vorher, am 2. April 1826, sagte er zu Eckermann: „Das Klassische nenne ich das Gesunde und das Romantische das Kranke. Und da sind die Nibelungen klassisch, wie der Homer, denn Beide sind gesund und tüchtig." Gewiss eine hohe Anerkennung, und ein Gegengewicht gegen das absprechende Urtheil von Gervinus, der in der Zusammenstellung des Nibelungenliedes mit Homer den äussersten Mangel an Kunstsinn findet (s. Anm. 7).

(27) Lachmann, über die ursprüngliche Gestalt des Gedichts von der Nibelunge Noth, S. 7. Zu den Nibelungen und zur Klage, S. 4. u. a. m.

(28) Vischer, Aesthetik, zu §. 876 (III. Theil, Kunstlehre, S. 1294 f.).

(29) Eine gute Erklärung zu dieser Stelle hat Zarncke gegeben (Beiträge S. 227—234). Nach ihm wird im Nibelungenliede nicht im Entferntesten an ein früheres Verhältniss Siegfrieds mit Brünhild gedacht. Dass er in Isenstein erkannt wird, ist nicht anders zu nehmen, wie auch in Worms Hagen ihn erkennt, ohne ihn je gesehen zu haben, denn nur einer von Brünhilds Gesinde glaubt ihn zu erkennen. Daraus, dass sowohl „Niderlant" als „Nibelunge lant" in der Nähe von Isenstein gedacht werden, erklärt es sich, dass Siegfrieds Ruhm bis nach Isenstein gedrungen ist, und dass auch Siegfried mit Brünhilds Verhältnissen bekannt ist. Dass Siegfried sich für den leibeigenen Diener Gunthers ausgiebt, geschieht einfach deshalb, um sich der Aufmerksamkeit der Leute Brünhilds zu entziehen und so unbemerkt dem Könige beistehen zu können, was ihm auch vollständig gelingt. Und so wird nichts vermisst, nichts bleibt unklar, alles steht in einfachem, gutem Zusammenhange.

(30) „Die Motive sind grundheidnisch, der christliche Cultus ohne den mindesten Einfluss. Helden und Heldinnen gehen eigentlich nur in die Kirche um Händel anzufangen." Göthe über Simrocks Uebersetzung, Werke Bd. 32, S. 274.

(31) Für das, was im Vortrage nur einfach ausgesprochen werden konnte, darf in einer Anmerkung nähere Begründung erwartet werden. Es ist noch selten geschehen, dass man sich über

Lachmanns Kritik eingehend ausgesprochen hat, daher gebe ich
hier eine wenn auch nur kurzgefasste Uebersicht über die Hauptpunkte derselben, um zu zeigen, wie ich sie auffasse.

Es lässt sich allerdings nicht leugnen, dass Lachmann's Gründe
gegen die Einheit des Nibelungenlieds beim ersten Anblick durch
den glänzenden Scharfsinn, mit dem seine Kritik durchgeführt ist,
vieles für sich haben. Eine gründlichere Untersuchung aber zeigt,
dass sie sämmtlich auf unbewiesenen Voraussetzungen beruhen, oder
so unsicherer Natur sind, dass sie gar keinen bestimmten Anhalt
gewähren und der Willkür den freiesten Spielraum lassen. Die
Handschriftenfrage, die noch jetzt einen der Hauptstreitpunkte
bildet und eine der wichtigsten Fragen für alle Untersuchungen
über das Nibelungenlied ist, da die Ueberlieferungen so ausserordentlich verschieden sind, dass vom Urtheile über sie auch das
Urtheil über das ganze Gedicht grossentheils abhängt, hat Lachmann gar nicht eingehend berücksichtigt. Wollte er gründlich verfahren, so musste er seine Forschungen mit einer Kritik der gesammten
vorhandenen Handschriften beginnen, und das hat er nie gethan,
denn statt dessen unterzog er nur die nach seiner subjektiven Ansicht älteste, ursprünglichste Ueberlieferung des Nibelungenliedes in
der jetzt zu München befindlichen Hohenemser Handschrift A einer
genauen Prüfung, und die wenigen Worte, mit denen er dieses
Verfahren zu rechtfertigen sucht (Ueber die urspr. Gestalt u. s. w.,
S. 68. Vorrede zu seiner Ausgabe, S. IX), beweisen zur Genüge,
wie er hierbei von vorgefassten Meinungen ausging. Da nämlich
der Text von A viele Lücken und Widersprüche enthält, so ist es
ihm ausgemacht, dass dieselben aus der Urschrift stammen und dienen ihm als Beweis für seine Liedertheorie. Für die Ursprüng-
lichkeit von A hat er aber wieder keinen andern Beweis, als dass
eben die Handschrift, welche die meisten Lücken und Widersprüche
enthält, die ursprünglichste sei, weil in ihr die Zusammensetzung
aus einzelnen Liedern noch am deutlichsten erkannt werden könne.
So setzt Lachmann schon voraus, was er beweisen wollte, und alles,
was er auf die Handschrift A gründet, ist in der That unbegründet. — Zu den gewichtigsten der übrigen Widersprüche gehören
ihm die „neuen Einführungen" von Personen, die schon früher vorgekommen sind. Dagegen ist angeführt worden, dass das

gebräuchliche Manier mancher mittelhochdeutschen wie der altfran-
zösischen Dichter ist. Gelegentlich, wo es ihm passt, macht Lachmann dasselbe geltend: meist aber behauptet er, wenn eine schon
früher genannte Person mit dem unbestimmten Artikel wieder eingeführt wird, müsse ein neues Lied begonnen haben. Es ist das
eine solche Regel, deren allgemeine Geltung erst bewiesen werden
müsste, wenn sie beweisende Kraft haben sollte. Nur eine Stelle
ist bedenklicher: es ist die neue Einführung Volkers in Strophe
1416, 1417, während er schon in den ersten Strophen des Nibelungenliedes genannt wird und im Sachsenkriege Fahnenträger ist.
Da aber später im ganzen ersten Theile nicht mehr von ihm die
Rede ist, und er im Anfange überhaupt Nebenperson ist, so mochte
der Dichter, nachdem er über 1200 Strophen lang nicht erwähnt
worden war, eine neue nähere Bezeichnung wünschenswerth gefunden oder sein früheres Auftreten ausnahmsweise einmal vergessen
haben, wahrscheinlicher aber stammt Strophe 1417, wie 837 und
1494 vom Bearbeiter. Jedenfalls ist man zur Annahme der Unechtheit der einen Stelle weit eher berechtigt, als Lachmann zu
seinen tief eingreifenden Folgerungen aus ihrer vorausgesetzten Ur-
sprünglichkeit. — Sodann die Widersprüche in den Zeit- und
Altersverhältnissen. Man hat ausgerechnet, dass nach den An-
gaben des Nibelungenliedes Kriemhild bei Ausübung ihrer Rache
in den Fünfzigen gewesen sein müsse, und damit ihre jugendliche
Leidenschaftlichkeit und ihre Schönheit in Widerspruch gefunden.
Wer aber, der nicht mit der Absicht an das Nibelungenlied geht,
Widersprüche aufzufinden, wird hieran Anstoss nehmen? Wenn
nun Giselher z. B. bis zuletzt „daz kint" genannt wird, obgleich er
ziemlich ein Fünfziger geworden sein muss, so widerspricht das
nicht einmal dem mittelhochdeutschen Sprachgebrauch, wonach dieser
Ausdruck sehr häufig von den jüngsten Söhnen angewendet wird,
und daher selbst zuweilen verheirathete Männer „kint" genannt werden. Dass aber die Personen des Nibelungenliedes überhaupt nicht
zu altern scheinen, da sie am Ende dieselbe jugendliche Frische
zeigen, wie im Anfange, wer wollte das tadeln? Hat es der Dichter
nicht durch dieses Mittel absichtslos erreicht, dass uns die Helden-
geschlechter des Nibelungenliedes wie ewig jung, den unsterblichen
Göttern ähnlich erscheinen? — Eine bedenklichere Stelle ist Stro-

phe 1861, wo Dankwart sich als unschuldig an Siegfrieds Tod mit
den Worten vertheidigt, er sei ein „wênic kindel" gewesen, als Siegfried das Leben verloren habe. Natürlich nennt er sich „kint" als
jüngerer Bruder Hagens, und „wênic" heisst hier wohl nur unbe-
deutend, bei alledem aber bleibt der Ausdruck etwas sonderbar,
da wir aber nicht einmal sicher wissen, ob er ursprünglich ist, so
darf jedenfalls nichts über den Ursprung des Gedichts daraus ge-
folgert werden. — Endlich findet Lachmann eine Menge Widersprüche in den Zahlenangaben, namentlich des Gefolges der
Burgunden auf ihrer Fahrt nach Hunnenland. Hier gilt es nun
besonders, dass Lachmann durch willkürliche Annahmen alle diese
Widersprüche erst selbst hineinbringt. Bei dem Auszuge der Burgunden wird das Gefolge der Könige angegeben: Hagen wählt aus
ihren Rittern 1000 aus, ausser seinen eignen, und dazu kommen
9000 Knechte. Nun wird Strophe 1462 erzählt, dass die „snellen
Burgonden" aufbrachen, mit ihnen 1000 Nibelungenhelden; über die
Donau bringt Hagen 1000 Ritter, dazu die seinigen und 9000
Knechte; später wird die Mannschaft immer ebenso gezählt. Lachmann findet nun darin Verwirrung, dass die 1000 Nibelungen hinzugebracht und später wieder vergessen seien. Die Stelle erklärt
sich aber ganz einfach so, dass die 1000 Nibelungen dieselben wie
die burgundischen Ritter sind, da die Burgunden im zweiten Theile
überhaupt auch Nibelungen genannt werden, und da die „snellen
Burgonden" in vorliegender Stelle nur die Herren des Landes sind,
was ganz deutlich daraus hervorgeht, dass die Einwohner von Burgund in derselben Strophe 1462 „ir volc" genannt werden. Dasselbe
liesse sich an den meisten ähnlichen Stellen erweisen. Dass einzelne Fehler vorkommen, wie die Verlegung der Vogesen auf das
rechte Rheinufer, die Verwechslung von Zeizenmûre und Treisen-
mûre u. a., soll gar nicht geleugnet werden, aber selbst wenn dieselben schon ursprünglich vorhanden gowesen wären, würden sie
nicht das Geringste gegen die Einheit des Gedichts beweisen. —
Uebrigens hat Lachmann selbst ein höchst merkwürdiges Urtheil
über seine Kritik gegeben in den Anmerkungen zu seinem zwanzigsten Liede. In seinen früheren Untersuchungen hatte er den
letzten Abschnitt in eine ganz ansehnliche Zahl einzelner Lieder
getheilt und überall Widersprüche aufgefunden, die zur Absonderung

einzelner Stücke nöthigten: nun, in den Anmerkungen, weist er
treffend nach, dass er in seiner Kritik zu scharf verfahren und zu
weit gegangen sei, denn alle die „geringen Unebenheiten" kommen
nicht in Betracht gegen die „überdachte und wohlgegliederte Anlage dieses Gedichtes" u. s. w. Es liegt nun sehr nahe, diese
eigne Kritik eines Theils seiner früheren Kritik, in dem er doch
auch nicht anders und ganz nach denselben Grundsätzen verfahren
war, wie im übrigen, auf das Ganze auszudehnen: und so können
denn in der That alle vorgeblichen oder vermeintlichen Widersprüche und alle die vorkommenden geringen Unebenheiten gegen
die innere Einheit des Ganzen gar nicht in Betracht kommen. —
Andere Gründe Lachmanns gegen die Einheit des Nibelungenliedes
habe ich schon im Vortrage selbst berührt: während er die äussere
Einheit der Sprache und der poetischen Form, die Gleichmässigkeit der Darstellung und die einheitliche Grundidee des Ganzen
anerkennt, rügt er doch auch wieder die „Verschiedenheit des Tons",
zu der ich in der Untersuchung über den Styl ein Beispiel gegeben
habe, und findet Mängel im Zusammenhange des Ganzen, indem es
an der gleichmässigen Durchführung der Personen fehle, da dieselben
häufig, nachdem sie lange „vergessen" gewesen seien, wieder erwähnt, ja nicht selten als ganz unbekannt wieder eingeführt seien.
Es bedarf nach den früheren Bemerkungen keines Wortes mehr
hierüber. So zeigt sich, dass Lachmann's Hypothese von der Entstehung des Nibelungenliedes aus einer Anzahl einzelner, getrennt
entstandener Volkslieder durch die von ihm angeführten Gründe
nicht nur nicht erwiesen, sondern nicht einmal als wahrscheinlich
gerechtfertigt wird, da er in seinem eifrigen Bestreben, Widersprüche
aufzufinden, von unbewiesenen, subjektiven Voraussetzungen ausge-
gangen und viel zu scharf verfahren ist, und dass er daher kein
Recht hatte, die Ansicht von der einheitlichen Entstehung des
Nibelungenliedes seiner Theorie gegenüber zur „Hypothese" herab-
zusetzen.

Noch weit mehr aber zeigt sich die Schwäche seiner Kritik in
deren positivem Theile, in der „Herstellung des Ursprünglichen". Er hat es unternommen, die von ihm aufgefundenen
Lieder bis ins Einzelnste hinein in der ursprünglichen Form wiederherzustellen, und sie in einer Prachtausgabe unter dem Titel:

„Zwanzig alte Lieder von den Nibelungen" u. s. w. (Berlin 1840)
besonders drucken lassen. Es lässt sich von vorn herein voraussetzen, dass er zum Behufe dieser Herstellung eben die äussere
und innere Einheit des Gedichts zerreissen musste, und das thut
er denn auch geflissentlich, indem er alle Strophen, die den äusseren und inneren Zusammenhang zwischen den einzelnen Theilen
des Nibelungenlieds herstellen, wo es nur irgend angeht, herauswirft.
Es versteht sich, dass das ohne die äusserste Willkür nicht möglich ist. Er stellt eine Anzahl von Kriterien der Unechtheit
auf, aus denen er seine Berechtigung zur Verwerfung von Strophen
folgert. Man überzeugt sich leicht, dass alle diese Kriterien sub-
jektiver Natur sind, dass sie sich auf unbewiesene Voraussetzungen
gründen und daher nichts beweisen können. Es sind zunächst drei
ganz äusserliche, rein formelle: vier gleiche Reime in einer Strophe, Mittelreime, und Uebergang der Konstruktion aus einer Strophe
in die andere. Wo eine Strophe für den Zusammenhang nicht
durchaus nothwendig ist, verwirft er sie ohne Weiteres, sobald sie
eine dieser kleinen Unregelmässigkeiten an sich trägt. Dass aber
dieselben unmöglich von einem Dichter des Ganzen herrühren könnten, hat er nicht bewiesen, und der Beweis möchte wohl überhaupt
schwerlich zu führen sein. Im Gegentheile muss man es für rein
undenkbar erklären, dass der Dichter eines poetischen Ganzen von
2370 bis 2380 Strophen niemals dergleichen ungesucht mit ,ein-
fliessen lassen sollte, wenn er sich nicht von vorn herein vorge-
nommen hat, es zu vermeiden, und das anzunehmen hat man beim
Nibelungendichter jedenfalls kein Recht. — Etwas mehr Schein hat
die Verschiedenheit der Anrede. Wenn eine Person eine
andere in einem Abschnitte gewöhnlich mit „ir" anredet und sie auch
ein- oder ein paar Mal „du" nennt, so ist das „gegen die Sitte dieses
Liedes", und daher die Strophen, in denen es geschieht, unecht.
Sieht man die Masse von Strophen an, die Lachmann auf diese
Weise herauswirft, so ist kaum zu begreifen, wie er auf etwas so
Geringfügiges so gewichtige Schlüsse gründen kann, da ja doch
durch reines Versehen der Abschreiber leicht dergleichen entstehen
kann und in der That die Handschriften darin oft abweichen, zudem
nie bewiesen worden ist, dass sich der Dichter nicht im Gebrauche
von „ir" und „du" manchmal eine kleine Freiheit erlaubt haben könne.

Uebrigens konnte Lachmann selbst dieses Kriterium unmöglich streng durchführen, und er giebt es wie alle andern äusseren Kriterien auf einmal selbst prinzipiell auf in den schon erwähnten Vorbemerkungen zu seinem zwanzigsten Liede. — Weit wichtiger noch sind Lachmann's innere Kriterien. Sie haben viel Schein für sich, sind aber so unbestimmt und ohne allen festen Anhalt, dass eigentlich alles der Willkür anheim gegeben ist, was man daraus machen will. Von einer konsequenten Durchführung derselben ist übrigens Lachmann selbst sehr weit entfernt, und dieselbe ist auch in der That unmöglich, wenn nicht die ganze Dichtung vollständig vernichtet werden soll. Er stellt den Satz auf, dass alles nicht unmittelbar aus der Sage Geflossene spätere Zudichtung sei. Nun ist es immer sehr schwer zu entscheiden, was der Dichter bei Behandlung eines Stoffes aus früherer Ueberlieferung erhalten hat, wo nicht ein noch vorhandenes Werk mit Sicherheit als seine Quelle angegeben werden kann. Aber auch wenn das beim Nibelungenlied möglich wäre: würde dann alles darin unecht sein, was sich nicht direkt aus der Quelle herleiten liesse? Ich meine im Gegentheil, dass ein wahrer, d. h. ein mit schöpferischem Geiste begabter Dichter seine Fabel frei behandeln muss. Ich weiche hier schon im Princip von Lachmann ab, denn auch wenn das Nibelungenlied aus einzelnen Liedern entstanden wäre, würde ich für die Dichter derselben, obwohl in weit geringerem Grade, doch dieselbe Freiheit in der Behandlung der Sage in Anspruch nehmen, und stütze mich dabei auf die verschiedenen Gestalten einer Sage, die ja auch durch einzelne dichterisch begabte Naturen im Volke durch freie Umbildung in der Phantasie (obwohl nicht in der Absicht zu dichten) erschaffen werden. Lachmann dagegen setzt von seinen Dichtern sklavische Beobachtung des Inhalts der Sage voraus, und wirft daher z. B. die ganze Probe mit dem Kaplan bei der Ueberfahrt über die Donau heraus, obgleich sie einen vortrefflichen Charakterzug zu dem Bilde Hagens giebt, während er von dem Fährmann Str. 1494 (s. Anm. 17) die Variante „niulîch gebît", was gar keinen Sinn hat und nicht in Zusammenhang mit dem übrigen steht, aus B aufnimmt, obgleich A und einige andere Handschriften passend „muolîch gesît" haben, weil die nordische Vilkinasage berichtet: „Und als dieser Mann sah, dass ihm Gold geboten war, da gedachte er, dass er

vor Kurzem sich verheirathet und eine schöne Frau genommen habe
und sie sehr liebe, und wollte ihr das Gold geben, wenn er es er-
hielte" (ähnlich in einigen dänischen Volksliedern), was für nichts
zu halten ist, als für weitere Ausführung und Motivirung der durch
einen einfachen Schreibfehler entstandenen Lesart „niulîch gehît", da
nach meiner Ueberzeugung die nordische Sage aus einer späten
Bearbeitung des Nibelungenliedes (vielleicht der in Hundeshagens
Handschrift erhaltenen) geschöpft hat. — Auch ausser dem nicht
durch die Sage Belegten aber findet Lachmann noch sehr vieles
andere überflüssig und entbehrlich. Das ist nun ein sehr un-
sicheres Kriterium. Entbehrlich kann man alles mögliche finden,
es fragt sich nur, wonach man sich dabei richtet. Will man nichts
als logische Vollständigkeit und Verständlichkeit, so kann man ganze
Scenen des Nibelungenlieds als entbehrlich ausscheiden, ja man
könnte einen Auszug von wenigen Strophen machen, worin die Haupt-
begebenheiten zusammengestellt würden, und dann hätte man auch
ein Ganzes, in dem man nichts vermissen würde, als — die Poesie!
Denn der grosse innere, poetische Zusammenhang geht dadurch
unvermeidlich verloren. Aber danach fragt Lachmann in der Regel
'auch gar nicht, sondern nur nach logischer Vollständigkeit. Dass
das Kunstwerk seine eigne Logik hat, die von der trocknen Prosa
gänzlich verschieden ist, lässt er dabei unbeachtet. Darum findet
er häufig die lebensvolle poetische Darstellung entbehrlich, weil der
Zusammenhang schon in kurzer Andeutung verständlich ist, und
opfert so nicht selten Stellen, die zu den grössten Schönheiten der
Dichtung gehören. Mit demselben Recht könnte ein anderer aus
seinen hergestellten Liedern noch vieles als entbehrlich heraus-
werfen, und so weiter, bis nichts übrig bliebe. Ohnehin verlässt
sich ja Lachmann hierbei wie bei seiner ganzen Kritik mehr auf
das Gefühl, als auf klare Erkenntniss. Uebrigens ist gerade dieses
Kriterium des Ueberflüssigen und Entbehrlichen für Lachmann sehr
wichtig, weil sich alles daraus machen lässt, und so volle Gelegenheit geboten ist, alle unbequemen Stellen, besonders diejenigen,
welche die Verbindung zwischen seinen Liedern herstellen, wegzu-
schaffen. — Eng hiermit im Zusammenhange steht endlich als Be-
sonderung des allgemeinen Grundsatzes, dass Lachmann alles, was
nicht unmittelbar zum Hauptinhalt der einzelnen Lieder

gehört, für spätere Zudichtung erklärt, die in der Absicht verfasst sei, den Zusammenhang zwischen ihnen herzustellen. Ich habe schon im Vortrage selbst davon gesprochen, wie Lachmann für jedes seiner Lieder einen Grundgedanken aufstellt und behält, was sich unmittelbar auf ihn bezieht, alles andere dagegen beseitigt. Es leuchtet ein, dass das ohne die grösste Willkür nicht möglich ist. Das einseitige Suchen nach Grundgedanken, Grundideen hat überhaupt in der Poesie schon viel Unheil und Verwirrung angestiftet. Der Dichter will nicht Gedanken entwickeln, er will die in seinem Inneren herangereiften Bilder darstellen, und wenn in der Darstellung natürlich auch Gedanken enthalten sind, so doch in der echten Dichtung nur in zweiter Linie, im Anschlusse an die Darstellung. Lachmann's Verfahren aber widerspricht dem Begriffe der echten Dichtung. So findet er als „eigentlichen Gedanken" seines vierzehnten Liedes, das die Fahrt der Burgunden bis Bechlarn umfasst, es wolle „nur die Ahnungen und die Vorzeichen des unseligen Ausganges darstellen". Darum werden eine Menge guter Strophen und bedeutender Stellen, die keine Ahnungen und Vorzeichen enthalten, herausgeworfen, besonders die ganze so höchst vortreffliche Erzählung von den nächtlichen Kämpfen mit den Bayern. Diejenigen Personen, die in einem von Lachmann's Liedern nur nebenbei vorkommen, hat der Verfasser „nicht gekannt", und die Strophen, in welchen sie auftreten, sind spätere Zudichtung, um sie doch wieder zu erwähnen, und so nachträglich ein wenig mehr Zusammenhang zu schaffen.

Es hat sich nunmehr wohl klar gezeigt, wie in einer solchen Kritik eigentlich alles reine Willkür ist. Wenn nun Lachmann auch ganz besonders viel Gewicht auf die gegenseitige Bestätigung aller dieser Kriterien legt, und daher um so mehr einen Beweis für die Richtigkeit seiner Kritik darin findet, dass zwei oder mehrere derselben auf einer Stelle zusammentreffen, so kann das durchaus nicht unser Vertrauen zu derselben erhöhen. Will er eine Strophe aus irgend einem Grunde verwerfen, so wird es ihm natürlich bei der unbestimmten Natur vieler seiner Kriterien nicht schwer, eine ganze Anzahl derselben auf eine Stelle zusammenzubringen. Wir haben aber gesehen, dass seine äusseren Gründe durchaus unbewiesene, willkürliche Annahmen, seine inneren aber so unbestimmt

sind, dass man sie hin und her drehen und wenden kann, wie man
will. Daraus geht hervor, dass beliebig viele seiner Kriterien noch
keine einzige Stelle als unecht erweisen können. — Ich darf
hier zum Schlusse nicht unerwähnt lassen, dass noch ein Kriterium
bei Lachmanns Kritik massgebend gewesen ist, das er freilich niemals ausgesprochen hat: es ist die sogenannte Theorie der Heptaden,
die Ansicht, dass die altdeutschen Dichtungen aus Gruppen von je
sieben Strophen zusammengesetzt gewesen seien. Durch Abzählung
der Strophen in Lachmanns Liedern kann sich Jeder leicht davon
überzeugen, dass er wirklich diese Heptaden im Nibelungenliede
herausgebracht, und also auch danach sich beim Verwerfen und
Beibehalten von Strophen gerichtet hat. Das ist nun wieder eine
gänzlich unbewiesene Annahme, die am allerdeutlichsten die Schwäche
von Lachmanns Kritik zeigt, die daher auch durch Jakob Grimm's
Entdeckung der Heptaden (s. Anm. 4) den ersten Stoss erhalten hat.

(32) Und ebensowenig Rassmann in seiner willkürlichen Inein-
anderarbeitung der verschiedenen Ueberlieferungen, trotz des hinein-
gelegten Grundgedankens, der der Sage ihre Einheit geben soll
(die deutsche Heldensage und ihre Heimat, Hannover 1857).

(33) In den Anmerkungen „Zu den Nibelungen" u. s. w.,
Seite 3.

(34) Ob nun die Zahl dieser Lieder zwanzig, oder nach W.
Müller nur fünf gewesen sei, oder ob das Nibelungenlied, wie Heinr.
Kurz annimmt, aus zwei ursprünglich ganz geschiedenen und unab-
hängigen Gedichten entstanden sein soll, ändert natürlich dem
Wesen nach nichts.

(35) Der erste, der auf der rechten Spur war, ist W. Wacker-
nagel (Altfranzösische Lieder und Leiche, S. 214; Geschichte der
deutschen Literatur, S. 132, Anm. 11). Das Verdienst, den Nachweis gründlich geführt zu haben, hat Franz Pfeiffer (der Dichter
des Nibelungenliedes, Wien 1862). Schätzbare Beiträge dazu gibt
Karl Bartsch (Untersuchungen über das Nibelungenlied, Wien 1865,
S. 352 ff. 369).

(36) Einem Bedenken muss ich hier noch begegnen: nicht weil
es mir erheblich schiene, sondern weil es mir wirklich ausgesprochen
worden ist. Das Wort „wise" bedeutet ursprünglich „Art und Weise",
und die Bedeutung „Weise, Melodie, Gesangstück, Lied" ist erst

davon abgeleitet. Daher wurde mir, kurz nachdem ich den Vortrag gehalten hatte, von schätzbarer Seite der Einwurf gemacht, diese abgeleitete Bedeutung sei erst n a c h dem Kürnberger, zur Zeit des eigentlichen Minnegesanges aufgekommen, und daher solle „Kürnberges wîse" hier nicht des Kürnbergers Melodie und die Strophenform bezeichnen, sondern nur ungefähr seine Art und Weise. Schon an sich hat das wenig Wahrscheinlichkeit, da das Singen in Kürnbergers Weise eben an der Melodie und der zu ihr gehörenden Strophenform zu erkennen gewesen sein wird. Der Einwurf wird aber gänzlich unhaltbar sein, wenn nachgewiesen werden kann, dass der Ausdruck „wîse" für die poetische und musikalische Form schon zu des Kürnbergers Zeit oder früher gebräuchlich gewesen ist. Dieser Nachweis ist leicht zu geben. Schon dass in der altnordischen Sprache „vîsa" in ganz derselben Bedeutung sich findet und schon in der Grâgâs, diesem alten isländischen Gesetzbuche, das in den ersten Jahrzehnten des zwölften Jahrhunderts aus alter mündlicher Ueberlieferung aufgezeichnet wurde, in dem Abschnitte über die Skaldenkunst gebraucht wird, ist ein wichtiges Zeugniss, und führt zu der Vermuthung, dass der Ausdruck für die poetische Form und Sangesweise schon urgermanisch, vor der Trennung der Stämme gebräuchlich gewesen sei. Aber auch in der mittelhochdeutschen Sprache findet sich das Wort in derselben Bedeutung schon lange vor der Entstehung des Nibelungenliedes. Das Gedicht von den vier Evangelien, das Diemer aus der Vorauer Handschrift bekannt gemacht hat (deutsche Gedichte des XI. und XII. Jahrhunderts, Wien 1849, S. 319—330), und das noch aus dem elften Jahrhundert stammt, beginnt mit folgenden Worten:

> Der guote biscoph Guntere von Babenberch,
> der hiez machen ein vil guot werch.
> er hiez di sine phaphen
> ein guot liet machen.
> eines liedes si begunden,
> want si di buoch chunden.
> Ezzo begundt scriben,
> Wille vant die wise.
> duo er die wise duo gewan,
> duo îlten sich alle munechen

von êwen zuo der êwen.
got gnâdt ir aller sêle!

Hier ist also der Ausdruck „wise" für Melodie und Strophenform
(denn beides gehörte in der alten Dichtung untrennbar zusammen)
schon vollkommen ebenso gebraucht, wie später bei den Minne-
sängern, und daher kann es auch nicht zweifelhaft sein, dass in unserer
Stelle „singen in Kürnberges wise" nichts anderes bedeutet, als in
der von dem Kürnberger erfundenen Melodie und Strophenform.

Das Dionysostheater in Athen.

Das Dionysostheater in Athen.

Von diesem so ausserordentlich wichtigen Denkmale des Alterthums ist bisher noch sehr wenig bekannt geworden. Während allerdings die aufgefundenen Inschriften vollständig gesammelt vorliegen und die äussere Beschaffenheit des Baues ziemlich gründlich untersucht ist, herrscht dagegen noch grosse Unklarheit über viele wichtige Punkte in Betreff der innern Einrichtung, und vor allem von den entdeckten Bildwerken sind nur ganz wenige kurze Nachrichten, und auch diese häufig mit schiefer Auffassung, in die archäologischen Zeitschriften gedrungen. (1) Darin mag es seine Rechtfertigung finden, wenn ich es unternehme, im Folgenden einen Bericht über das Dionysostheater zu geben, in der Absicht, so viel wie möglich zur Kenntniss und Erforschung desselben beizutragen. Während eines kurzen Aufenthaltes in Athen (vom 18. bis zum 24. April 1864) hatte ich Gelegenheit, das damals erst vor Kurzem vollständig aufgedeckte Dionysostheater näher kennen zu lernen, und ich benutzte alle Zeit, die mir vom Beschauen der andern Sehenswürdigkeiten übrig blieb, Inschriften zu copiren und Aufzeichnungen zu machen. Diese an Ort und Stelle gemachten Aufzeichnungen sind es, welche ich hier mitzutheilen gedenke. Auf Vollständigkeit dürfen sie freilich keinen Anspruch machen: abgesehen davon, dass ich nicht ganz Sachverständiger bin, war ich dazu auch viel zu kurze Zeit in Athen. Doch ist vielleicht manches in meinen Mittheilungen nicht ohne Interesse für die Freunde klassischer Kunst, da sie, wie ich glaube, in mancher Hinsicht eine Ergänzung der bisherigen Berichte zu geben geeignet sind, und namentlich vielleicht dazu beitragen werden, den Fund in seiner ganzen Bedeutung für die Kunstgeschichte richtiger zu würdigen.

Ueber das **Architektonische** erlaube ich mir nur wenige Bemerkungen, da natürlich eine erschöpfende Untersuchung desselben nicht in meiner Macht stand.

Man gelangt zu dem Theater über ein grosses Trümmerfeld, das nicht vollständig aufgedeckt ist: vielleicht würde, wenn das geschähe, noch mancher wichtige Aufschluss gewonnen werden. Es ist eine ungeheure, imposante Masse der verschiedenartigsten Trümmer. Auf der Oberfläche vieler derselben glaube ich Spuren von Umwandlung durch Feuer erkannt zu haben, an einem eine deutliche Verglasung. Die schon an sich naheliegende Vermuthung, dass das Theater vor der Verschüttung durch einen Brand zerstört worden sein mag, erhält dadurch vielleicht einige Bestätigung. Unter den mannigfaltigsten Stücken von Säulen, Pfeilern und Gebälk aus den verschiedensten Materialien und in verschiedenster Grösse fiel mir besonders auf das Bruchstück eines korinthischen Säulenfusses von pentelischem Marmor mit tiefen Kannelirungen von einer Breite über Handlänge und zwischenliegenden mehr als zollbreiten Stegen, und von entsprechender Grösse das Bruchstück eines Säulenschaftes mit Steg und einem Theile der beiderseitigen Kannelirungen. Eine genaue Vergleichung ergab, dass beide Stücke von Säulen herrühren, die dieselbe ungeheure Grösse hatten, wie diejenigen des Tempels des olympischen Zeus. Von demselben kolossalen Massstabe fanden sich auch Bruchstücke von Architraven, Friesen und Gesimsen. Wohin diese mächtigen Säulen und Gebälkstücke gehört haben, wird schwer zu sagen sein: ob zu der Vorhalle, die König Eumenes von Pergamum erbauen liess?

Von dem **Skenengebäude** ist bekanntlich, wie gewöhnlich bei den griechischen Theatern, sehr wenig erhalten. An den noch stehenden Ueberresten alten Mauerwerks bewundert man die höchste Solidität und Schönheit in sorgfältiger Bearbeitung und festem Gefüge. Die ursprüngliche Lage der Bühne ist schwierig zu bestimmen, da wenigstens einmal in späterer Zeit ein Umbau stattgefunden hat, indem sie weiter in die Orchestra hineingerückt wurde. Das ist, abgesehen von der Verschiedenheit der Ausführung, deutlich daraus zu erkennen, dass die beiden Ecken der Bühne dicht an die die Orchestra umgebende Schranke anstossen und die Eingänge vollkommen versperren, während die Zwischenräume zwischen den

Stützmauern des Theaters und den Ueberresten des eigentlichen Skenengebäudes sehr vollkommen breit sind, sehr geeignet für eine grosse hereinströmende Menschenmenge. So wird der Vortheil der Breite des Eingangs durch das ungeschickt weite Vorspringen der Bühne vollständig aufgehoben: diese höchst unpraktische Einrichtung ist unmöglich ursprünglich, sondern nur einem sehr späten, schlechten Umbau zuzutrauen. Alles das wird jenem Phaidros zugeschrieben werden können, der sich auf der obersten Stufe der von der Orchestra zur Skene hinaufführenden Treppe in der anspruchsvollen Inschrift nennt, deren äusserst nachlässige Buchstabenformen nur aus sehr später Zeit stammen können. (2)

Während so das Skenengebäude im Laufe der Zeiten sehr durchgreifende Veränderungen erfahren hat, hat dagegen das Theatron, der Zuschauerraum, im Wesentlichen immer dieselbe Gestalt behalten. Der Ueberblick des Ganzen macht einen äusserst wohlthuenden Eindruck: es erscheint nicht zu tief, nicht zu flach; frei, offen, und doch kräftig vertieft. Man sagt sich unwillkürlich, dass hier gerade das rechte Mass des Aufsteigens getroffen und ungesucht die schönste Wirkung erreicht ist. Die Böschung beträgt, wie sich aus der Höhe und horizontalen Tiefe der Sitzstufen berechnen lässt, etwas über 23 1/2 Grad. Eine sehr angenehme Wirkung macht auch die einfache, übersichtliche Gliederung durch die radienförmigen Treppen. — Alle Veränderungen, die in diesem Theatron in späterer Zeit angebracht worden sind, wie die Aufstellung der Statuen Hadrians und die im Bogen vorspringenden Stufen auf der Ostseite, auf denen wohl ein besonders ausgezeichneter Thronsessel, vielleicht für die römischen Kaiser, stand, haben wenig auf die Gesammtansicht eingewirkt, und so ist die ursprüngliche Anlage im Allgemeinen noch vollständig sichtbar. Schwierigkeiten macht allein die Beschaffenheit der vordersten Sitzstufen. Wenn die die erste Sitzreihe bildenden Thronsessel, was wohl am wahrscheinlichsten ist, erst später, nach dem eigentlichen Ausbau des Theatron aufgestellt worden sind, da sie doch wohl nicht weiter zurückdatirt werden können, als zur gänzlichen Vollendung des Theaters unter dem Redner Lykurgos, so ist zu vermuthen, dass diese Marmorthrone vor der ersten Sitzstufe angebracht wurden, denn man kann

doch nicht wohl annehmen, dass zu ihrer Aufstellung wenigstens
drei Sitzstufen weggenommen worden wären. (3)

Und so ist der Kernpunkt, auf den die ganze Untersuchung
hinausläuft, die ursprüngliche Beschaffenheit der Orchestra. Wenn,
was schwerlich bezweifelt werden kann, die Bühne später wirklich
weiter vorgerückt worden ist, und wenn wirklich das Theatron in
die Orchestra hinein ausgedehnt wurde, dann war dieselbe ursprünglich ansehnlich grösser. Das scheint nun durch vieles andre bestätigt zu werden. Zunächst stimmt damit überein, dass die jetzige
Orchestra kleiner ist, als gewöhnlich in den griechischen Theatern:
die Breite, gewöhnlich 80 Fuss, beträgt hier nur ungefähr 66, so
dass eine Vergrösserung um 7 Fuss auf allen Seiten erst 80 Fuss
Durchmesser ergäbe. (4) Wenn aber die Bühne ursprünglich der
Orchestra mehr Platz liess, so folgt schon daraus fast mit Nothwendigkeit, dass auch auf der Seite des Zuschauerraumes die Orchestra eine grössere Ausdehnung hatte, da die von Vitruv ange-
gebenen Masse des griechischen Theaters unbedingt einen grössern
Umfang der Orchestra erfordern würden, wenn die Vorderwand der
Skene dann noch eine Seite des eingeschriebenen Quadrates bilden
sollte. Ferner ist ein erhöhter Unterbau (Podium), der in der Regel
die Orchestra vom Theatron trennt, gar nicht vorhanden, und zur
Herstellung eines solchen müssten daher die vordersten Sitzstufen
weggenommen werden. Dazu kommt noch die merkwürdig unregelmässige, excentrische Lage der vordersten Sitze hen, die jedenfalls
nur auf einen sehr späten, schlechten Umbau zurückgeführt werden kann.

Endlich aber kann eine neue Bestätigung für die ursprünglich
weitere Ausdehnung der Orchestra gefunden werden in der Untersuchung über die ursprüngl che Beschaffenheit der Thymele. Ungefähr in der Mitte der Orch stra, obgleich nicht genau im Mittelpunkte des Kreisbogens, befindet sich bekanntlich eine Marmorplatte
mit einer flachen, kreisrunden Vertiefung, und diese Platte ist umgeben von einem rhomboidförmigen Viereck, das aus kleinen, sorgfältig bearbeiteten Marmorrhomboiden besteht und mit seiner längsten
Diagonale die Orchestra quer durchschneidet. Da dieses Viereck
sehr gut geeignet ist für die „auseinandergezogene Stellung" der
Figuren, die reliefartige Nebeneinanderstellung und Gruppirung

vieler Menschen, so eignete es sich ganz besonders gut für die
Aufzüge des Chors, und es ist daher wohl sehr wahrscheinlich,
dass hier, auf der die Mitte einnehmenden Steinplatte, die eigentliche Thymele, der Altar des Dionysos, sich befand, und dass die
Vertiefung dazu diente, sie auf dem Boden zu befestigen. Nur das
ist auffallend, dass die Mitte dieses Vierecks sich nicht genau im
Mittelpunkte des Kreises der Orchestra befindet, und dass es nicht
über dem Boden der Orchestra erhöht ist, während das doch in
den griechischen Theatern der Fall war. Diese Schwierigkeiten
können jedoch kein entscheidendes Bedenken gegen die ausgesprochene Ansicht abgeben, da bei einem römischen Umbau die Erhöhung um die Thymele jedenfalls abgetragen werden musste, und
alsdann das Viereck, dessen Platten wieder zur Belegung zu ver-
wenden sehr nahe lag, bei irgend nachlässiger Ausführung des Baues
sehr leicht aus seiner ursprünglichen Lage gerückt werden konnte. (5)
Von äusserst nachlässiger Ausführung aber zeugt die Einfügung des
Rhomboids in die übrige Belegung: es ist mit einem Rahmen von
Steinplatten umgeben, die, ohne dass sie irgend auf einander passen, den Raum zwischen beiden nur ganz ungefähr, so schlecht
wie nur irgend möglich ausfüllen. Demselben Umbauer mag denn
auch die Ausbesserung der ganzen Belegung zuzuschreiben sein.
Denn sowohl in das Rhomboid, als in die übrigen Theile der Orchestra sind einzelne Platten ganz unregelmässig, ohne alle Rücksicht auf Symmetrie eingefügt, um Schäden der Belegung zu beseitigen. Man kann als den Urheber aller dieser Veränderungen
wohl jenen Phaidros vermuthen, der in dem geschmacklosen, äusserst nachlässigen Aufbau der Bühne ein ebenso schlechtes Werk
geliefert hat.

Wenn nun aber das Rhomboid ursprünglich um einige Stufen
über der Orchestra erhöht war, so ergibt sich daraus wieder mit
Nothwendigkeit, dass dieselbe ursprünglich breiter und tiefer sein
musste, da jetzt die Ecken des Rhomboids viel zu nahe an die
die Orchestra vom Theatron trennende Schranke und an die Bühne
herantreten, um den Chorumzügen überall freien Raum zu lassen.
Es bestätigt alles die im Anfange aufgestellte Vermuthung, dass
die Orchestra ursprünglich grösser war und bei dem römischen
Umbau auf allen Seiten eingeengt wurde.

Noch eine Veränderung wird dem römischen Umbau zuzuschreiben sein. In den griechischen Theatern war die Bühne 10 bis 12 Fuss über dem Boden der Orchestra erhöht, das römische dagegen konnte diese bedeutende Erhöhung nicht brauchen, da in ihm die Sitzreihen bis in die Orchestra selbst hineinreichten. Daher musste beim römischen Umbau eines griechischen Theaters die Bühne niedriger angebracht werden. Nun ist die Bühne des Dionysostheaters nur wenige Fuss über der Orchestra erhöht, ganz übereinstimmend mit den römischen Theatern, und so ist daraus zu schliessen, dass sie auf römische Weise umgebaut worden ist und ursprünglich höher über der Orchestra war, als jetzt.

Wie schon bemerkt, berührt die die Orchestra auf der Seite des Theatron umgebende, aus sehr später Zeit stammende Balustrade fast die Ecken der Bühne und ist ursprünglich ohne Zweifel unmittelbar daran gestossen. Diese Abschliessung der Orchestra führt sehr natürlich zu der Vermuthung, dass in ihr in spätrömischer Zeit Gladiatorenspiele aufgeführt worden seien. Doch möchte ich darum nicht mit dem Berichterstatter der Revue archéologique annehmen, die Hauptabflusskanäle, die die Orchestra im Bogen umgeben, seien zur Ableitung des dabei fliessenden Blutes angelegt worden, da ein ganzes System von Kanälen den Bau durchzieht, das wohl ohne Zweifel zur Ableitung des Regenwassers diente. Wenn auch zuweilen den entarteten Bewohnern Athens dergleichen römische Schauspiele vorgeführt wurden, so ist doch nicht wohl anzunehmen, dass in dem verhältnissmässig kleinen Raume so grosse Metzeleien stattgefunden hätten, dass besondere Kanäle zur Ableitung des Blutes nöthig geworden wären, was auch dem feinen hellenischen Sinn für künstlerisches Mass selbst in der Zeit der grössten Entartung widerstanden haben würde. — Auch wenn Rousopulos aus dem Zusammenstossen der Schranke mit der Bühne und aus den vorgefundenen Wasserkanälen schliesst, die Orchestra habe in spätester Zeit als Wasserbehälter gedient, so scheint mir dazu nicht Grund genug vorhanden zu sein, vielmehr alles übrige dagegen zu sprechen. Mir scheint, dass die erwähnten Ueberreste alter Wasserleitungen vollkommen hinreichend als Abflusskanäle zu erklären sind, und dass auch die Belegung der Orchestra, so wie die sie umgebende Balustrade und die Wand des Hyposkenion nicht dicht

genug für einen Wasserbehälter gewesen sein würden. So viel ich
weiss, findet sich nirgends die allergeringste Spur davon, dass
irgend einmal längere Zeit Wasser in der Orchestra gestanden hätte,
was sich doch vor allem an den in ihr befindlichen Bildwerken
deutlich zeigen müsste. Und endlich liegt das Theater hoch über
dem Ilissos, und ich kenne auf der Südseite des Akropolisfelsens
keine Quelle, die höher läge und zur Speisung eines solchen Wasser-
behälters hätte verwendet werden können.

Diese wenigen Bemerkungen mögen über das Architektonische
genügen. Ich weiss wohl, wie unzureichend sie sind, aber ich
möchte sie darum doch nicht unterdrücken, da sie wenigstens vielleicht in mancher Hinsicht eine Anregung zu gründlicherer Durch-
forschung geben. Auf den Aufbau der Skene werde ich später
noch ausführlicher zu sprechen kommen, da sich die Besprechung
desselben am besten an die der in ihr angebrachten Bildwerke
anknüpfen lässt.

So komme ich nunmehr zu dem Haupttheile meiner Mittheilungen, nämlich zu dem Bericht über die aufgefundenen Bildwerke.
Ueber dieselben sind bisher nur sehr wenige und sehr mangelhafte
Nachrichten erschienen. Es ist eine Reihe von Kunstwerken, die
bisher kaum gekannt und nach meiner Meinung noch bei weitem
nicht in ihrer ganzen Bedeutung gewürdigt worden sind. Das Meiste
befindet sich freilich in trauriger Verstümmlung, aber auch die geringen Ueberreste verdienen die höchste Beachtung. Daher ist es
wohl gerechtfertigt, wenn ich es hier versuche, möglichst ausführliche und gründliche Nachricht von ihnen zu geben.

Indem ich mit der Beschreibung derjenigen Bildwerke beginne,
welche ausser den Hyposkenionskulpturen noch im Dionysostheater
aufgefunden sind, kann ich mich dabei vielfach auf Pervanoglu's
Bericht beziehen.

Es war zu erwarten, dass mir manches entgangen sein wird,
da mir die Kürze der Zeit nicht gestattete, gründliche und oft
wiederholte Untersuchungen anzustellen, und noch weniger, die an
andre Orte wie nach der Akropolis geschafften Bruchstücke auch zu
untersuchen: und wirklich finde ich von Pervanoglu mancherlei
besprochen, was ich nicht gesehen habe; noch mehr und
nicht Unwichtiges aber finde ich bei ihm nicht er-

wähnt, was ich im Theater gefunden habe. Es scheint mir deshalb ratbsam, vielfach auf seinen Bericht zurückzukommen, um möglichste Vollständigkeit zu erreichen.

Unmittelbar mit dem Bau in Verbindung gestanden haben vier gebälktragende Gestalten, die ich daher hier zuerst besprechen will. Es sind zwei Satyrn und zwei Karyatiden, wobei zu bemerken ist, dass je eine derselben auf jeder Seite des Bühnengebäudes gefunden worden ist, woraus vielleicht die Vermuthung gestattet ist, dass je ein Satyr und eine Jungfrau die Seitenflügel des Skenengebäudes trugen. Die beiden besterhaltenen Bruchstücke befinden sich auf der Westseite des Gebäudes, die beiden weniger gut erhaltenen östlich, wie überhaupt die Ostseite des Theaters am meisten zerstört ist.

Die beiden Karyatiden sind sehr verstümmelt. Sie müssen den Karyatiden des Erechtheion sehr ähnlich gewesen sein, nur dass sie nicht freistanden, wie diese, sondern an das Gebäude angelehnt waren, da an die eine ein aus demselben Stück gearbeiteter Pfeiler angemeisselt ist, und der Rücken der andern nicht ausgeführt, sondern geebnet ist. Von der ersten ist nur der Unterkörper bis über die Kniee erhalten. Das rechte Bein ist in den reichen Falten des bis auf den Boden herabfliessenden Gewandes verborgen, das linke dagegen, schwach gebeugt, ist unter dem eng sich anschmiegenden Gewande sichtbar. Das Knie ist abgestossen. Beide Füsse traten unter dem Gewande hervor, der rechte ist jedoch abgebrochen. Der linke steht auf einer starken Sandale, an welcher eine schuhartige Hülle befestigt ist, so dass von den Zehen nichts sichtbar ist. Diese Hülle besteht aus einem starken Riemengeflecht, von welchem Riemen an allen Seiten heraufgezogen und an einem Ring auf der oberen Fussfläche befestigt sind. Selbst in dem kleinen erhaltenen Bruchstück der Statue ist deutlich erkennbar das kräftige Stemmen gegen die schwere Last und die hochaufgerichtete Haltung; unter dem Gewande ist die starke Anspannung der Muskeln des linken Beins zu bemerken. Die Höhe des Bruchstücks beträgt gegen 4 Fuss, die Länge des linken Unterschenkels über 2 Fuss. — Von der zweiten Karyatide, die das Seitenstück zur vorigen bildet, ist nichts mehr erhalten, als ein lang herabwallen-

des Gewand und der untere Theil des schwach gebeugten rechten
Beins. Die Fussspitze ist abgebrochen.

Die beiden Satyrn lehnten sich ebenfalls an das Gebäude,
denn sie tragen am Rücken auch Pfeiler angemeisselt. Der Körper
des einen, von der Ostseite, ist mit in regelmässigen Reihen stehenden Löckchen bedeckt, die einander fast vollkommen gleichen,
und dadurch wird er als Papposilen kenntlich, die ganz behaarte
und bärtige Satyrgestalt des alten Satyrdramas. Es ist derselbe,
von dem Pervanoglu S. 169 spricht: Frammentato è un Sileno
colossale, pure servito una volta da Atlante, molto però differente
dall' altro primo mentovato, in quanto che egli mostra il corpo
piloso; è coperto nella parte inferiore d'una veste e fa vedere un
lavoro più recente." Das letztere möchte ich nicht unbedingt behaupten, denn abgesehen von der regelmässigen Behaarung, die
beim Papposilen conventionell typisch war, schien mir der Körper
und der Faltenwurf mit grosser Vollendung ausgeführt. Statt des
vollständigen Kleides, das nach Pervanoglu den Unterkörper bedeckt, habe ich nur ein dickes shawlartig um die Hüften geschla-
genes Tuch gesehen, von welchem ein Zipfel am linken Bein herabhängt, der andre nach innen geschlungen rechts, und dessen
feinen, schönen Faltenwurf ich bewundert habe. Der Leib ist von
der Anstrengung etwas aufgetrieben. Kopf, Beine und Arme fehlen,
nur ein Stumpf des rechten Oberarms ist noch erhalten. Ueber der
Brust liegt ein langer, zottiger Bart. Vom Kopf hängt nach hinten
und rechts ein Thierfell herab. Die Arme waren ursprünglich vorgestreckt und nach Oben gegen die Last gestemmt, um deren Druck
auf den Nacken zu mässigen. Hinten, in der Nackengegend, befindet sich eine regelmässig rechtwinklig vertiefte Ecke, in der wohl
der Architrav lag. Der Durchmesser der Gestalt beträgt in der
Hüftengegend über 3 Fuss. — Der andre Satyr hatte ohne Zweifel
auch die Hände nach Oben gegen die Last gestützt; die Arme sind
zwar vollständig abgebrochen, doch lässt sich das noch aus der
Spannung der Schultermuskeln schliessen. Das Haupt war weit
vor- und niedergebeugt: es ist abgebrochen bis auf die Unterkinn-
lade mit zottigem Bart, über welchem etwas wie die untere Hälfte
eines Ringes sichtbar ist, was ich für die wulstige Unterlippe der
Satyrmaske halte. Der Unterleib hat tiefe Falten: er ist zusam-

mengedrückt und stark aufgetrieben. Im ganzen Körper ist der
Druck der schweren Last und das angestrengte Stemmen dagegen
vortrefflich ausgeprägt. In der Gegend der Hüften läuft um den
ganzen Körper ein tiefer Einschnitt, unter dem ein zottiges Fell
erscheint, und darunter zeigen sich wieder Menschenschenkel, die
stark behaart sind. Wir haben also hier einen „Satyr mit dem
Schurz" vor uns, wie er bekanntlich eine gewöhnliche Figur des
alten Satyrdramas war. An dem auf dem Rücken angemeisselten,
oben ziemlich 2, unten 1 Fuss breiten Pfeiler ist auf beiden Seiten
der Schwanz leicht angedeutet. Die Gestalt ruht auf dem rechten
Bein, das linke Knie ist etwas nach vorwärts gebeugt. Die Ausführung ist vortrefflich fein und naturwahr, mit leichter Idealisirung
des Halbthierischen. Von dem andern Satyr spricht Pervanoglu
S. 120: „Si è trovato ancora il torso d'un Sileno, mancante della
testa e delle gambe dal ginocchio in giù. Senz' abiti è coperto
di peli nella parte inferiore. La parte di dietro attacato ad un pi-
lastro quadrato, la testa inchinata come si conosce ancora dalle
traccie del mento con lunga barba, visibili sul petto, le braccia
spezzate sì, ma delle quali le mani si sono ancor conservate ap-
poggiate sulle reni, ci fanno fede, che la statua serviva ad uso di
Atlante per sostenere un architrave. La parte superstite è alta m.
1,70 e di lavoro diligente d'epoca buona."

Ausser diesen Gebälkträgern habe ich auch zwei Ueberreste von
freien Statuen gefunden.

Der eine zeigt eine lebensgrosse hohe Männergestalt in
langem Mantel, von welchem der rechte gebogene Arm auch bedeckt ist, und der mit der rechten Hand, die mit Ausnahme der
Fingerspitzen vollkommen erhalten ist, vor der Brust festgehalten
wird. Der Faltenwurf ist reich, einfach und schön. Die linke
Hand ist sichtbar, wenn auch sehr abgestossen: sie trägt etwas wie
einen kurzen Stab, ohne Zweifel eine Schriftrolle. Die Füsse fehlen, ebenso der Kopf, der nur aufgesetzt war, denn statt seiner
findet sich eine runde Höhlung, die von Oben bis zur Brust hin-
abreicht, und in der die Löcher vom Spitzmeissel noch sichtbar
sind. Es ist wohl nicht zu bezweifeln, dass wir hier die Statue
eines der im Dionysostheater aufgestellt gewesenen Dichter vor
uns haben: und wenn ein späterer griechischer Schriftsteller die

Athener ladelt, weil sie die Statuen unbekannter und unbedeutender Dichter in ihrem Theater aufgestellt hätten, so ist vielleicht dieser Vorwurf noch weiter darauf auszudehnen, dass sie sich nicht einmal die Mühe genommen haben, neue Statuen für dieselben zu fertigen, sondern den Statuen ihrer grossen Dichter nachmals die Köpfe der späteren, unbedeutenderen aufgesetzt haben.

Das andere Bruchstück gehörte zu einer sitzenden Männergestalt in kolossalem Massstabe. Es ist im Ganzen ungefähr 8 Fuss lang, der erhaltene untere Theil des Körpers in der sitzenden Stellung 6 Fuss; die Breite vom linken Knie bis zum rechten Oberschenkel schätzte ich auf 4 Fuss. Der Oberschenkel hat wenigstens die Dicke eines Mannes in der Hüftengegend, die Dicke des linken Beins beim Knie beträgt weit über 1 Fuss, die Länge des Unterschenkels 3—4 Fuss. Alles ist sehr verstümmelt und kaum mehr zu erkennen. Der ganze Oberkörper fehlt, der Rücken ist weggebrochen. Auch das linke Bein ist vom Knie an abgestossen, und vom rechten ist allein der halbe Oberschenkel geblieben. Der ganze Körper ist, so weit er erhalten ist, von einem Mantel bedeckt, der in reichen Falten um die Hüften geschlungen ist. Aus darüber noch vorhandenen Spuren ist zu schliessen, dass der Oberkörper unbekleidet war. Das rechte Bein ist fast gestreckt, der linke Oberschenkel dagegen liegt ziemlich horizontal und bietet den Hauptstützpunkt für die Last des Körpers. Er sitzt auf einer runden Halbsäule, die wahrscheinlich ursprünglich grösstentheils vom Mantel bedeckt war, und unter ihr befinden sich eigenthümliche, locken- oder wellenartige Bildungen, die zu einem Hügel aufgehäuft sind. Die ganze Ausführung ist höchst vortrefflich, die Behandlung des Gewandes leicht, natürlich, grossartig, die Körperformen in schönster Weise zeigend und verhüllend. — Was nun die Bedeutung betrifft, so ist darüber schwer etwas Bestimmtes zu sagen. Die ganze Anlage, so weit sie erkennbar ist, würde ungefähr dem thronenden Zeus entsprechen, nur scheint die Halbsäule statt des Throns mehr auf einen Menschen hinzudeuten. Dadurch könnte man auf die Vermuthung kommen, es sei eine der im Dionysostheater aufgestellten Statuen Hadrians gewesen, nach der Neigung der späteren entarteten Griechen, die römischen Imperatoren unter der Gestalt von Göttern vorzustellen. Dem widerspricht jedoch der

fern vom Zuschauerraum liegende Fundort und die zum Sitze die-
nende Halbsäule, die hinten gerade abgemeisselt ist. Schwerlich
konnte sie in dieser Weise auf einem freistehenden Postamente
angebracht werden. Wahrscheinlich also lehnte sich die Gestalt an
eine Wand, doch jedenfalls nicht als Gebälkträger. Dann könnte
man, wenn wir zunächst unter den Olympischen bleiben, vor allen
andern an Dionysos selbst denken, der nach Dio Chrysostomos in
der Orchestra des Dionysostheaters aufgestellt war: er müsste sich
dann an die Wand des Hyposkenion angelehnt haben. Die Darstellung des Dionysos thronend in der Weise des Zeus, nur jugendlicher, findet sich auch sonst nicht selten auf Bildwerken, so auf
den nachher zu besprechenden Reliefs. Nur erregt die Säule statt
des Thrones einiges Bedenken. Ich bin daher und aus vielen andern Gründen geneigt, eine andere Erklärung vorzuziehen. Wir
wissen, dass im Dionysostheater eine grosse Zahl dramatischer Dichter
aufgestellt war, und zwar, wie die gefundenen Basen bezeugen, in
beiden Eingängen an die Stützmauern des Theatron angelehnt. Eine
dieser Statuen haben wir schon in dem vorhin beschriebenen Bruch
stück erkannt. Eine andere, zu der sich nun auch im Dionysostheater die Basis mit Inschrift gefunden hat, die des Menandros,
ist uns im Museum des Vatikan erhalten. Sie hat kolossalen Massstab und sitzende Stellung, ähnlich wie unser Bruchstück. Mir ist
es daher sehr wahrscheinlich, dass wir hier auch den Ueberrest
einer dieser Dichterstatuen vor uns haben. Dann wäre vielleicht
der Lockenbügel unter der zum Sitz dienenden Säule der obere
Theil einer Maske, wahrscheinlich einer komischen, und das vor-
liegende Bruchstück dann der Ueberrest einer Statue eines der
grossen attischen Komöd endichter, vielleicht des Aristophanes selbst.

Viele andere kleinere Bruchstücke von Skulpturwerken liegen
ausser den beschriebenen noch umher, die meist nicht mehr deutlich zu erkennen sind. Nur eins will ich der Merkwürdigkeit halber
hier noch anführen: es ist eine marmorne Nachbildung des Ὀμφαλός,
des delphischen Nabelsteins, der den Altar des Apollontempels in
Delphi und nach der Vorstellung des Griechen den Nabel, d. h.
den Mittelpunkt der Erde bildete. Er ist hier mit den eigenthüm-
lich geknoteten Binden umwunden dargestellt, mit denen er so oft
auf Reliefs erscheint. Wahrscheinlich wurde er im Theater als

Dekorationsstück verwendet: in den Eumeniden des Aeschylos um-
klammert ihn bekanntlich Orestes, als ihn die Rachegöttinnen auch
in das delphische Heiligtbum verfolgen.

Weit besser erhalten als die beschriebenen Bildwerke ist das
Bruchstück eines Flachreliefs, das auf der Ostseite, wenn
ich mich recht erinnere an die Stützmauer des Theatron, angelehnt
ist, und also in dieser Gegend gefunden worden sein muss. Es befindet sich auf einem Marmorblock von etwa 3 Fuss Höhe, über
3 Fuss Länge und ziemlich 1 Fuss Dicke, der an der Bildfläche
oben und unten mit einfach profilirten Gesimsen versehen ist. Der
Block ist auf der linken Seite unregelmässig abgebrochen, rechts
dagegen gerade abgeschnitten, ohne auf dieser Seite einen Rahmen
zu haben. Ich vermuthe daher, dass das Bruchstück zu einer grösseren Reliefdarstellung gehört hat. Auf dem erhaltenen Stück sind
zwei Figuren, jede mit besonderer Basis: eine Frau und ein Mädchen. Zur Linken die Frau in langer Kleidung. Sie ruht auf dem
rechten Fusse; das linke Bein ist schwach gebeugt zum ruhigen
Vorwärtsschreiten. In der linken aufwärts gerichteten hohlen Hand
hält sie einen rundlichen Gegenstand an das Gewand angedrückt.
Der rechte Arm ist mehr geneigt, die abwärts gewendete Hand hält
etwas, das nicht mehr klar zu erkennen ist, da der Stein an der
Stelle abgebrochen ist. Aus Spuren von Zacken darunter ist vielleicht auf einen Kranz oder eine Traube mit Blättern zu schliessen.
Der Kopf ist etwas über die linke Schulter gewendet, nach dem
ihr folgenden Mädchen hin. Das volle Haar ist zurückgenommen,
ein Schleier hängt von ihm hinten herab, der, zu beiden Seiten des
Kopfes und Halses sichtbar, über die linke Schulter nach vorn
fällt; ein Zipfel davon hängt zwischen dem Körper und dem linken
Arm bis fast auf den Boden herab. Die Augen sind nur halb geöffnet, um den Mund spielt ein mildes Lächeln. — Rechts davon
befindet sich in geringer Entfernung ein zur Jungfrau heranreifendes
Mädchen. Um den vollen Busen schmiegt sich ein kurzes Unterkleid, das nicht bis zu den Knieen in einfachen Falten herabhängt.
Darüber trägt sie einen kurzen Ueberwurf, der bis an die Hüften
reicht, und von einem breiten glatten Gürtel festgehalten wird. Die
Gestalt ruht auch auf dem rechten Fusse, das linke Bein ist leicht
gebeugt, in leichtem, lebhaftem Vorwärtsschreiten. An den Unter-

schenkeln sind glatte, unten breit gezackte Bänder (περισκελίδες, Schenkelbänder) befestigt. Jeder Fuss hat eine besondere vortretende Basis. Das reiche, etwas lockige Haar ist nach hinten genommen, und auch hier hängt ein Schleier herab, der über beide Arme vor bis unter die Hüften fällt. Die Augen sind leicht geöffnet. Mit der linken, aufwärts gekehrten Hand an die Schulter gedrückt hält das Mädchen ein hohes, schlankes Gefäss mit langem Hals und Henkeln, also eine Amphora, nach links und hinten etwas geneigt, die rechte Hand ist vorgestreckt, der Frau entgegen, und hält einen Trinkbecher mit Fuss und weiter Oeffnung (Kylix). — In der Frau ist Ruhe, einfache, würdige Haltung, in dem Mädchen Leben, Leichtigkeit, Bewegung, natürliche Anmuth wunderbar schön ausgedrückt. Ueber beiden liegt eine milde Heiterkeit ausgegossen. Das Mädchen scheint der Frau in dem Becher ein Getränk reichen zu wollen, wahrscheinlich Wein aus dem grösseren Weinkrug. Beide Figuren gehören wohl zur Darstellung eines bakch'schen Festes, und ich möchte vermuthen, dass wir hier ein Stück eines Fries-reliefs vor uns haben, das den dionysischen Festzug bei den Lenäen vorstellte, ähnlich wie der Panathenäenzug im Parthenon. Ein solches Relief, ausgeführt mit derselben Vollendung wie das erhaltene Bruchstück, muss eine Welt von Schönheit in sich gefasst haben. — Bis auf wenige unbedeutende Beschädigungen ist alles ganz wohl erhalten. Die Oberfläche des Marmors hat einen rostfarbenen Anflug und ist, obwohl durchaus nicht verwittert und bröcklich, doch uneben körnig, woraus zu schliessen ist, dass das Relief lange Zeit den Einflüssen der Witterung ausgesetzt war.

Von noch grösserer Bedeutung als alles bis jetzt Besprochene sind endlich die Bildwerke des Hyposkenion. Von denselben sind bisher nur sehr wenige und ungenügende, zum Theil schiefe Nachrichten in den archäologischen Zeitschriften erschienen. Das ist, wie mir scheint, nicht anders zu erklären, als aus einer nach meiner Ueberzeugung durchaus falschen Annahme, nach welcher dieselben in ihrer Bedeutung gar nicht recht gewürdigt worden sind. Aus dem rohen Aufbau der Bühne und der äusserst schlecht und nachlässig eingemeisselten Inschrift des Phaidros hat man mit Recht geschlossen, dass dieser Bau aus sehr später Zeit stammt: sehr mit Unrecht schliesst aber Pervanoglu daraus weiter, dass die an

ihm angebrachten Bildwerke aus derselben Zeit stammen (Bull. dell.
Inst. 1862, 168): „Cotali bassorilievi, benchè assai danneggiati e
d'epoca tarda (ciuè dell' epoca di Fedro, ossia del terzo secolo),
sono nondimeno di lavoro abbastanza diligente, dinotante un artista
esperto". Diese Ansicht ist nun allerdings nicht durchgedrungen,
denn schon Vischer bemerkt nach Berichten Anderer (N. schweiz.
Museum 1863, S. 70): „Die Einfügung der Platten soll deutlich
zeigen, dass diese ursprünglich nicht für diesen Platz bestimmt
waren, sondern anderswoher, vermuthlich von der Vorderseite eines
älteren Proskenions hieher versetzt sind". Allgemein aber herrscht
bis jetzt die Annahme, dass sie aus römischer Zeit stammen. So
Vischer (S. 69) „von guter Arbeit römischer Zeit" —, und die
Revue archéologique (Nouv. Serie, Vol. IX, 1864, Juin, pag. 435):
„d'une sculpture, romaine il est vrai, mais encore de très bonne
époque et d'un style puissant" —, mit dem Zusatze: „ils provien-
nent sans doute du proscenium construit sous Hadrien" —, von dem
man weder durch Nachrichten der Alten, noch aus Inschriften etwas
weiss, das nur hypothetisch aus dem Mauerwerk des Skenengebäudes
von dem Berichterstatter der Revue archéologique konstruirt worden
ist, aber für mich wenig Einleuchtendes hat, da unter dem griechische Kunst liebenden Hadrian doch wohl in Athen noch in griechischer Weise gespielt wurde und daher kann Anlass zu einem durch-
greifenden Umbau war, und da auch spätere Schriftsteller, wie
Pollux, der in seinen Nachrichten über das griechische Theater
jedenfalls vor allen das athenische Theater vor sich hatte, es ganz
in der alten Weise mit erhöhter Thymele beschreiben.

Es geschieht nicht selten, dass sich in der wissenschaftlichen
Forschung Ansichten festsetzen, die weit von unumstösslicher Sicherheit entfernt sind und doch von weiterer Prüfung zurückhalten. So
scheint es mir auch hier geschehen zu sein, denn in der falschen
Voraussetzung von dem späten Ursprung dieser Kunstwerke hat
man wohl bisher gemeint, sie verdienten keine besondere Beachtung,
denn nur daraus ist das fast gänzliche Stillschweigen über sie zu
erklären. Die athenischen Zeitschriften sind mir nicht zu Gesicht
gekommen, doch müssen auch die Nachrichten und Abbildungen in
denselben sehr mangelhaft gewesen sein: das zeigt der einzige mir
bekannte etwas ausführlichere Bericht, der trotz des Mangels eignes

Anschauung das regste Interessse für den Gegenstand zeigt, der
aber natürlich bei dem Mangel aller näheren Kenntniss unmöglich
in allem das Rechte treffen konnte. Er findet sich im „archäologischen Anzeiger" vom März 1864 (S. 181*, Anm. 39), und lautet:
„Von fünfzehn verstümmelten Reliefs, welche man zwischen Skene
und Orchestra des Dionysostheaters vorfand, liegen ihrer zwei in
photographischer Abbildung uns vor" —, während nicht fünfzehn,
sondern vier Reliefs mit fünfzehn Figuren im Ganzen gefunden
worden sind, wie schon Vischer (S. 69) richtig angegeben hat.
Weiter heisst es: „das eine einen riesigen Silen als kauernden Gebälkträger darstellend" —, während der Silen gar nicht zu den
Reliefs gehört, sondern in voller Figur ausgearbeitet ist, — „das
andere aus vier Figuren bestehend, in denen man einen thronenden
jugendlichen Dionysos mit Sphinx und eine Tyche mit Füllhorn
vermuthen kann" —, damit sind erst zwei von den vier Figuren
dieses Reliefs, des vierten der nachher zu besprechenden, genannt,
die beiden Mittelfiguren gar nicht erwähnt. Ferner: „in gleicher
Figurenzahl zeigt ein drittes Relief als bakchische Opferscene vor
einem Weinstock einen Altar, umgeben von zwei kurzbekleideten
Opferern, Schwein und Bock, einer Frau mit Fruchtplatte und noch
einem Jüngling. In der Zeitschrift Χρυσάλλις, wo auf pag. 473
dieses Relief abgebildet ist, wird als Bild eines vierten ein das
Bacchuskind tragender Hermes nebst zwei Jünglingen, welche Lanzen
schwingen (Pyrrhichisten?), erwähnt" —; hier ist wieder eine sehr
wichtige Figur dieses Reliefs nicht berührt, und dass die beiden
Jünglinge, von deren angeblichen Lanzen keine Spur zu sehen ist,
keine Pyrrsichisten sein können, dass überhaupt die ganze Scene
einem Kampfspiele durchaus unähnlich sieht, wird schon die Beschreibung zeigen, welche ich nachher geben werde. Das ist die
ausführlichste Nachricht, die ich gefunden habe. Noch weit schiefer
aber ist die Notiz in der Revue archéologique (S. 435): „Des
figures de satyres agenouillés, d'une grandeur au dessus de la na-
ture, soutiennent le proscenium de Phaedrus, et dans l'intervalle de
ces figures sont placés des bas-reliefs (schon das ist falsch, oder
wenigstens ungenau, denn es sind Hochreliefs!) assez mutilés re-
présentant des scènes de la vie de Bacchus; nous avons remarqué,
entre autres scènes, le jeune dieu entre les mains des Hyades ses

nourrices, et sa visite chez Icarius, lorsqu'il introduisit pour la pre-
mière fois la culture de la vigne en Attique". — Diese Deutungen
sind angesichts der Reliefs so abenteuerlich und willkürlich, dass
ich kaum weiss, auf welche derselben ich sie beziehen soll: wenigstens weiss ich in der That nicht, ob die letzte auf die Opferscene
der zweiten oder auf die vierte Tafel, auf welcher zwei Wandernde
den Dionysos besuchen, Bezug hat, da in keiner derselben der allergeringste Anlass für eine solche Deutung ist; und wie der Berichterstatter in dem Hermes und den übrigen männlichen Personen der
ersten Tafel Hyaden sehen konnte, ist mir ganz unbegreiflich, wenn
ich nicht annehme, dass er die Bildwerke kaum angesehen und nachher nach Erinnerungen von anderen Reliefs und nach mythologischen
Vorstellungen im Kopfe umgemodelt hat.

Die Mangelhaftigkeit der bisherigen Nachrichten geht wohl hieraus
klar hervor. Mir scheint, dass man das Alter dieser Skulpturen
nur aus dem Kunststyle derselben ungefähr bestimmen kann. Ich
kann mir allerdings wohl erklären, dass man einen ganz äusseren
Grund aus der Technik der Marmorbehandlung als Bestätigung des späten Ursprunges nahm, indem nämlich die Oberfläche
der Figuren sorgfältig geglättet ist und an manchen Stellen einen
matten Glanz hat, während das Glänzendschleifen ausser in sehr
später Zeit von den antiken Bildhauern bekanntlich nicht angewendet
wurde. Hier indessen stört der geringe Glanz den Eindruck durchaus nicht, und ist, wie mir scheint, vollkommen aus der bei dem
kleinen Massstabe nothwendigen feineren Abreibung und aus der
Einreibung mit geschmolzenem Wachs zu erklären, welche die Bildhauer den nackten Theilen ihrer Statuen gaben, denn damit stimmt
überein, dass hier die nackten Theile der Relieffiguren die ursprüngliche Glättung noch wohlerhalten zeigen, während die Gewänder,
die also überhaupt weniger sorgfältig abgerieben und nicht durch
solche Einreibungen geschützt waren, eine viel rauhere Oberfläche
haben und stellenweise von einer dünnen Kalkkruste bedeckt sind.
Dass nun hier die Glättung weit besser erhalten ist als bei vielen
anderen, z. B. Friesskulpturen desselben Massstabes (wie das vorhin
erwähnte Flachrelief oder die Friesdarstellungen der athenischen
Tempel), das ist wohl leicht daraus zu erklären, dass die vorliegenden Reliefs, weil auf Betrachtung in unmittelbarer Nähe berechnet,

ohne Zweifel von vorn herein weit feiner ausgeführt waren, als die
aus grösserer Ferne zu betrachtenden Tempelskulpturen, und dass
sie den Einflüssen der Witterung weit weniger ausgesetzt waren
als manche anderen, vielleicht auch öfters mit neuem Wachsüber-
zuge versehen wurden, abgesehen davon, dass die der freien Luft
fortwährend ausgesetzten Skulpturen während des ganzen Mittelalters so vielen zerstörenden Einwirkungen unterworfen waren,
während die vorliegenden Reliefs unter dem tiefen, mehr als tausendjährigen Schutt verborgen lagen und vor äusseren Einflüssen
weit mehr geschützt waren. — So scheint mir, dass in Ermangelung
alles äusseren Anhalts für die Altersbestimmung allein innere Gründe
für dieselbe übrig bleiben, die aus dem Styl und der Composition
zu entnehmen sind.

Da ist mir nun wirklich unbegreiflich, wie man nicht schon aus
der ganzen Behandlung der Figuren den überzeugenden Beweis
schöpfen musste, dass diese Reliefs aus der besten Zeit der griechischen Skulptur stammen und z. B. eine edlere, einfachere, rei-
nere Behandlung zeigen, als selbst die berühmten Nikereliefs auf
der Akropolis. Alles ist so durchaus schlicht und edel gehalten,
so ganz ohne den schon in diesen, weit mehr aber später hervor-
tretenden sinnlichen Zug, das Gesteigerte, Gewaltsame in den Bewegungen, die unnatürlich flatternden Gewänder und die raffinirte
Ausführung des Faltenwurfes, was alles die sinkende Kunst liebte,
wie nur irgend in den Bildwerken des Parthenon, obgleich man
beim genaueren Vergleich beider in ihnen der strengeren Auffassung
der Zeit des Phidias gegenüber mehr Sanftheit und ungesuchte Anmuth finden wird. Mir scheint, dass diese Bildwerke zu dem Bedeutendsten und Schönsten gehören, was jemals entdeckt worden
ist. Ich muss sagen, dass sie schon beim ersten Anschauen einen
ausserordentlich bedeutenden Eindruck auf mich machten, und dass
meine Bewunderung um so höher gestiegen ist, je mehr ich mich
mit ihnen beschäftigte, so dass ich sie unbedenklich zu den grössten Meisterwerken der Plastik zähle. Ich möchte sie am liebsten
in die Zeit nach Phidias setzen, als die Kunst noch ganz auf ihrer
Höhe stand und nur weichere, mildere Formen angenommen hatte,
d. h. in die Epoche des schönen Styls zur Zeit des Skopas und
Praxiteles, und sie einem der grössten Meister dieser Periode zu-

schreiben. Während uns bis vor Kurzem von Originalwerken der
beiden geistesverwandten Meister nichts bekannt war, hat sich uns
nun eine Anschauung davon eröffnet in den schönsten der Bildwerke, die in den letzten Jahren als Ueberreste des Mausoleums
in Karien bekannt geworden sind. So fern nun der Gegenstand
dieser Werke des Skopas dem der vorliegenden Hyposkenionskulpturen auch liegt, so glaube ich doch, wenn auch mit allem Vorbe-
halt, eine nahe Verwandtschaft im Styl zwischen Beiden behaupten
zu dürfen. Beide haben dieselbe geistreiche, feinsinnige Auffassung,
dieselbe reine genial freie Durchführung, derselbe zarte poetische
Hauch ist über beide ausgebreitet, beide zeigen dieselbe vollendete
Herrschaft über die Technik, dieselbe Meisterhand. Diese Stylverwandtschaft scheint mir so augenfällig, dass von allen Epochen der
griechischen Skulptur allein der des Skopas und Praxiteles die zu
betrachtenden Werke zugeschrieben werden können, da alle Werke
der früheren und der späteren Zeit davon weit mehr ab liegen.
Das ist nun freilich eine ganz unbestimmte Vermuthung, aber es
leuchtet ein, von wie ungemein hoher kunstgeschichtlicher Bedeutung diese Ueberreste klassischer Kunst sein würden, wenn sie wirklich
Originalwerke eines der grössten Meister der besten Zeit wären,
und das ist daher der näheren Untersuchung wohl werth. Ich
wäre nun selbst sehr geneigt, meine Meinung für aus Ueberschätzung
hervorgegangen zu halten, da ich mir keineswegs ein sicheres Urtheil
in Sachen antiker Kunst zutraue, wenn nicht eben aus den bisherigen
so äusserst mangelhaften Berichten hervorginge, dass eine irgend
eingehende, gründliche Prüfung noch nicht angestellt worden ist.
Ich wünschte nur, dass recht viele Kenner im Stande wären, aus
eigener Anschauung zu urtheilen. Da das aber bisher nur sehr
Wenigen vergönnt gewesen ist, so halte ich es für ein nicht unver-
dienstliches Unternehmen, eine möglichst ausführliche und genaue
Beschreibung der in Rede stehenden Bildwerke zu geben, um wenigstens so viel wie möglich die mangelnde Anschauung zu ersetzen.

Vorher aber will ich noch eine Thatsache anführen, die wenigstens geeignet ist, das bisher Gesagte einigermassen zu unterstützen.
Es ist nicht nur wahrscheinlich, sondern unbedingt sicher, dass die
Bildwerke älter sind, als der Bau an dem sie angebracht sind, und
bei einem Neubau der Bühne eben durch jenen Phaidros mitbenutzt

wurden. Schon die schlechte nachlässige Construktion dieser Bühne, verglichen mit der äusserst sorgfältigen, feinen Ausführung der Bildwerke würde kaum mehr einen Zweifel daran gestatten. Es zeigt sich aber auch, dass dieselben äusserst unzweckmässig eingefügt sind, so dass sogar die beiden gebälktragenden Silene, von denen nachher ausführlicher die Rede sein wird, früher frei gestanden haben, da sie auf allen Seiten ausgeführt sind, beim Bau dieses Hyposkenion aber mit unbegreiflicher Barbarei ummauert und dadurch zu Relieffiguren gemacht wurden. Jeder kann sich durch den Augenschein davon überzeugen, da der eine dieser Silene, der der westlichen Seite, noch als Relief in dem umgebenden Gemäuer sich befindet, der andere auf der Ostseite dagegen herausgebrochen am Boden liegt. Ausserdem bestätigt das auch die schlechte Einfügung des noch an seinem alten Platze befindlichen Silons, der mit der ursprünglich zum Stützen der Last aufwärts gestemmten Hand jetzt nichts trägt, sondern sinnlos in die Luft greift. Was nun von diesen Silenen gilt, wird ja wohl auch auf die Reliefs auszudehnen sein, die ebenso sehr schlecht und unpassend eingefügt sind. Ist nun hiermit unwiderleglich dargethan, dass die Bildwerke älter sein müssen als der Bau des Phaidros, so ist es wohl kein allzu gewagter Schluss, sie vor die römische Herrschaft zu setzen, da das Hyposkenion, an welchem sie sich früher befanden, doch ohne Zweifel eine sehr geraume Zeit gestanden haben wird, bis sich das Bedürfniss herausstellte, es auszubessern und auf römische Weise umzubauen, wie denn die vorhin gemachten Bemerkungen auch die Vermuthung zu begründen scheinen, dass ein römischer Umbau vor dem des Phaidros nicht stattgefunden hat. Grosse, hochgeschätzte Kunstwerke, die in früherer Zeit darin angebracht wurden, werden in späterer Zeit schwerlich jemals beseitigt, sondern bei jedem Neubau wieder mit verwendet worden sein. Und wenn nun das alles, so liegt ja wohl die Vermuthung sehr nahe, dass diese Bildwerke aus der Zeit vom Beginn des Baues bis zur letzten Vollenduug durch den Redner Lykurgos stammen werden, also aus der höchsten Blüthezeit der griechischen Kunst! Die reiche künstlerische Ausschmückung des Dionysostheaters wird gegen Ende des vierten Jahrhunderts v. Chr., also höchstens wenige Jahrzehnte nach der

Vollendung unter Lykurg, durch Dikkarchos bezeugt, der mit der höchsten Bewunderung von seiner Schönheit spricht (Vit. Graec. p. 8).

In die Wand der Bühne des Phaidros waren ursprünglich acht Reliefplatten eingesetzt, vier auf jeder Seite der Treppe. Auf der östlichen Seite ist alles vollständig zerstört und von den Reliefs nur ganz geringe Bruchstücke aufgefunden, deren grösstes den Unterkörper einer Frauengestalt in lang herabhängendem Gewande vorstellt. Wahrscheinlich ist jedoch manches auf die Akropolis geschafft, wie auch Vischer von dem ersten Fund berichtet: wenigstens fiel mir beim flüchtigen Beschauen der Skulpturensammlung, welche daselbst im Vorhofe aufgestellt ist, einiges auf, was ganz die gleiche Behandlung zeigte. Im Westen dagegen ist der Bau noch ganz erhalten, wenn auch die Reliefs sehr verstümmelt sind. Die Treppe ist von sehr schlechter Construktion, schmal, steil, mit hohen Stufen; sie steht zur Hälfte hinter der Hyposkenionwand zurück, indem nur noch die unterste der fünf Stufen vor der Basis derselben vortritt, die drei obersten aber selbst hinter den Reliefs sich befinden. Dazu kommt, dass sie nicht einmal in der Mitte der ganzen Wand angebracht ist, sondern mehr nach der westlichen Seite hin, so dass ungefähr gerade da, wo die Treppe aufhört, die Mittellinie läuft. Man könnte nun denken, die Treppe wäre noch einmal so breit gewesen, und die östliche Hälfte wäre mit dem übrigen zerstört worden. Das ist aber auch abgesehen davon, dass sich keine derartigen Trümmer vorgefunden haben, nicht wahrscheinlich, denn dann wäre doch ohne Zweifel die an der obersten Stufe angebrachte Inschrift über die ganze Länge derselben gelaufen und würde daher nur bruchstückweise erhalten sein: man bemerkt aber in ihr keine Lücke, sie bildet ein abgeschlossenes Ganze. Jedenfalls erscheint der ganze Bau dieser Treppe im höchsten Grade ungeschickt, nachlässig, hässlich und unzweckmässig, und macht dem Baumeister Phaidros wenig Ehre.

Auf einer weit vortretenden Basis stehen die vier Reliefplatten, jede von ungefähr 1 Meter Höhe und wenigstens der doppelten Breite, von einem Gesims überdeckt, das unzweckmässig weit vortritt, offenbar um den Silen auch darunter anbringen zu können. Dieser ist in einen quadratischen Zwischenraum zwischen den beiden mittelsten Platten noch etwas mehr vertieft eingemauert. Kleinere

Zwischenräume, mit rohem Gemäuer ausgefüllt, finden sich auch zwischen den andern Platten, und ein eben solcher, aus welchem das Gemäuer herausgebrochen ist, zwischen der ersten Platte und der Treppe. Von vertikaler Gliederung durch Pfeiler zwischen den Platten findet sich nichts: der Erbauer hatte offenbar das Bestreben, alles möglichst in einer geraden Linie aufzustellen, wodurch er denn auch genöthigt wurde, den ursprünglich freistehenden Silen als Relieffigur einzumauern, obgleich es auch so nicht ganz gelang, die nach Oben gestützte Hand mit unter der Deckplatte anzubringen. — Wie nun das ältere Hyposkenion beschaffen gewesen sein mag, darüber werden sich nur unbestimmte Vermuthungen aufstellen lassen. Es lag also ohne Zweifel viel weiter zurück und hatte eine bedeutend grössere Höhe. Man darf wohl voraussetzen, dass die Anordnung der Bildwerke im Allgemeinen dieselbe war, dass aber eine zweckmässigere Gliederung durch kräftig vorspringende Pfeiler stattfand. Vor einem dieser Pfeiler mag sich der Silen befunden haben. Ferner lässt sich vermuthen, dass der ältere Bau auch eine breitere, besser construirte Treppe hatte, vielleicht eine von den Seiten nach der Mitte zu hinaufführende Doppeltreppe. Aller Wahrscheinlichkeit nach hatte daher in dem älteren Bau die Wand des Hyposkenion eine grössere Länge als jetzt, und auch das mag die Vermuthung von der ursprünglich grösseren Breite der Orchestra mit unterstützen.

Der gebälktragende Silen ist abgesehen von einigen ganz geringen Beschädigungen vollständig erhalten, wegen der Ummauerung ist aber nur der vordere Theil des Körpers sichtbar. In halb knieender, halb kauernder Stellung ruht er auf dem rechten Knie, das auf den Boden gestemmt ist, und stützt sich ausserdem auf den etwas vortretenden linken Fuss und die rechte Hand, unter welcher, da sie mit dem etwas nach hinten gekrümmten Arme nicht bis auf den Boden reicht, zwei rundliche Steine auf einander liegen. Das linke Knie ist aufwärts gerichtet, der linke Ellenbogen seitwärts an dasselbe angedrückt, der Unterarm nach Oben gestemmt, und die vorwärts gekehrte Hand hält einen viereckigen Stein nach Oben der jetzt unbedeckt unter der Deckplatte hervorragt, in dem älteren Bau aber jedenfalls einen vortretenden Theil des Gebälkes trug.

So wird durch das Stemmen des linken Armes der Druck der Last gemässigt, die auf dem Rücken ruht. Von diesem hängt ein Thierfell über die linke Schulter seitwärts herab, unter dem Kopf über die rechte Schulter zurückgeworfen und hinten zusammengeknüpft, von wo über die rechte Schulter eine Klaue herabfällt. Der im übrigen nackte Körper ist stark behaart und sehr kräftig gebaut, aber ohne die durch die Gymnastik hervorgebrachte, ebenmässige, volle Ausbildung der Muskulatur: der Leib ist dafür zu dick und die sehnigen Arme zu mager, eine Andeutung halbthierischen Baues. Der Unterleib ist durch die Anstrengung aufgetrieben, zwischen ihm und der Brust liegt eine tiefe Falte, da der Oberkörper durch die Last niedergedrückt und nach vorn gekrümmt ist. In allen Theilen des Körpers spricht sich der lastende Druck und das angestrengte Stemmen dagegen aus, beides in lebendigster Bewegung und Wechselwirkung: denn weder wird er vollständig niedergedrückt, noch auch ist er mühelos aufgerichtet, sondern der Künstler hat ihn in dem Moment aufgefasst, wo er sich nach dem ersten Zusammensinken aufrafft und sich mit Aufbietung aller Kräfte nach Oben stemmt, so dass die drei Momente des Niedersinkens, des Sichaufraffens und des zukünftigen ruhig aufgerichteten Tragens darin zu vollendeter Anschauung kommen, wodurch jedenfalls die grösste denkbare Wirkung und die lebendigste Bewegung erreicht ist. Der weit vortretende, rechts gewendete Kopf ruht auf einem kurzen, starken Hals. Die Stirn ist hoch, breit, gewölbt, etwas nach hinten gedrückt. Die Nase, der die Spitze fehlt, ist breit, dick, der Nasenrücken rund, wulstig. Die Nüstern scheinen in der Anstrengung und Aufregung weit geöffnet gewesen zu sein. Starke Falten gehen von der Nasenwurzel schräg abwärts zu den weit vorstehenden Backenknochen. Ueberall ist eine halbthierische Bildung leicht angedeutet. Das sichtbare linke Ohr ist ganz thierisch gebildet, spitz, herabhängend. Der Gesichtsausdruck hat das Gepräge grober Sinnlichkeit. Haar und Bart sind lang, ungepflegt, zottig. Der Mund unter dem dicken Bart der Oberlippe ist etwas geöffnet, mit einem Ausdrucke halb des Schmerzes und der Anstrengung, halb lächelnd in der Befriedigung über das gelingende Entgegenstemmen, und wie verklärt vom Rausche des Weins. — Ganz ähnlich und doch ganz frei behandelt ist der Silen auf der anderen Seite, der, wie schon bemerkt, aus dem gänzlich zerstörten Gemäuer herausgebrochen ist und frei am Boden liegt, wo denn deutlich zu erkennen ist, dass er auch hinten vollständig ausgeführt war. Er ist stärker beschädigt als der andere: die linke Hand, das linke Bein und der rechte Fuss fehlen, lassen sich aber sehr wohl nach seinem Seitenstück ergänzen. Der Körper ist ebenfalls stark behaart und hat auf dem Rücken ein Fell hängen, das auf beiden Seiten nach vorn genommen und über der Brust zusammengebunden ist: als Zipfel hängen zwei Klauen herab. Der Körper ruht auf dem linken Knie und stützt sich ausserdem auf die linke Hand und den rechten Fuss. Der rechte Arm ist an den Oberschenkel angedrückt, die Hand stützt einen Stein in die Höhe. Der Kopf ist nach vorn und links gewendet, die Augen schauen links wie die des andern nach rechts, beide scheinen sich angeschaut zu haben, sich ihre Mühsal zu klagen und sich durch Zuspruch zu ermuthigen. Das Gesicht hat denselben Charakter und denselben halb schmerzlichen halb lächelnden Ausdruck, und ist doch ganz verschieden vom vorigen. Auch das thierisch gebildete rechte Ohr ist noch zu erkennen. — Die beiden Gestalten sind ganz vortrefflich künstlerisch gehalten, das Thierische und Grobsinnliche ist in schönster Weise gemildert, idealisirt durch die bakchische Berauschung. Die Ausführung ist über alle Beschreibung vortrefflich und grossartig, leicht und bestimmt, sorgfältig und sicher, das Produkt vollendeter Meisterschaft. Keine besseren Träger konnten für das Theater des Dionysos gefunden werden, als diese ungeschlachten, am irdischen Genuss klebenden, durch den Gott verklärten und ihm dienstbaren Gesellen.

Im stärksten Contrast zu den Gebälkträgern stehen die Reliefs. Jene haben wenigstens volle, die Figuren auf diesen kaum halbe Lebensgrösse. Auf jeder der vier Tafeln sind vier Figuren in Hochrelief: auf der dritten ist eine derselben weggebrochen, so dass im Ganzen noch fünfzehn Figuren vorhanden sind. Die meisten vorstehenden Theile sind abgebrochen, besonders fehlen alle Köpfe. Vieles, namentlich die faltigen Gewänder, ist mit einer bröckligen Kalkkruste von etwa $\frac{1}{2}$ Linie Dicke überzogen, die aber natürlich alle Formen deutlich erkennen lässt. An den meisten nackten Stellen des Körpers aber ist die ursprüngliche Glättung ganz vortrefflich erhalten.

Auf der ersten Tafel (zunächst der Treppe) sitzt rechts in
der Mitte eine männliche Gestalt auf einem viereckigen Steinblock.
Der kräftig gebaute, wundervoll in mächtiger Fülle und doch mit
feinem Mass modellirte Körper ist über den Hüften nackt. Der
Oberkörper ist etwas zurückgebeugt, und stützt sich auf die linke
Hand, die auf dem Steine ruht; der abgebrochene linke Arm war
etwas gekrümmt. Der rechte Arm ist vorgestreckt; der Unterarm
fehlt, nach vorhandenen Spuren jedoch war er in die Höhe gerichtet, vielleicht mit drohender Geberde. Nach den Ueberbleibseln
des Halses war der Kopf etwas vorgebeugt. Um die Hüften schliesst
sich in einfachen Falten ein leichtes Gewand, das die Schenkel
umschmiegend bis fast zur Fusswurzel herab von dem Steinblock
auf den Boden niederhängt. Die Füsse sind unbekleidet: der linke
steht mit den Zehen am Boden, der rechte ist etwas emporgehoben
und ruht auf einer höheren Unterlage. Das Zurückbeugen des
Körpers ist kein behagliches, sanftes Zurücklehnen, sondern es ist
darin ein gewisser Zwang zu erkennen. — Vor dieser Mittelfigur,
ihr halb zugewendet, steht eine andre, mit den leicht angedeuteten
Flügelsandalen des Hermes. Der schlanke, hochgewachsene Körper
ist unbekleidet, nur von der rechten Schulter, auf der seine Enden
zusammengeheftet sind, hängt ein kurzer Mantel, die Chlamys, in
der Hermes gewöhnlich auf Bildwerken dargestellt ist, über die
linke Seite und den Rücken in leichten Falten herab. Das linke
wohlerhaltene Bein trägt den Körper, das rechte ist abgebrochen
bis zu den Fusszehen, die noch auf dem Boden zu sehen sind.
Vom rechten Arm ist nur noch ein kurzer Stumpf vorhanden, der
gerade herabgeht. Er war wohl sorgsam über das Kind gelegt,
das vom linken Arme in der Chlamys gehalten wird: der Oberleib
desselben ist abgebrochen, den zarten Unterkörper bedeckt ein her-
umgeschlungenes Tuch, die Füsse fehlen. — Ueber die Bedeutung
dieser Mittelgruppe kann hiernach kein Zweifel sein: der Sitzende
ist Zeus, Hermes steht vor ihm und hält im Arme den neugebornen Dionysos. Dionysos, der noch ungeborne Sohn der
Semele, wurde bekanntlich, als Zeus diese durch den Blitzstrahl
tödten musste, von ihm in seiner Hüfte verborgen und später aufs
Neue geboren. Die Scene unmittelbar nach dieser zweiten Geburt
stellt das Relief dar. Der Körper des Zeus mit der Unterlage

unter dem rechten Fuss und dem bequemen Zurücklehnen hat noch
etwas die Stellung der Wöchnerinnen, der linke Arm hat sich in
den Geburtsweben auf den Sitz gestemmt. Hermes hat soeben den
neugebornen Dionysos von ihm in Empfang genommen und hält
ihn mit liebevoller Sorgfalt in der Chlamys, wie ähnliche Darstellungen häufig vorkommen. — Aber in beiden Göttern ist eine gewisse unruhige Spannung zu bemerken. — In dem ganzen Körper
des Zeus ist eine plötzliche Erregung ausgesprochen, eine Störung
der Ruhe, der er sich soeben hingegeben hatte, und der Oberkörper ist eben im Begriffe, sich plötzlich aufzurichten. Auch
Hermes beugt sich nicht über das Kind, sondern schaute im Gegentheil nach den Spuren des Halses über die rechte Schulter nach
der entgegengesetzten Seite. Die zärtliche Sorge für das Kind
hat für einen Augenblick ernsteren Rücksichten Platz machen müssen. In seinem hoch aufgerichteten, straff angespannten Körper
scheint Entrüstung ausgesprochen zu liegen, und drohende Zurück-
weisung einer bevorstehenden frevelnden Entweihung der heiligen
Scene, gerichtet gegen den, der hinter ihm herankommt. Ein
nackter Krieger mit hoch erhobenem Schild am linken Arm ist
lebhaft vorwärts gestürmt seinem Feinde nach, und fährt eben
überrascht zurück, da er die Gruppe der Götter erblickt. Obgleich
der Körper sehr verstümmelt ist, so ist das aus den Ueberresten
doch noch klar zu erkennen. Die beiden Beine sind abgebrochen,
aus der Stellung des linken Fusses aber ist zu entnehmen, dass
das linke Bein nach vorn gekrümmt war, das rechte war ohne
Zweifel mehr nach hinten gestreckt, der ganze Körper in kampf-
bereiter Stellung. Der Unterleib ist nach vorn geneigt, in ihm ist
noch die eben vorhergegangene stürmische Vorwärtsbewegung für
einen Moment zurückgeblieben, während Brust und Schultern schon
zurückgebeugt sind und dem Körper Stillstand gebieten, wie ja
immer die trägeren, die ganze Körperlast tragenden unteren Theile
des Körpers den oberen bei plötzlicher Erregung erst einen Moment
später nachfolgen. Der Stumpf des rechten Arms, der wahrscheinlich das Schwert hielt, ist herabgeneigt. Wir glauben schon die
Muskeln des mit dem schweren Schild bewehrten linken Arms er-
schlaffen und ihn im nächsten Augenblicke herabsinken zu sehen.
Aus dem erhaltenen Stück des Halses geht hervor, dass der Kopf

wieder sanft vorgebeugt war, nach den Göttern hin, dass der An-
kommende von der plötzlichen Erscheinung gefesselt und angezogen, sie anschaute. So sind in dem Körper drei aufeinander
folgende Bewegungen in einem Augenblick mit höchster Meisterschaft zur Darstellung gebracht: das Vorwärtsstürmen, das plötzliche
Zurückschrecken, und das Versinken in die ruhige Betrachtung. —
Der Verfolgte ist auf der andern Seite der Tafel hinter Zeus ein
andrer Krieger mit gesenktem Schild in der Linken, doch wie es
scheint im Begriffe, ihn wieder emporzuheben, da die Haltung des
Unterarms nicht ganz mehr die nachlässige der vollkommen behaglichen Ruhe ist. Der Stumpf des rechten Oberarms ist vorgestreckt.
Die Muskeln scheinen stark angespannt: vielleicht wollte er mit
dem Schwerte, das er ohne Zweifel in der Hand hielt und eben
wieder fest packte, dem erwarteten Hiebe seines Feindes begegnen,
nach welchem hin der Kopf gerichtet war. Der Körper ruht auf
dem linken gestreckten Bein, das rechte ist leicht gekrümmt. Der
Unterleib, in dem noch ganz das Hingeben in die behagliche Ruhe
ausgedrückt liegt, ist sanft zurückgelehnt, der Oberkörper dagegen
in der plötzlichen Spannung der Erwartung vorgebeugt, während
wieder Kopf und Schultern sich vor dem erwarteten Hiebe zurück-
biegen. Also auch hier derselbe rythmische Dreiklang der Bewegung: behagliche Ruhe, das Aufraffen aus ihr in der Erwartung
des Angriffs, und das deckende Zurückweichen vor demselben. So
bildet dieser Krieger einen vollkommenen Gegensatz zu dem andern.
— Die Erklärung des Reliefs lässt sich nun leicht vervollständigen.
Ein verfolgter Krieger hat sich hinter Zeus geflüchtet und im Vertrauen auf die Heiligkeit des Augenblicks der Ruhe hingegeben.
Eben als das Dionysoskind geboren ist, kommt der Feind heran-
gestürmt und schreckt ihn zu neuem Kampfe empor. Aber die beiden Götter lassen es nicht dazu kommen: Zeus beugt sich vor und
droht dem Verfolger, Hermes tritt ihm fest, hochaufgerichtet entgegen und deckt das Dionysoskind mit seinem Leibe, und der Heran-
stürmende weicht überrascht zurück und versinkt in die Anschauung
der Götter, insbesondere des neu der Welt geborenen Dionysos.
Die in dem Ganzen liegende Grundidee ist also die, dass bei der
Geburt des Dionysos, des heiteren Culturbringers, alle Feindschaft
aufhört, dass die Menschen schon durch sein erstes Erscheinen auf

der Erde aus der ursprünglichen Wildheit zu friedlichem Leben
geführt werden. Die Macht des Dionysos wird hierdurch in das
glänzendste Licht gesetzt: Zeus und Hermes verhüten durch ihr ge-
bieterisches Ansehen, dass der heilige Ort, wo Dionysos das Licht
der Welt erblickt, durch wüsten Kampfeslärm entweiht werde, und
der junge Gott bezwingt mit seinem ersten Lächeln die Herzen der
Sterblichen. — Die Ausführung ist über alle Beschreibung herrlich
und vollendet: die Bildung der Körper zeigt das edelste Ebenmass,
die Gliederung ist klar und bestimmt, doch nicht scharf und hart,
leicht ohne Flüchtigkeit, sorgfältig ohne ängstliche Ausführung des
Einzelnen, sanft und weich ohne weichliche Verschwommenheit, alles
zeigt die feste, sichere Hand des Meisters. Wunderbar ist der
Contrast zwischen den Sterblichen und den Göttern, so ganz leicht
nur angedeutet und doch unverkennbar: nicht durch riesenhafte
Grösse zeichnen sich diese vor jenen aus, der Grössenunterschied ist
nur ganz gering. Die beiden Krieger sind schlanke Jünglinge von
idealer Schönheit, aber es ist menschliche Bildung, menschliche
Schönheit; Hermes dagegen majestätisch sich aufrichtend, in gebie-
tender Stellung den Ankommenden zurückweisend, auch ein Jüngling an Wuchs, aber erhabener als die Beiden, Zeus kräftig breit-
schultrig, mächtig muskulös, von göttlicher Fülle in allen Gliedern,
und doch schlank und leicht, ruhig und doch bewegt, erhaben
würdig, jeder Zoll ein Gott! Die Composition zeichnet sich durch
die höchste Einfachheit und sinnreichste Anordnung aus, so dass
der eine Augenblick des höchsten Affektes auf das Schlagendste
heraustritt und mit ihm das oben Vergangene und das unmittelbar Folgende in der vollkommensten Weise ausgesprochen wird.
In bewundernswürdigster Weise sind die Gesetze der Körperbewe-
gung zur Anschauung gebracht und durch den Contrast in dem
rhythmischen Wechsel der Bewegungen ist ein ästhetisches Ganzes
von unvergleichlicher lebensvoller Frische hervorgebracht: von der
ruhigeren Mittelgruppe scheiden sich die beiden lebhaft bewegten
Jünglinge, die wieder ganz verschiedene Stimmungen zeigen. Ueberall, im Ganzen und in jedem einzelnen Körper ist eine so vollendete Harmonie, so reine Natur und ungekünstelte Schönheit, so
frisches Leben bei der einfachsten Gruppirung auf dem bescheiden-
sten Raume, in vier nebeneinandergestellten Figuren ohne die min-

deste Künstlichkeit der Anordnung ist eine so schlagende Gesammt-
wirkung hervorgebracht, dass ich nicht weiss, ob etwas Schöneres,
Vollendeteres in aller Kunst möglich ist.

Ebenso vollendet sind die anderen Reliefs. Ich kann mich bei
ihnen kürzer fassen, da die eben gemachten Bemerkungen zum
Theil auch auf sie Anwendung finden.

Die zweite Tafel stellt eine Opferscene dar. In der Mitte
befindet sich ein kleiner Altar, von einem baumartigen Weinstock
mit Blättern und vollen Trauben überrankt: also ein Altar des Dionysos. Zu jeder Seite desselben steht eine jugendliche Gestalt.
Die zur Linken ist ein schlanker Jüngling in kurzem Chiton und
Chlamys, mit Sandalen an den Füssen. Die Last des Körpers ruht
auf dem linken Fusse. Er hält in der Linken eine volle Traube,
die er auf den Altar legen will. Der rechte Arm ist abgebrochen,
die Hand hielt wohl bei den Hörnern ein neben ihm aufgerichtetes
kleines Thier, ohne Zweifel einen Bock, dessen Vorderfüsse und
Kopf fehlen. Hinter ihm in ganz flachem Relief zeigt sich noch
ein grösseres Thier, vorn niedergebeugt, mit der spitzen Schnauze
den Altar fast berührend, offenbar ein Schwein. Zur Rechten steht
ein Mädchen in kurzem Unterkleid, unter dem vollen Busen ge-
gürtet, mit Sandalen an den Füssen und denselben Schenkelbändern,
wie das Mädchen auf dem Flachrelief. Von den Schultern herab
fällt ein Mantel, dessen einer Zipfel, über den etwas erhobenen
rechten Arm genommen, bis auf den Altar herabhängt. Wir haben
hier also einen Jüngling und ein Mädchen, die sich beim Opfer
am Altare des Dionysos begegnen, dieses nach vollbrachtem Opfer,
jener eben im Begriff zu opfern. Von ganz ausserordentlicher
Schönheit ist der Ausdruck dieser beiden schlanken Gestalten, wie
sie, als sie einander sehen, überrascht sich mit dem Oberkörper
etwas zurückbeugen. Der Jüngling bleibt dabei aufrecht in freier,
männlicher Haltung stehen; weit mehr dagegen weicht das Mädchen
beim Anblicke des fremden Jünglings zurück. Wir sehen die lieb-
liche Gestalt in holder Schüchternheit jungfräulich schamhaft den
Mantel emporheben, um ihr Gesicht vor den fremden Männerblicken
zu verhüllen, und wir glauben doch den tiefen Eindruck wahrzu-
nehmen, den der schöne Jüngling auf sie gemacht hat, da sie sich
nicht umkehrt, auch nicht den Kopf abwendet, sondern aufrecht

stehen bleibt und ihn ohne Zweifel fest anschaut, bis sie ihr Gesicht verhüllt hat. Gewiss ist hier in schlagender Weise die in
den beiden Begegnenden gleichzeitig erwachende Liebe dargestellt,
und Dionysos daher als Erwecker der Liebe auf diesem Relief ge-
feiert. Die beiden herrlichen, schlanken, leicht bewegten Gestalten
werden von dem Gotte bei der heiligen Handlung zusammengeführt.
— Auf der linken Seite des Bildes, im Rücken des Jünglings, steht
eine schwer bekleidete, hohe Frauengestalt. Der rechte Arm fehlt,
der noch übrige Rumpf des Oberarms ist gesenkt. Auf der linken
aufwärts gerichteten Hand hält sie eine Fruchtplatte mit Opfergaben.
Sie scheint zu warten, bis sie dieselben auf dem Altare darbringen
kann. Ganz rechts, hinter der Jungfrau, steht ein Jüngling in hinten
herabhängender Chlamys, sonst unbekleidet. Der rechte Arm ist
ausgestreckt und etwas erhaben, der linke Arm gesenkt, beide Unter-
arme fehlen. Unter dem linken Arm, ursprünglich jedenfalls mit
der Hand an der Seite gehalten, befindet sich ein Gegenstand, wie
ein gekrümmtes Thierhorn mit Buckeln. Der linke Fuss tritt vor.
Die herrlich schlanke, jugendliche Gestalt ist voll Leben und feuriger Bewegung. Ich zweifle nicht daran, dass dieser göttlich gebildete
Jüngling Dionysos selbst ist, der die Begegnung beobachtet und
das junge Paar segnet. Das Trinkhorn, Rhyton, erscheint oft auf
Reliefs, Wandgemälden und Vasenbildern in der Hand des Dionysos
oder einer Person aus seinem Gefolge. Die Frau zur Linken möchte
wohl am ersten Demeter, die Schützerin des Feldbaues, sein, die
sowie ihre Tochter Kora oft mit Dionysos zusammen dargestellt ist,
öfters auch in bakchischen Opferscenen, und in deren Hand die
Platte mit Feldfrüchten vollkommen passend ist.

Auf der dritten Tafel ist die Figur links weggebrochen, und
ich weiss nicht, ob sie irgendwo anders, etwa in den Sammlungen
auf der Akropolis, noch vorhanden ist. Weiter zur Rechten befindet
sich eine Jungfrau in hochzeitlicher Tracht: in lang herabwallendem
Chiton und einem Schleier darüber, der wahrscheinlich über den
Kopf fiel und das Gesicht halb bedeckte, lang hinten herabhängend
und mit beiden Händen etwas nach vorn genommen, doch ohne den
Körper zu umhüllen; auch die zarten, sanft gerundeten Arme sind
unbedeckt. Der Körper ruht auf dem linken Fusse. Der Kopf
war nach der Stellung des Halses aufrecht, die Augen schauten

nach der Linken, auf den Jüngling, der neben ihr steht. Er ist nackt, nur über den vorgestreckten linken Arm ist ein kurzer, zusammengelegter Mantel geworfen. Der rechte Arm ist gesenkt, der Unterarm etwas vorgestreckt, die Hand fehlt. Der Körper ruht auf dem rechten Fusse. Der Kopf war aufgerichtet, nach der Rechten gewendet. Die beiden neben einander stehenden, einander zugewendeten und sich anblickenden, herrlich schlanken, jugendlichen Gestalten sind, wie mir scheint, ein Brautpaar, die Scene der Darstellung beider Hochzeit, wohl in dem Momente, als der Bräutigam die verschleierte Braut in sein Haus einführt. Ganz rechts, hinter dem Bräutigam, befindet sich eine hohe Frauengestalt, erhaben, majestätisch, ruhig, ebenso gekleidet und in dem matronenhaften Aussehen ähnlich der Frau der zweiten Tafel. Sie ruht auf dem linken Fusse. Der Stumpf des rechten unbedeckten Arms ist seitwärts gestreckt, der linke Arm fehlt, in ihm hielt sie ein grosses, gewundenes Füllhorn mit Früchten, das sich an ihrer Seite befindet. Die ruhige Würde, die höhere Gestalt, das Füllhorn, alles kennzeichnet diese Frau als eine Göttin. Man könnte an Tyche (Fortuna) denken, doch wird dieselbe, so viel ich weiss, nie matronal dargestellt und erscheint, so viel ich weiss, nie in Verbindung mit Dionysos. Daher vermuthe ich in ihr wieder Demeter, die auch das Füllhorn als Attribut hat, als Schützerin der Ehe dargestellt, als Brautmutter die Neuvermählten in ihr Haus einführend. Was die vierte, jetzt fehlende Figur vorgestellt haben mag, lässt sich nur ganz unbestimmt vermuthen. Wahrscheinlich auch eine Gottheit, schon der Symmetrie wegen, und dann wohl eher einen Gott, als eine Göttin. Man könnte an Hymenäos denken. Auf Vasenbildern erscheint gelegentlich auch Hermes als der Führer des Hochzeitzuges. Am ansprechendsten jedoch scheint es mir, hier wieder an Dionysos zu denken, der dann als Paranymphos, Brautführer dargestellt war, wie er sich denn auch neben der Braut befand.

Endlich die vierte Tafel zeigt rechts eine jugendliche Männergestalt sitzend auf reich verziertem Thronsessel. Wir haben uns in derselben ohne Zweifel den thronenden jugendlichen Dionysos zu denken. Sein Körper ist nackt, nur ein über den Sitz gebreitetes Gewand fällt über das rechte Knie nach vorn herab. Das linke Bein ist abgebrochen. Der Gott ist ruhig zurückgelehnt, nur

der Oberkörper beugt sich sanft vor, wie um etwas zu empfangen
oder Jemanden zu begrüssen. Der linke Arm ist auf die Seiten-
lehne des Sessels gestützt, der vorgekehrte Unterarm abgebrochen.
Der rechte Oberarm, der auch allein erhalten ist, ist etwas vorgestreckt. Der Kopf war nach den vorhandenen Spuren aufrecht,
ganz wenig vorgeneigt. Göttliche Jugendfülle und Schlankheit
sprechen aus allen Körperformen, die weder zu harte athletische
Ausbildung und straffe Anspannung, noch auch das weiche, halb
weibliche Ineinanderfliessen der Muskulatur zeigen, das die Dionysos-
bilder gewöhnlich haben. Zwischen den beiden Extremen ist die
rechte Mitte gehalten: eine herrliche Jünglingsgestalt, kräftig und
doch weich gebaut, müheloses, seliges Geniessen in jedem Muskel,
ohne Zweifel die schönste, erhabenste, edelste Darstellung des Dionysos, die sich denken lässt. Die drei übrigen Figuren sind ganz
ähnlich denen der dritten Tafel: links dieselbe hohe Frauengestalt
in derselben Bekleidung und Stellung, ganz ähnlich und doch verschieden, auch das Füllhorn mit Früchten haltend, unter denen sich
besonders grosse Weinbeeren kenntlich machen. In der Mitte befindet sich ohne Zweifel dasselbe Paar wie vorhin: links der Mann,
vor der Göttin mit dem Füllhorn stehend. Der Körper ist ebenso
schlank und kräftig, nur vielleicht etwas gedrungener als auf der
vorigen Tafel. Um die Lenden ist als Schurz ein zusammengefal-
tetes Gewand geschlungen, das hinten herauf, über den linken Arm
wieder nach vorn genommen und an den Körper gedrückt ist. Die
linke Hand ist abgebrochen, der ganze rechte Arm ebenso: er war
in die Seite gestemmt, wo die Hand noch zu erkennen ist. Diese
hielt einen Stab, an dessen oberes Ende sich der Körper bequem
anlehnte, seitwärts etwas nach hinten auf den Boden gestützt, wo
noch ein Rest davon zu sehen ist. Die Gestalt ruht auf dem linken
Fusse, der rechte mit vorgebeugtem Knie und der in die Seite ge-
stemmte Stab unterstützen den Körper. Der Oberkörper ist etwas
vorgebeugt. Der Kopf scheint aufrecht gewesen zu sein; wohin er
sich wendete, ob vorwärts oder zurück nach der Göttin, ist nicht
mehr klar zu erkennen. Zwischen dieser Gestalt und dem thronenden Dionysos, diesem zugewendet, steht also wieder die jugendliche Frauengestalt des vorigen Bildes, in langer Kleidung, mit einem
hinten und zu den Seiten vom Kopfe herabfallenden Schleier, der

mit den Armen zurückgeschlagen ist, indem die rechte Hand noch
einen Zipfel desselben an der Seite hielt; sie fehlt jedoch ebenso
wie der ganze Arm bis auf den herabgeneigten Stumpf des Oberarms. Der linke Arm ist nach dem thronenden Gotte ausgestreckt,
der fehlende Unterarm scheint einen Stab gehalten zu haben, dessen
unterstes Ende an der linken Fussspitze noch zu erkennen ist.
Davor befindet sich ein rundlicher, an beiden Enden abgebrochener
Gegenstand, vielleicht ein kleiner Hund. — Die Wanderstäbe des
jungen Paares zeigen, dass beide ausgezogen sind, dem Dionysos
ihre Huldigung darzubringen, geleitet von der Göttin, die wir wohl
mit dem meisten Grund für Demeter halten können. Die erhabene
Spenderin der Gaben des Feldes geleitet ihre Schützlinge zu dem heiter
thronenden jugendlichen Dionysos. Man wird darin den in symbolischer
Form ausgedrückten Grundgedanken suchen dürfen, dass durch den
reichlich die angestrengte Arbeit lohnenden Feldbau und durch die
mit demselben bedingte feste Häuslichkeit die Menschen zu allem
höheren Glück und zum heiteren Lebensgenuss geführt werden, wie
ja auch die edle Traube zu den Gaben der Demeter gehört, also
diese selbst die Menschen zu den Freuden des Dionysos geleitet.

So weit reichen meine Aufzeichnungen in der Einzelbeschrei-
bung der vier Relieftafeln. Dieselbe lässt ohne Zweifel noch mancherlei zu wünschen übrig, doch giebt sie wohl eine allgemeine
Idee von der Bedeutung dieser Darstellungen, die ich in jeder Beziehung für unvergleichlich schöne und bewundernswürdige Kunstwerke halte. In allen Gestalten liegt ein so hoher Adel, eine solche
Anmuth und Würde, eine so massvolle Ruhe, fern von allem sinnlichen Reiz, von allem das schöne Mass Ueberschreitenden, Gesteigerten, in Ausdruck, Bewegungen und Gewandung, dass ich glaube,
hier ist erreicht, was nur irgend in den herrlichsten Kunstschöpfungen
je erreicht worden ist und erreicht werden kann: die innigste Verbindung einfachster Naturwahrheit mit höchster Idealität, die Ver-
körperung des reinsten Ideals harmonischer Schönheit. Im Aeus-
seren soll sich das Innere, im ganzen Körper das geistige Leben
aussprechen: dieses Gesetz der Plastik, das die Hellenen durch
den plastischen Zug ihrer schönen Natur aus sich heraus fanden
und in herrlichen, unerreichbaren Kunstschöpfungen in vollendeter
Harmonie zur Anschauung brachten, ist nirgends reiner befolgt

worden, als hier: so dass wir im Stande sind, aus den verstümmelten Figuren ohne Köpfe ihre Bedeutung und ihr inneres Leben meist klar zu erkennen. Die Composition der Tafeln zeigt die einfachste Anordnung, die sich denken lässt: vier Figuren neben einander. Zweckmässigste Ausfüllung des länglich viereckigen Raumes, klarste, durchsichtigste Gruppirung: da ist keine Lücke, die das Auge beleidigte, keine störende Zusammendrängung der Figuren, alle sind frei, schön hingestellt als ideale Gestalten, einfach, anmuthig dem Auge vorgeführt, so dass sie schon für sich unsere höchste Bewunderung erwecken, und doch in lebendigster Beziehung auf einander und zum Ganzen, so dass jede einzelne sich in der besten Stellung zeigt um ihre Bedeutung auszusprechen, und dass der Grundgedanke der Composition klar zu erkennen ist. Alle Kunstforderungen, von den idealsten bis auf die äusserlichsten herab, scheinen mir hier im höchsten Masse erfüllt. Ich kann daher nicht zweifeln, dass diese Bildwerke aus der Zeit der höchsten klassischen Kunstblüthe stammen, als das schöne Mass, welches im späteren Verfall der Kunst verloren ging, noch volles Eigenthum der schaffenden Meister war. Denn ich meine, dass kein Bildhauer der alexandrinischen oder gar römischen Zeit einer so idealen und dabei so einfachen Behandlung mehr fähig war.

Aber noch mehr! Die unverkennbare Aehnlichkeit der Figuren auf den beiden letzten Tafeln weisst offenbar auf inneren Zusammenhang hin: ich bin aber überzeugt, dass nicht nur diese, sondern alle vier Tafeln in fortlaufender Verbindung stehen und eine grössere Composition bilden. Als den Grundgedanken derselben glaube ich bezeichnen zu dürfen die Verherrlichung des Dionysos als Culturbringer. Dionysos, wie er in idealster Auffassung von den edelsten Künstlern Griechenlands hingestellt wurde, ist der Gott der blühenden und grünenden Natur, des frischen, schöpferischen Naturlebens, und so vor allem und im höchsten Sinne der Spender des edelsten Naturerzeugnisses, des Weins, und dadurch der Bringer der höchsten Freude in der Berauschung durch denselben. Aber nicht des grobsinnlichen Weingenusses, der die Sinne umnebelt, Geist und Körper lähmt und den Menschen zum Thiere herabwürdigt; allerdings hat er die halbthierischen Satyrn, Pane u. s. w. in seinem Gefolge, aber sie versinnlichen den rohen, halbunbewussten, sinnlichen dunklen Naturdrang, der zum Sklaven des Genusses macht, allerdings werden sie auch vom Dionysos beherrscht, aber wie unfreie Leibeigene. Unendlich hoch steht das eigentliche Wesen des Dionysos über diesem thierischen Genussleben: er ist im höchsten Sinne der Schöpfer der durch mässigen Weingenuss erzeugten edlen Begeisterung, wo alle Kräfte des Körpers und Geistes in höchster Harmonie wirken, wo der Mensch alle Fesseln des Alltäglichen, Niedrigen, alles Irdische, alles Kleinliche abwirft, und von göttlicher Schöpferkraft durchströmt sich zum Himmel, zu reiner Heiterkeit und Glückseligkeit emporschwingt und den Göttern gleich wird. Dadurch ward Dionysos zum Gott aller höheren Begeisterung, alles idealen Strebens, alles Schaffens und Wirkens, zum Schöpfer aller höheren Cultur. So schufen die besten Meister den Griechen ihren Dionysos, und so ist er auf diesen herrlichen Reliefs dargestellt. In einer Reihe von Compositionen hat der Künstler die wichtigsten Momente im Walten des Dionysos zur Anschauung gebracht: er erscheint als Bringer des Friedens, der Liebe, der Ehe und jeder höheren Freude. So werden auf der ersten Tafel die Menschen aus der wilden Zeit, wo Jedermanns Hand gegen Alle ist, durch den neugebornen Gott zu geordnetem, friedlichem Leben geführt, so wird auf der zweiten Tafel die Liebe des Jünglings und der Jungfrau, die sich beim Opfer an seinem Altare begegnen, durch ihn entzündet, so führt er sie auf der dritten Tafel dem ehelichen Leben entgegen, und so kehren endlich auf der vierten die durch ihn Verbundenen bei ihm, dem Freudenbringer, ein, geleitet von der Göttin, die ihnen den Wohlstand giebt. Wir werden nicht irren, wenn wir in allen Tafeln dieselben Personen wiederzufinden glauben: das Mädchen der zweiten in der Braut und jungen Frau der dritten und vierten Tafel, einen der Jünglinge auf der ersten, am wahrscheinlichsten vielleicht den feindlich heranstürmenden Verfolger, in dem sich am Schlagendsten der Uebergang von der rohen Kraft zu friedlicher Gesittung ausspricht, in dem opfernden Jüngling der zweiten, dem Bräutigam und Gatten der beiden letzten Tafeln. Und so geht der lebendigste äussere und innere Zusammenhang durch diese Bildwerke hindurch, die uns einen grossen Aufschluss darüber geben, wie die Griechen zur Zeit der höchsten Blüthe ihrer Kunst es verstanden, mehre einzelne Darstellungen zu höherer Einheit zu verbinden, da sie, so viel ich weiss, einzig in ihrer Art sind.

Welche Darstellungen der andern Seite des Hyposkenion eingefügt waren, darüber wage ich keine Vermuthungen aufzustellen; nur das lässt sich annehmen, dass ein ähnlicher Cyclus von Compositionen auch diese Seite schmückte, und dass derselbe die Bedeutung des Diònysos von einem anderen Gesichtspunkte aus versinnlichte, und daher mit dem Erhaltenen vielleicht zu einer höheren Einheit verbunden war. Vielleicht aber ist noch so viel gerettet, dass mehr Bestimmtes darüber gesagt werden kann.

Wer diese unsterblichen Kunstwerke geschaffen hat, das wird uns wohl nie mit Sicherheit aufgeklärt werden: ich kann jedoch nicht umhin, dabei vor allen anderen an Praxiteles zu denken. Dass die alten Schriftsteller, besonders Pausanias, nichts davon erwähnen, kann nicht entfernt diese Vermuthung umstossen: hat doch Pausanias auch kein Wort davon, dass die Parthenonskulpturen mit Ausnahme der Goldelfenbeinstatue der Göttin von Phidias herrühren, berührt er doch gar nicht die Friesreliefs des Niketempels, des Monuments des Lysikrates u. s. w. Gerade seine Beschreibung des Dionysostheaters ist äusserst dürftig, und dass die kurzen Notizen, die wir von Dikäarch, Pollux, Andokides, Lukian und andern über die künstlerische Ausstattung des Dionysostheaters und über Hyposkenionbildwerke erhalten, keinen Künstler nennen, kann nicht überraschen, auch wenn er einer der ersten Meister war. Mancherlei aber scheint mir die Vermuthung auf Praxiteles zu unterstützen. Dieser Meister war bekanntlich gerade zur Zeit der letzten Vollendung des Dionysostheaters unter dem Redner Lykurg in Athen thätig, und schon daraus könnte man darauf schliessen, dass er Antheil an der künstlerischen Ausstattung desselben gehabt habe. Es darf auch daran erinnert werden, dass seine Söhne Kephisodotos und Timarchos, wie wir aus der Inschrift der im Dionysostheater aufgefundenen Basis der Statue des Menandros erfahren, an der Ausschmückung desselben durch Dichterstatuen sich betheiligten. Weit schwerer aber scheint mir die schon ausführlicher besprochene Stylverwandtschaft zwischen den vorliegenden Reliefs und den schönsten vom Mausoleum, die ohne Zweifel dem Skopas zugeschrieben werden müssen, ins Gewicht zu fallen. Wenn nun Praxi-

teles das Ideal des Dionysos zur höchsten Vollendung brachte, und
eine idealere Verherrlichung dieses Gottes als die in den vorliegenden Skulpturen, mir wenigstens, nicht denkbar ist, so mag das
auch eine Stütze für meine Vermuthung sein. Endlich aber möchte
wohl der gewichtigste Grund für dieselbe sein, dass Pausanias
(17, 1) ausdrücklich berichtet, dass Praxiteles einen den neugebornen Dionysos tragenden Hermes verfertigt habe, und dass nach
dieser Nachricht allgemein das Urbild des öfters auf schönen Reliefs und Gemmen, vor allen andern auf dem berühmten Marmor-
gefässe des Salpion, erscheinenden den kleinen Dionysos tragenden
Hermes dem Praxiteles zugeschrieben wird, dass aber dieser Hermes die grösste Aehnlichkeit mit dem Hermes unserer ersten Tafel
zeigt, nur dass dieser höher, göttlicher erscheint. — Gewiss, der
Künstler, wer es auch gewesen sein mag, fühlte in sich den Gott,
den er verherrlichte, er fühlte den Odem des Dionysos über sich
wehen, als er mit fester Hand und treuer Hingebung an die ihn
erfüllende Idee dem Marmor ewiges Leben einhauchte. — Demselben Meister muss ohne Zweifel das Flachrelief zugeschrieben
werden, da die beiden Figuren desselben in Bezug auf ihre künstlerische Behandlung eine grosse Uebereinstimmung mit denen der
Hochreliefs zeigen, und besonders das die Amphora tragende Mädchen mit dem opfernden Mädchen der zweiten Tafel die auffallendste
Aehnlichkeit hat. Wenn es nun ferner sehr wahrscheinlich ist, dass
die ebenso musterhaft behandelten knieenden Gebälkträger von demselben Künstler herrühren, so ist es wieder bei der grossen Aehnlichkeit derselben mit den beiden anderen gebälktragenden Satyrn
eine nahliegende Vermuthung, dass die gesammte künstlerische
Ausstattung des Theaters (natürlich mit Ausnahme der freistehenden
Portraitstatuen, die allmählig darin angebracht worden sein werden)
aus der Werkstätte e i n e s Meisters hervorgegangen ist. So hätten
denn, wenn Praxiteles dieser Meister war, dessen Söhne als seine
Nachfolger die Ausschmückung des Theaters mit Bildwerken zu
vollenden beigetragen.

Der Versuch, uns die künstlerische Ausstattung des Dionysostheaters zur Zeit der höchsten Blüthe der griechischen Kunst zu
vergegenwärtigen, wird immer zum grossen Theile auf unsichern
Vermuthungen beruhen müssen. Der Bau in der einfachen, edlen

Schönheit seiner Anlage, die Gebälkträger, das Friesrelief und die Bildwerke des Hyposkenion, alles das, wie es nach einem einheitlichen Plane gearbeitet zu sein scheint, wird in seiner Gesammtheit eine hinreissende Wirkung auf den Beschauer ausgeübt und dem Kunstsinne der Athener stets neue Nahrung gegeben haben, die alles das Herrliche in seiner Vollendung täglich geniessen konnten. Ein Blick aber zur Zeit der dionysischen Feste aus dem von vielen tausend Mitbürgern ja der Gesammtheit des attischen Volkes erfüllten, dichtgedrängten Zuschauerraume, heraus über die in religiös feierlichem Reigen auf der Orchestra sich bewegenden Gruppen des Chors hinweg auf die mit unsterblichen Kunstwerken geschmückte Bühne, auf welcher die grössten Meisterwerke der Dichtung in erhabener Weise zur Aufführung gebracht wurden, mag einen überwältigenden Eindruck, einen harmonischen Kunstgenuss einzig in seiner Art hervorgebracht und den Athener mit jenem freudigen Stolze erfüllt haben, mit welchem er sich des unendlichen Vorrangs seiner Nation vor allen andern „barbarischen" Völkern bewusst war, und sich in seinem Stamm als allen andern Hellenen voranstehend fühlte.

Uns ist dieser Eindruck für immer verloren. Aus den dürftigen Ueberresten müssen wir uns mit Hülfe der Einbildungskraft das Ganze mühsam wiederherstellen, und sind doch sicher, dass alle Vorstellungen weit hinter der Wirklichkeit zurückbleiben werden. Doch auch so bleibt genug zurück, um uns eine Ahnung zu geben von einer der höchsten, idealsten Schöpfungen menschlichen Kunstsinnes, deren dürftige Ueberreste uns mit Bewunderung erfüllen und mit dem Hauche reinster Schönheit erwärmen. Indem wir den Verlust des Uebrigen und die Zerstörung des Erhaltenen schmerzlich beklagen, freuen wir uns, dass, wenn auch in trauriger Verstümmelung, die Schöpfungen eines der grössten Meister aller Kunst vor nun bald vier Jahren aus dem tausendjährigen Schutte wieder an's Licht gefördert worden sind. Sie geben uns eine neue unerwartet herrliche Anschauung von dem ausserordentlich künstlerischen Leben der Griechen und von der Macht und freien Schöpferkraft ihres Genius.

Anmerkungen.

(1) Der ausführlichste Bericht, den ich kenne, ist der von P. Pervanoglu im „Bullettino dell' Instituto" 1862, Seite 88—92, 113—121, 161—169. In sehr dankenswerther und ansiehender Weise ist darin von dem Fortgang der Entdeckung Bericht erstattet, und der Verfasser beschränkt sich mit gutem Bedacht fast ganz auf das Faktische, ohne sich auf unsichere Schlüsse daraus einzulassen. So sorgfältig die Beschreibungen aber auch sind, sie genügen doch häufig nicht, um eine klare Anschauung zu geben und ein einigermassen sicheres Urtheil zu gestatten, was auch nicht wohl anders sein kann, da die damals noch gänzliche Neuheit der Entdeckung ein reifes Urtheil noch nicht ermöglichte. — Der mit grosser Gründlichkeit und mit viel Liebe zur Sache abgefasste Bericht Vischer's im „Neuen schweizerischen Museum" 1863, Heft 1—4 bespricht fast nur die Inschriften und das Aeussere des Baues, und gründet sich nur zum Theil auf eigene Anschauung. — Die wenigen Nachrichten von François Lenormant in der „Revue archéologique" Vol. IX, pag. 434 ff. sind voll von unbegründeten Annahmen und Irrthümern, wenn auch der beigegebene Plan sehr dankenswerth ist. — Endlich kommen dazu nur noch wenige zerstreute Notizen in anderen Zeitschriften, besonders in den „archäologischen Nachrichten". Das von dem Entdecker zu erwartende grössere Werk ist noch nicht erschienen.

(2) Die Vermuthung des Berichterstatters der Rev. arch. (a. a. O. S. 434) „vers le temps de Septime Sévère" ist wohl nur eine ganz allgemeine Schätzung nach den Buchstabenformen. Ob eine

andere auf einem kolossalen Gesimsbruchstück (aus pentelischem Marmor, wenigstens 10' lang, 3' hoch und ebenso dick) einge-meisselte, ebenfalls sehr schlechte, unregelmässige, doch allerdings von der Inschrift des Phaidros abweichende Buchstabenformen zei-gende Inschrift auch auf die Erbauung der Skene des Phaidros Bezug hat, weiss ich nicht. Sie stammt aus der Zeit des Kaisers Claudius I.

(3) Vielleicht sind in späterer Zeit die Thronsessel noch einmal um eine oder einige Stufen weiter in die Orchestra hinein gerückt worden, da sich mehr derselben vorgefunden haben, als in der un-tersten Reihe Platz haben, während sie etwas weiter oben recht wohl alle in einer Reihe aufgestellt werden könnten: wenn z. B. in jedem der mittleren Keile 6 statt 5 Thronsessel gestanden hätten, in den beiden äussersten auf den Seiten 7 statt 6 und in dem mittelsten 5 wie jetzt, wegen der grösseren Breite des Throns des Priesters des eleutherischen Dionysos, so würden sich gerade die sämmtlichen 79 Thronsessel, von denen man weiss, in eine Reihe aufstellen lassen.

(4) Es verdient auch bemerkt zu werden, dass diese Vergrös-serung, wie sich aus einer sehr einfachen Rechnung ergiebt, gerade gestatten würde, 6 statt 5 Thronsessel in dem Raume zwischen zwei Treppen aufzustellen:

$$5 : 6 = 33 : x$$
$$x = \frac{198}{5} = 39^3/_5$$

d. h. ein Halbmesser von $39^3/_5$, also ein Durchmesser der Orche-stra von $79^1/_5$ Fuss reicht hin, um in den Kreisbogen zwischen 2 Treppen 6 Thronsessel von der Breite der vorhandenen aufzu-stellen.

(5) Dazu kommt noch, dass wir nicht einmal genau wissen, ob die Thymele wirklich genau den Mittelpunkt des Kreises der Orchestra einnahm, wie überhaupt die Thymele der griechischen Theater noch vieles Dunkle hat. Die scheinbare annähernde Ueber-einstimmung der Lage des Thymelemittelpunktes im Dionysos-

theater an Schönbornus Ansicht kann jedoch nicht dazu bestimmen, dessen Construktion der Thymele im Schwerpunkt der Orchestra- fläche für weniger künstlich und unbegründet zu halten, als sie ist.

Anmerkung des Herausgebers. Nur bis hieher hat der Verfasser die Anmerkungen, welche jedenfalls den Text noch weiter begleiten sollten, ausgeführt.